Judith Buntrock
Westschokolade

www.patchworldverlag.info

Judith Buntrock

Westschokolade

Roman

PATCHW*RLD

Bibliographische Information der Deutschen Nationalbibliothek
Die Deutsche Nationalbibliothek verzeichnet diese Publikation in der Deutschen
Nationalbibliographie; detaillierte bibliographische Angaben sind im Internet über
http://dnb.ddb.de abrufbar.

© Copyright 2012 Patchworldverlag, Berlin
Alle Rechte vorbehalten

Lektorat: Patchworldverlag
Umschlaggestaltung: Patchworldverlag
Layout und Satz: Patchworldverlag, Berlin
Druck und buchbinderische Verarbeitung: SDL Buchdruck, Berlin

Printed in Germany
ISBN 978-3-941021-17-4

www.patchworldverlag.info

Danke, Ina, für Deine Freundschaft, Treue und den Beistand, den Du mir in den vielen Jahren gegeben hast.

Berlin - Friedrichshain: Die olle Gürtelstraße zieht sich von der Frankfurter Allee bis fast zum Ostkreuz hin. Die vom Krieg geschundenen Häuser stehen wie Zahnstummel zwischen Flächen, die mit Unkraut überwuchert sind. Auf ihnen läßt es sich wunderbar spielen. „Vater, Mutter, Kind" macht großen Spaß, denn das „Kinderkriegen" tut ja nicht weh. Eine Puppe wird unter den kratzenden Pullover geschoben und wieder hinausgeboren. Henry, mein Spielfreund, legt sich vorher auf mich. Er ist schwer und unter seinem Gewicht kriege ich kaum Luft. Was er da gerade macht, verstehe ich nicht so recht, aber seine körperliche Zuwendung tut mir gut.

Abenteuerlich sind auch die Kriegsspiele, wo in Gut und Böse eingeteilt wird. Es gibt dann immer einen Hauptbestimmer. Mutig ist der, der sich traut, mit einem Stöckchen ein Hakenkreuz in den Sand zu kratzen. Das läuft so schön heiß den Rücken runter. Wir wissen genau, daß das gefährlich ist und schwören bei unserem Leben, uns nicht gegenseitig zu verpetzen.

1956 – Der Aufstand der Ungarn begann am 23. Oktober 1956. Auf dem Stalinplatz in Budapest hatten sich Studenten zu einer Kundgebung versammelt. Sie wollen mehr Freiheit und bessere Lebensbedingungen. Ihnen schlossen sich Tausende von Arbeitern an. In Sprechchören forderten sie die Ernennung von Imre Nagy, der vor einem Jahr alle Parteiämter verloren hatte, zum neuen Ministerpräsidenten und den Abzug der sowjetischen Truppen. Bald kam es zu Zusammenstößen mit Sicherheitskräften und zu Schießereien, bei denen es die ersten Toten gab. Während der ganzen Nacht dauerten die Auseinandersetzungen an. Am Morgen des 24. Oktober gab Radio Budapest bekannt, daß „bewaffnete faschistische Elemente öffentliche Gebäude und die Polizei angegriffen haben". Einige Zeit später teilte der Sender mit, das Imre Nagy zum Ministerpräsidenten ernannt wurde. Dies war nur ein scheinheiliger Versuch, die Gemüter der Ungarn zu beruhigen. Nagy wurde wenig später vom sowjetischen Geheimdienst in die UdSSR verschleppt und 1958 nach einem Geheimverfahren hingerichtet.

Meine Mutter hält ein schreiend, blau-rot angelaufenes Bündel im Arm und die Hebamme sagt mit ironischem Unterton: „Herzlichen Glückwunsch, mit der werden sie noch viel Freude haben". Die junge Wöchnerin versteht nicht ganz, bis sie nach einigen Tagen ein mit Zucker gefülltes Leinensäckchen unter dem Hemdchen findet. Die Säuglingsschwester bekommt einen roten Kopf und erwidert auf die Frage nach diesem sonderbaren Nuckel: „ Ihre Tochter schreit alle Babys wach, Tag und Nacht, bitte sagen sie nichts dem Arzt, sonst bekommen wir Ärger." Hmm.. denkt sie und schaut auf das, was man das eigene Fleisch und Blut nennt. Das liegt jetzt ganz friedlich schmatzend am großen Busen und saugt, damit es groß und stark für diese Welt werden soll.

Mein Vater hat keine Zeit, meine Mutter und mich aus dem Krankenhaus abzuholen. Er arbeitet als Schlosser im Reichsbahnausbesserungswerk, RAW „Franz Stenzer" und muß den sozialistischen Plan erfüllen. Mein kleiner Opa holt die Wöchnerin mit einer Taxe ab und so ziehe ich in die Gürtelstraße, in eines der abgeratzten Häuser, in denen es kein Bad gibt.

Ich wachse in einer eineinhalb Zimmerwohnung auf. Links, hinter der Eingangstür ist das Innenklo, schon ein kleiner Luxus. Daneben befindet sich das winzige Schlafzimmer meiner Eltern. Mein Kinderbett steht hinter den Betten meiner Eltern neben dem Kachelofen. Gegenüber der Eingangstür befindet sich die Küche mit der gekachelten Kochmaschine. Neben der Kochmaschine hängt ein verrostetes Ausgußbecken. Wer zu dieser Zeit kein Innenklo hat, pinkelt in der Nacht da rein. Hinter der Küchentür hängen die Handtücher, eines für obenrum, das andere für untenrum. Das weißgestrichene Küchenbuffet beherbergt Geschirr und die Kochtöpfe. Vor dem Fenster steht ein Küchentisch mit Wachstuchdecke. Unter dem Küchenfenster ist ein kleiner Einbauschrank. Er dient im Sommer als Kühlung. Wer noch keinen elektrischen

Kühlschrank besitzt, holt sich das Eis in großen Blöcken. Das Eisauto fährt langsam durch die Straßen. Die Kinder laufen ihm lärmend hinterher und wenn es stehen bleibt, halten sie ihre schmutzigen Füße unter das Tauwasser, das aus den Ritzen tropft.

Unser Wohnzimmer mit einem gelben Kachelofen befindet sich auf der rechten Seite des Korridors. Es hat einen Balkon. Unsere Wohnung liegt an den S-Bahnschienen zwischen Frankfurter Allee und dem Ostkreuz. Im Minutentakt rollen die S-Bahnen und Dampfloks vorbei, an den Krach haben wir uns längst gewöhnt.

Das Treppenhaus riecht vom Keller her modrig. Das Licht ist funzelig und die Stromuhr tackert nervös, so daß man sich beeilen muß, sonst steht man auf halber Strecke im Dunkeln.

Nebenan ist eine Lumpen- und Knochenhandlung. Im Sommer stinkt es bestialisch. Ich habe Angst vor dem großen Knochenberg, auf dem tausende Fliegen tanzen. Der Lumpenhändler ist klein und buckelig und sieht wie der Glöckner von Notre Dame aus. Er hat ein vorgequollenes Auge und statt der Nase ein großes Loch - er wird später daran sterben. Er verkauft auch Kohle und Brennholz. Manchmal soll ich für 25 Pfennige Kohlenanzünder kaufen. Der ist klebrig und stinkt nach Teer. In der kleinen Verkaufsbude aus Holz böllert ein Eisenofen. Die Einnahmen werden in ein großes Buch mit Rieseneselsohren geschrieben, das vom Ruß ganz schmierig ist.

Meine arme Mutter ist von meinem Schreien am Tag genervt. Nur in der Nacht gebe ich Ruhe und lutsche seelig am Daumen. Meine alte Tante Lulu kommt an einem Nachmittag zu Besuch. Meine Mutter öffnet die Tür. Ihr rotbraunes Haar hängt etwas schlaff herunter und blass ist sie auch. Ich liege in meinem Bett, bin vom Schreien blau angelaufen und die beiden Frauen stehen ratlos um mein Bett und verstehen kaum ihr eigenes Wort. „Was soll ich nur machen", jammert meine Mutter. „Das Kind hat Krämpfe", sagt Tante Lulu mit etwas ängstlichem Unterton. Ich werde sogleich in ein Kissen gemummelt. Meine Mutter rennt mit mir zur Kinderärztin. Die untersucht mich intensiv, horcht mit dem Stethoskop meinen Brustkorb ab, guckt mir in den Hals, wendet und dreht mich nach allen Seiten. Dann lächelt sie und gibt den rettenden Rat: „Ihre Tochter ist völlig gesund, sie hat ein Böckchen, geben sie ihr einen Klaps auf den nackten Hintern, dann kommt sie wieder zu sich." Und diese sogenannten Klapse werden mich mein ganzes Kinder- und Jugendleben verfolgen, selbst wenn ich als Siebzehnjährige 15 Minuten zu spät nach Hause komme, weil das Knutschen mit meinem Freund im Hausflur solchen Spaß gemacht hat.

Auf dem Hof steht eine Teppichklopfstange, an der wir „Schweinebaumel" spielen. Alle paar Minuten guckt meine Mutter aus dem Fenster und ruft: „Fall nicht runter." Das nervt, als könne man alle Geschicke eines „harten" Kinderlebens beeinflussen. Gummihopse ist ganz modern. Der alte Schlüpfergummi von Omas großen Buchsen wird zusammengeknippert und mit den gespannten Seilen werden, mit sich steigerndem Schwierigkeitsgrad, Figuren gesprungen. Ich bringe es weit nach vorn. Nach einem Sommerregen planschen wir in der großen Pfütze und es gibt Schimpfe, weil ich vergessen habe, die Sandalen auszuziehen, sie haben sich in alle Einzelheiten aufgelöst. Außerdem habe ich mein ganzes Kinderleben im Sommer aufgeschabte Knie vom Toben.

Eine Waschmaschine haben wir nicht. Alles wird mühsam in der Schüssel gewaschen. Eine große Errungenschaft ist später eine Tischschleuder. Sie steht auf einem aufgeblasenen Gummiring. Packt man die Wäsche nicht akkurat nach Vorschrift in den Behälter, wackelt sie so heftig, daß sie vom Hocker kracht und das macht einen höllischen Lärm. Dieses Modell erbe ich viele Jahre später, als ich eine Familie gründe – eben gute Wertarbeit aus dem Waschmaschinenkombinat Schwarzenberg.

Wenn der Leierkastenmann kommt, schmeißt meine Mutter in Zeitungspapier gewickeltes Kleingeld aus dem Fenster. Ich streichle das kleine angebundene Äffchen, das ängstlich hin und her hüpft. Meine Mutter ist eine Schönheit. Sie hat eine weiße Haut mit vielen Sommersprossen und rotbraunes Haar. Sie singt mir Lieder vor und erzählt am Bett ausgedachte Geschichten. Mein Vater ist groß und blond und die Frauen verrückt nach ihm. Er hat als halbes Kind in den Krieg ziehen müssen und die einzige Begebenheit, die er mir erzählte war, daß seine Einheit in Rußland ein Dorf sogenannt „frei" machen mußte, frei von Menschen. In einem der Häuser befand sich noch eine junge, kopfbetuchte Frau. Sie stand ängstlich in der Ecke und legte den Zeigefinger auf ihren Mund. Mein Vater ging wieder auf die Straße und meldete. „die Häuser sind alle leer." Ein jüdisches Sprichwort sagt. „Wer eine Seele rettet, rettet die ganze Welt."

Mein Vater ist sehr streng und unbarmherzig zu mir. Ich muß Dinge essen, wie viel zu dick geschmierte Teewurststullen und fette, schmierige Bockwurst. In den Taschen meiner Schürze verstecke ich dann die Reste und schmeiße sie später hinter den Kachelofen. Das fliegt natürlich beim Saubermachen auf. Meine Mutter fegt einen Riesenhaufen alter, verschimmelter Essensreste hervor, für Joseph Beuys´ Installationen ein gefundenes Fressen. Dafür bekomme ich eine harte Strafe. Erstens hält mir meine Mutter einen langen Vortrag, wie sie im Krieg gehungert habe und daß es Kinder gibt, die in Afrika nichts zu essen haben. Zweitens bekomme ich für eine Woche Naschverbot. Der Suppenteller, mit Gemüse und Rindfleisch, ist bis zum großen Rand gefüllt. Die Fettaugen glotzen mich gelb an. Wenn ich keinen Appetit habe sagt meine Mutter: „Iß wenigstens das Fleisch". Das ist ja nun das

Letzte, was ich jetzt brauche. Ich setze mich durch und man füllt nur bis zum kleinen Rand die Suppe auf.

Eines Tages kommt mein Vater mit einem Goldhamsterpärchen nach Hause. Was er nicht weiß, daß sie Vermehrungskünstler sind. So steht die Küche voll mit Gläsern und Käfigen. Meerschweinchen, Schildkröten und Vögel werden meine Hausgenossen. Pädagogen nennen das die frühkindliche Prägung zur Natur und Umwelt, na ja...

Die Stalinallee ist der ganze Stolz meiner Eltern. In den fünfziger Jahren vom Volk für das Volk gebaut, repräsentiert sie einen gewissen sozialistischen Schick. Daß da überwiegend die Parteielite wohnt, munkelt man hinter vorgehaltener Hand. Dort gibt es einen großen Laden mit der riesigen Reklameaufschrift: „Chemie im Heim." Die bunten Haushaltsgegenstände aus „Plaste und Elaste" aus Schkopau gefallen mir zu gut. Höchstwahrscheinlich liebe ich deswegen die heutigen Tupperpartys, wieder so eine Prägung.

Gegenüber vom Kaufhaus des Kindes entsteht später ein Springbrunnen im Volksmund „Parteibrause" genannt. Oft sitzen meine Eltern mit mir auf einer der Bänke und träumen von einem Trabant 500 in himmelblau. Mein Vater hat uns dafür arm gespart und nach einer Anmeldezeit von 6 Jahren fährt uns der Trabbi in die FDGB - Erholungsheime, wo eine Familie für wenig Geld Urlaub machen kann, alles inklusive, versteht sich.

Eine große Errungenschaft ist ein eigener Fernseher mit winziger Bildröhre. Das Modell hat auch einen Namen „Rubens". Ich sitze dann am Samstag nach dem Baden in Decken gehüllt mit einer Flasche süßer Milch in den Patschehändchen und gucke den Abendgruß vom Sandmann. Das Fernsehen wird von meinen Eltern sehr kontrolliert. Allein darf ich den Guckkasten sowieso nicht anschalten. „Flax und Krümel", „ Professor Flimmrich" und Märchenfilme begleiten meine kindliche Phantasie. Von Anfang an hämmern mir meine Eltern in mein kleines Hirn, daß es bei Strafe verboten sei, den „feindlichen" Westsender zu gucken. Daß das seine Wirkung nicht verfehlt, wird mir später in der Schule klar.

Ich bin nun drei Jahre und gehe in den Kindergarten. Wir spielen in einem Riesengarten einer Riesenvilla, essen von den Bäumen das unreife Obst und bekommen Bauchweh. Der Internationale Tag des Kindes ist ein besonderer Höhepunkt. Jedes Kind soll sich in eine erkennbare Nationalität verkleiden. Mein Vater bringt vom Vietnambasar seines Betriebes einen Strohhut mit und so legen meine Eltern fest, daß ich als Asiatin gehe. Aus schwarzen Wollfäden steckt mir Mutti einen langen Zopf an. Eine schwarze Trainingshose und eine bunte Bluse ergänzen das Kostüm und so bin ich, ohne Geld auszugeben, eine vietnamesische Chinesin.

Wenn ich am Nachmittag vom Kindergarten nach Hause komme, werde ich stetig mit dem Satz ermahnt: „Schuhe aus, Schürze um, Hände waschen." Ich lerne früh, wie man mit Messer und Gabel ißt, auch wenn es nichts zu schneiden gibt. Der Ellenbogen darf nie auf dem Tisch liegen und aufstehen darf ich erst, wenn alle fertig sind. Selbstverständlich muß ich Leute, die ich kenne, zuerst grüßen und mit einem Knicks. Im Bus mache ich Platz für ältere Leute. Wehe ich vergreife mich im Ton, dann setzt es eine Backpfeife. Stellt sich heraus, daß ich zu Unrecht geohrfeigt wurde, sagt meine Mutter, daß das nicht so schlimm sei, das sorge für eine gute Durchblutung. Schluß, aus, keine weiteren Diskussionen...

Mittagsschlaf im Kindergarten ist Horror für mich. Wir dürfen nicht am Daumen lutschen, das wird bestraft. Einmal unter der Bettdecke erwischt, reißt mich die Kindergärtnerin aus dem Bett und steckt mich in die Besen- und Bohnerkammer. Dort riecht es scharf nach Bohnerwachs. Der Staubsauger sieht wie ein Kanonenrohr aus. Der Besen wird zur bösen Hexe und der alte, löchrige Aufwischlappen zum Krokodil.

Lange Weile habe ich nicht und spiele mich im Märchenwald müde, bis mich zwei kalte Frauenhände packen und mich in die Wirklichkeit zerren. Am Nikolaustag schlafen alle Kinder ganz brav oder tun wenigstens so. Die Erzieherinnen stecken nämlich an diesem Tag Süßigkeiten in die Stiefel und wer nicht folgsam ist, bekommt Kohlestücke in den Schuh gesteckt. Davor haben wir alle Angst.

Ich kann mich und andere auch verteidigen, wenn man uns Unrecht tut, sogar mit der Faust, wenn es sein muß. Uwe nimmt meiner Freundin Monika einfach die Spielzeugeisenbahn aus Eisen weg. Die schreit laut aus vollem Halse. Ich reiße dem Angreifer die Eisenbahn aus der Hand und haue ihm diese so auf den Kopf, daß es aus der Platzwunde heftig blutet. Meine Rechtfertigung wird erst gar nicht angehört, Backpfeife und basta.

1961 – Am 13. August 1961 werden auf Befehl des Vorsitzenden des Nationalen Verteidigungsrates die Grenzen zur BRD und Westberlin von den Kampfgruppen und der Grenzpolizei der DDR errichtet. Im Volksmund nennt man sie Mauer, offiziell „Antiimperialistischer Schutzwall". Die Mauer soll die Menschen im eigenen Territorium halten und ist vergleichbar mit den Grenzen zwischen Nord- und Südkorea oder den USA und Mexiko. Wenige Wochen vor Beginn des Mauerbaus antwortete der damalige Staatsratsvorsitzende der DDR, Walter Ulbricht auf die Frage einer Journalistin aus Frankfurt am Main folgendes: „Ich verstehe Ihre Frage so, daß es Menschen in Westdeutschland gibt, die wünschen, daß wir die Bauarbeiter der Hauptstadt der DDR mobilisieren, um eine Mauer aufzurichten, ja? Ääh, mir ist nicht bekannt, daß [eine] solche Absicht besteht, da sich die Bauarbeiter in der Hauptstadt hauptsächlich mit Wohnungsbau beschäftigen und ihre Arbeitskraft voll ausgenutzt, ääh, eingesetzt wird. Niemand hat die Absicht, eine Mauer zu errichten." (Walter Ulbricht bei einer Pressekonferenz am 15. Juni 1961 in Berlin) Und am 13. August 1961 wurde bekanntlich diese Mauer errichtet.

Die Familiengeburtstage sind immer ein Vergnügen. Zum Kaffee gibt es Buttercremetorte und während der Vorbereitungen wird überlegt, ob man den Ost- oder Westkaffee nehmen solle. Den Damen reichen die Herrn Eierlikör aus kleinen, weiten Gläsern und Westschokolade. Genüßlich schlecken sie den Rest mit weit ausgestreckter Zunge zum Amüsement der Herren. Die Männer trinken aus großen Cognacschwenkern den „Goldbrand". Onkel Willi aus dem Westen raucht dicke Zigarren und pustet Kringel in die Luft. Zu ihm setze ich mich auf den Schoß und schwenke den Schnaps hin und her. Zum Abendbrot ißt man gerne selbst gemachten Heringssalat und belegte Brote. Beliebt sind auch die Kabaretts, das sind drehbare, in Fächern abgeteilte Speiseplatten aus Glas, gefüllt mit Aufschnitt und Salaten. Fast jede Familie hat einen Onkel Kurt, so auch ich. Wenn Onkel Kurt besoffen ist, steckt er sich vom Gummibaum die Blätter in die Ohren, holt sein künstliches Gebiß hervor und tanzt in der Hocke „Kasatschok ras- dwa- tri." Wir Kinder kreischen und schreien, bis die blauen Adern am Hals sichtbar werden. Unsere Gesichter sind rot verschwitzt und die Haare kleben auf der Stirn.

Tante Wera ist die Frau von Onkel Kurt. Im Schlafzimmer steht ein Kachelofen, daneben die großen Ehebetten mit riesigen Klumpen von Federbetten. Ich habe wieder eine tolle Idee. Wir nehmen uns Regenschirme und springen in die Betten. Das haben wir heimlich im Westfernsehen gesehen. Der Film heißt: „Sprung aus den Wolken". Das staubt so schön und immer wenn ein Erwachsener auf die Toilette gehen will, muß er durch dieses Berliner Zimmer. Dann sitzen wir brav auf der Bettkante und die Erwachsenen loben uns, weil wir so artig sind. Nur meine Mutter, die an Asthma leidet, japst nach Luft und bekommt einen fürchterlichen Niesanfall. Alle lachen, weil sie nicht wissen, wie schlimm das sein kann.
Meine Großeltern haben im Grenzgebiet Bornholmer Straße

einen Schrebergarten von zirka 300 Quadratmetern. Nach dem Krieg 1945 diente er zur Selbstversorgung mit Obst, Gemüse und Kleintieren, die in den Kochtopf wanderten. Auf dem Dach der Laube gab es einen Taubenverschlag. Ich kenne den Garten nur noch ohne Tiere, mit alten Obstbäumen, Blumen und Beerensträuchern an denen ich mir den Bauch vollschlage. Wenn ich darauf kalte Brause aus der Flasche trinke, gibt es ein Malheur. Opa hat die größten Süßkirschen. Das kommt nämlich davon, daß er aus dem Plumsklo die Jauche mit Wasser verdünnt und im Frühjahr damit die Bäume düngt. Fließendes Wasser haben wir auch, unter dem Pflaumenbaum. Neben dem Wasserhahn hat Opa ein kleines Tischchen gebastelt auf dem eine Seifenschale aus Emaille steht. Oft flutscht die Seife aus der Hand in den Sand. Davon ist sie ganz rubbelig und kratzt.

Nach dem Mittagessen unterm Apfelbaum, muß ich Mittagschlaf halten, obwohl ich gar nicht müde bin. Auf dem Sofa in der Laube liege ich wach und starre an die Decke. Es riecht muffig und die Fliegen summen und klatschen gegen die Fensterscheibe. Mein Haar klebt mir im Gesicht. Ich werde erst erlöst, wenn es Kaffee gibt. Der alte Tisch mit den gedrechselten Beinen ist mit einer Wachstuchdecke mit bunten Blümchen im Karomuster bedeckt. Oma hat Blechkuchen aus Hefeteig und Pflaumen gebacken. Die Erwachsenen trinken Bohnenkaffee aus einer großen Porzellankanne mit Goldrand. Die hat als Einzige, aus einem Service für zwölf Personen, die guten und schlechten Zeiten überstanden. Auf dem Kuchen schweben hektisch Wespen, die mit großen Händen verscheucht werden. Die Sonne blendet ungemein und vor meinen Augen tanzen grüne Kringel... Während wir Vesper halten, kriecht unser Nachbar wie ein Hund über den Rasen und sticht mit einem Messer die Gänseblümchen aus. Oft fahre ich mit meinem luftbereiften Roller bis dicht an den Grenzzaun und beobachte die Soldaten, wie sie auf und ab laufen. Manchmal rumpelt ein Trabbijeep vorbei und hinterläßt eine riesige Staubwolke. Am späten Abend jaulen und winseln die abgerichteten Hunde...

Wenn ich morgens um sechs Uhr in den Kindergarten gebracht werde, habe ich meistens gute Laune. Ich singe im Hausflur Kinderlieder und die Schlager, die ich im Radio aufgeschnappt habe. „Marina, zum Abschied sag ich dir goodbye" oder „ Rote Lippen soll man küssen". Da schallt es nämlich so schön. Unsere alte Nachbarin guckt zur Tür hinaus und prophezeit: „ Du wirst bestimmt mal Opernsängerin." Tatsächlich imponieren mir die Musikshows, die meist am Samstag im ersten Westprogramm gesendet werden. Vico Torriani, die Kessler-Zwillinge und Caterina Valente sind meine Vorbilder. Die bunte Glitzerwelt zieht mich in ihren Bann. Ich liebe Strass-Schmuck und Verkleidung und die kleine Elster bekommt zu ihrem Geburtstag einen eigenen Schmuckkasten. Ketten, Ringe und Armbänder aus Trompetengold, auch Eloxal genannt, gehören stets zu meiner Garderobe.

Zu alten Menschen habe ich schon sehr früh eine innige Beziehung. Stundenlang stehe ich im Parterre und unterhalte mich mit der alten Frau Kasiske. Sie ist so arm und bescheiden, daß es manchmal in meinem Herzen piekst. Zum Geburtstag schenkt sie mir immer 10 Mark und das von ihrer Mindestrente. Manchmal träume ich noch heute von ihr. Es ist immer der gleiche Traum: Ich will sie besuchen und die Wohnung ist leer geräumt, weil sie gestorben ist. Ich habe ein fürchterlich schlechtes Gewissen, weil ich mich von ihr nicht verabschiedet habe.

1962 – Der ehemalige SS-Obersturmbannführer Adolf Eichmann wird in Israel zum Tode verurteilt. Marilyn Monroe, die amerikanische Filmschauspielerin, scheidet durch Freitod aus dem Leben. Am 26. Juni 1963 besucht John F. Kennedy Berlin und hält vor dem Schöneberger Rathaus eine Rede, in der er den Berlinern Mut zusprach: „Ich bin ein Berliner" endet er seine Ansprache und die Menschen brechen in Jubel aus. Vier Monate später, am 22. November, hatte die Autokolonne des US-Präsidenten die Houston- und Elm Street passiert, als der Präsidentenwagen vom 5. Stock eines Warenhauslagers unter Beschuß genommen wurde. Eine Gewehrkugel traf Kennedy im Nacken, durchschlug die rechte Lunge, die Brust und den Rücken. Eine zweite Kugel traf ihn tödlich in den Kopf. Der Täter Lee Harvey Oswald verweigerte jedes Geständnis und fiel zwei Tage später ebenfalls einem Mordanschlag zum Opfer.

Meine Schultüte ist so groß, daß ich sie kaum halten kann. Unsere Klassenlehrerin ist eine hagere Frau mit knarziger Raucherstimme. Sie sächselt ungemein und trägt immer am Revier ihres Kostüms das Parteiabzeichen, im Volksmund auch „Bonbon" genannt. Sie hat eine ausgetrocknete Dauerwelle und einen knallroten Mund, auf den ich immer starren muß. Wir haben bei ihr Deutschunterricht. Eines Tages fragt sie uns mit harmlosem Ton, welche Geschichte gestern Abend der Sandmann gebracht habe. Ich mit meinen sieben Jahren begreife sofort, daß das eine Falle ist. Fast alle Kinder melden sich und plappern frank und frei die Ost- oder Westvariante. Mich fragt sie auch, aber ich habe eine gute Ausrede, denn seit geraumer Zeit bin ich Geigenschülerin an der Musikschule Friedrichshain. Ich erkläre ihr, daß ich zum Fernsehen kaum Zeit hätte, weil ich immer fleißig üben müsse. Das leuchtet ihr ein. Das Saatkorn ist ziemlich früh aufgegangen, hell und wachsam zu sein und sich durch prekäre Situationen durchzumogeln.

Meine Geige ist überhaupt mein großer Halt. Hinter ihr kann ich mich gut verstecken. Die Musik wird zu meinem besten Freund. Ich trete aus der grauen Masse hervor und bin privilegiert. In der Schule bin ich schwatzhaft und vorlaut. Auf meinen Zeugnissen steht: ich muß mich im Betragen verbessern! Meine Eltern wollen, daß ich mindestens die Note 2 nach Hause bringe. Es gelingt mir nicht. Mein Vater greift zu einer harten Methode. Gelassen geht er zum Kleiderschrank, holt den Rohrstock hervor und verprügelt mich nach Strich und Faden. Ich habe auf Po und Oberschenkeln blaue Striemen. Beim nächsten Vergehen dieser Art stopfe ich mir Zeitungspapier in die Strumpfhose, aber das lindert die Schmerzen nur wenig. Die Sonderbehandlung hat einen gewissen Erfolg, denn schließlich ist auch mein Vater damit gemaßregelt worden.

Wir haben eine fürchterlich häßliche Sportlehrerin. Sie ist klein, hager und sieht wie ein Mann aus. Wir hassen sie abgrundtief. Wenn einer aus der Reihe tanzt, bekommt er eine Kopfnuß oder sie schmeißt mit dem Riesenschlüsselbund nach uns. Ich kriege das auch zu spüren und habe am Hinterkopf eine Riesenbeule. Erst als meine Mutter sich darüber beim Direktor beschwert, hören diese körperlichen Züchtigungen auf.

Neben mir sitzt Gabi Schulze. Sie ist sehr klein und dünn. Zum Wasser hat sie ein etwas gestörtes Verhältnis. Das Gesicht ist käsig weiß und ihr Hals rabenschwarz. Sie kann ihre Streichholzbeine nicht einen Augenblick still halten. Ich soll ihr wenigstens mit meinen guten schulischen Leistungen ein Vorbild sein. Sie ist wirklich zu doof und wird von den anderen Klassenkameraden gehänselt, wie Kinder nur brutal sein können. Oft sage ich ihr vor und selbst beim Abschreiben aus meinem Heft macht sie Fehler. Das hört auf, als wir in Gruppen A und B eingeteilt werden und dann bleibt sie sitzen. Sie wird meine Freundin, mit ihr kann man tolle Streiche machen. Gisela ist dann die Dritte im Bunde. Gabi wird sich als junge Frau das Leben nehmen, warum, werde ich nie erfahren.

In der Mittelreihe sitzt Ilona. Sie ist immer allein, weil sich alle Kinder vor ihr ekeln. Sie hat Neurodermitis. Sie hat viele Geschwister und trägt abgetragene Kleider. Die Mutter ist geschieden und das Geld knapp. Sie kommt immer mit einer abgewetzten Ledermappe in die Schule, die hat sie noch von ihrem Vater. Niemand will mit ihr spielen. Sie riecht auch etwas merkwürdig. Die Schuppen ihrer Haut liegen vom Kratzen am Fußboden. Wie eine Aussätzige wird sie behandelt. Obwohl sie mir leid tut, kann ich mich auch nicht überwinden. Wir sind alle froh, als sie wegen eines Umzugs die Schule wechselt.

Manchmal werde ich von meinen Mitschülern ausgelacht. Mein Vater spart und spart, das sieht man auch an meiner Bekleidung. Ich trage einen ausgeblichenen Baumwoll- anorak, den man auch noch wenden kann, schon viel zu lange. Ich freue mich, daß die Ärmel mal gerade über den Ellenbogen reichen und sehe das Kleidungsstück schon in die Mülltonne wandern, aber weit gefehlt. Meine Mutter holt die Stricknadeln hervor und strickt ein Riesenbündchen an und freut sich, daß das Kleidungsstück nun wieder für eine Weile seinen Zweck erfüllt. Wie beneide ich doch Petra aus meiner Klasse, die sich immer rühmt, daß ihr Vater bei der Staatssicherheit arbeite. Sie trägt einen Anorak aus Nylon, aus dem Westen. Der ist farbecht und knautscht nicht, wenn man ihn in einen Beutel stopft. Schulisch ist sie auch eine Niete und wird von den Lehrern „durchgeschleift".

Wir werden in die Pioniere aufgenommen, das heißt nicht ich , weil ich im Betragen wieder einen Rückfall habe. Wenn ich doch nur meine Klappe halten könnte. Jetzt sollen „edlere" Erziehungsmaßnahme greifen. Die Feierstunde naht. Alle Kinder tragen oben weiß und unten blau. Astrid, ein dickes Mädchen aus Kirchenkreisen kommend, sitzt mit mir auf der Strafbank in „zivil". Sie will und soll nicht, ich darf nicht. Alle bekommen ein blaues Halstuch feierlich umgebunden und ich fühle mich wie eine Aussätzige. Zum Trost habe ich meine Geige, obwohl ich im Üben auch kein Weltmeister bin. Gedichte kann ich gut aufsagen, meint meine Lehrerin. Der Tierpark in Friedrichsfelde hat Jubiläum. Da soll ich dem Professor Dathe ein Gedicht aufsagen und einen Blumenstrauß überreichen:

Das Gedicht vom Riesen Timpetu

Psst, ich weiß was, hört mal zu
War einst ein Riese Timpetu
Der hat verschluckt, oh Graus
In der Nacht ne kleine Maus
Er ging zum Doktor Isegrimm
Ach Doktor, mir ist gar so schlimm
hab in der Nacht ne Maus verschluckt
Die sitzt im Bauch und druckt und druckt
Der Doktor war ein kluger Mann
Man sahs ihm an der Brille an
Er hat ihm in den Hals gekuckt
Wie, was eine Maus habt ihr verschluckt?
verschluckt nur eine Mietzekatz dazu
Dann läßt sie euch gleich in Ruh

Professor Dathe ist sichtlich gerührt und schüttelt mir die Hand. Normalerweise muß man bei solchen Veranstaltungen in Pionierkleidung erscheinen. Ich befinde mich zu der Zeit noch in meiner Bewährungsphase. Ich reiße mich im Betragen zusammen und nach einem halben Jahr, werde ich für würdig befunden, in die Organisation der „Jungen Pioniere" aufgenommen zu werden.

Der Schulhort ist unser zweites Zuhause. Auf dem Weg dorthin fragen wir beim Bäcker nach Kuchenrändern und manchmal haben wir Glück. Die Schreibwaren- und Spielzeughandlung nebenan ist ein schöner Ort. Dort riecht es so gut nach frischem Papier und Buntstiften. Ich frage die alte Dame hinter dem Ladentisch nach Oblaten, auch Lackbilder genannt. Die Mädchen legen Sammelalben an und in der Schulpause wird getauscht. Wer welche aus dem Westen hat, ist König. Überhaupt spielt der Westen in unseren Köpfen eine dominante Rolle, er ist Status aber auch später, in der Pubertät, Protest. Unsere Sportbekleidung tragen wir mit gewissem Stolz in Plastetüten aus dem Westen. Manchmal steht unser Schuldirektor an der Treppe und fordert uns auf, den Werbeaufdruck der Tüten nach innen zu drehen. Das finden wir natürlich zum kotzen.

Heintje, ein Junge aus den Niederlanden ist ein Kindergesangsstar. Mit „Mama, ich will noch einmal deine Hände Küssen", hat er nicht nur bei den Omas und Muttis der Deutschen Nation ein Stein im Brett. Meine Klassenkameradinnen sind ganz verrückt nach ihm. Sie tragen an Ketten sein ovales Bildnis aus Blech, daß die Bananenfirma „Chiquita" als Werbegeschenk verteilt, wenn die Bürger der BRD Bananen kaufen und sie „rüberschicken". Ich lache die Mädchen aus und mache mich damit unbeliebt. Meine Welt ist eine andere, die Musik. Wenn ich zu Hause allein bin, lege ich die „Fünfte" von Beethoven auf und dirigiere dazu mit einem Bleistift. Ich kenne die Einsätze der Musiker ganz genau und stelle mir vor, ich stünde vor einem Riesenpublikum und wäre berühmt. Den „Egmont" habe ich auch schon gelesen und rezitiere den Schluß mit Pathos und lege dazu die Ouvertüre von Beethoven auf.

In der Woche bekommen die Kinder Mittagessen in der Schule. Die werktätigen Vatis und Muttis essen in der Kantine ihres Betriebes. Unsere Mittagsversorgung findet im Keller unserer Schule statt. Morgens, in der Hofpause, werden die großen Essenskübel angeliefert. Mit lautem Poltern rollen die Männer die schweren Essenskübel den Gang entlang. Am Geruch kann man schon jetzt ausmachen, was es Schönes geben wird. Die Küchenfrauen klatschen uns mit Aluminiumkellen die Matschekartoffeln auf einen viereckigen Plasteteller, der dreigeteilt ist. Das Fleisch ist meist zerkocht und schwimmt in einer wässrigen Soße. Das fade Gemüse gleicht eher einem grauen Brei. Wenn es Milchnudeln gibt, drehe ich mich auf der Stelle um. Das Besteck von zu Hause ist in einem Geschirrtuch eingewickelt und steckt in einer Bestecktasche aus abwaschbarem Textil. Manchmal gibt es als Nachtisch Quarkspeise oder rote Grütze mit Vanillesoße. Im Kellerverlies herrscht ein fürchterlicher Krach und Gestank. Überhaupt besteht ein großer Teil meiner Kindersinneswahrnehmung aus Küchendunst, Bohnerwachs und grellem Neonlicht.

Wir erledigen unter Aufsicht im Schulhort die Hausaufgaben, sehr praktisch für die werktätigen Eltern. Die Hortnerin ist eine schöne Frau aus Bulgarien mit langem Zopf. Sie bastelt mit uns aus Kastanien kleine Tiere und Untersetzer aus bunten Glasperlen. Die verschenken wir zu Weihnachten an unsere Muttis. In mein Poesiealbum schreibt sie mir folgenden Spruch: „In der Parteinahme liegt die Bewährungsprobe für die Persönlichkeit. Wer der Entscheidung ausweicht, wird Amboss. Wer die Entscheidung sucht, Hammer. So liegt das Schicksal in deiner Hand". Mensch, wie das klingt, so klug und weise. Ich fühle mich sehr geschmeichelt. Bei den anderen Mädchen stehen Sprüche wie: „Rosen, Tulpen Nelken, alle Blumen welken. Doch eines nicht, das heißt Vergissmeinnicht". Wenn das kein Unterschied ist!

Das Mittagessen ist billig und für minder bemittelte Familien umsonst. Am Nachmittag bekommen wir Milch und Marmeladenbrötchen. Ich reiße mich immer um die Aufgabe des Schmierens. Die Marmelade kommt aus großen Pappeimern mit der Aufschrift: „Mehrfruchtmarmelade". Wenn der Eimer leer ist, lecke ich ihn mit meinem Zeigefinger blitzblank. Wir lernen Gedichte, denn Anlässe gibt es ja genug, vor allem, wenn der „Internationale Frauentag" am 8. März herannaht. Eben zu solch einem Anlass mache ich meine erste Bühnenerfahrung im VEB Elektroapparatewerke Treptow, kurz „EAW" genannt. Dort arbeitet nämlich meine Mutter als Elektroprüferin. Ich kratze eine Bourrée von Händel auf meiner Geige und fühle mich überhaupt nicht wohl. Meine kleinen Finger sind vor Aufregung ganz glitschig und das Herz pocht bis zum Hals. Das wird sich zeitlebens nicht ändern. Besser geht es beim Aufsagen eines Gedichtes: „Meine Mutti, die ist tüchtig, alles macht sie flink und richtig, schafft zu Haus und im Betrieb, Mutti, ich hab dich so lieb". Alle Muttis im großen Kultursaal des Kombinates sind sichtlich gerührt. Ich stehe oben auf der großen Bühne, mein Wollkleid ist viel zu klein, weil Oma nicht so recht die Größe wußte, als sie es aus dem Westen mitbrachte und meine weiße Strumpfhose zieht Wasser. Meine Haare hat mir Mutti zippelig geschnitten, wir sparen ja schon für den Trabant 600. Ich bekomme viel Beifall und bin etwas verlegen. Die Kollegen aus der Brigade lachen angeschwipst und stopfen mich mit Konfekt und bunter Brause. Plötzlich steht mein Vater eifersüchtig in der Tür und holt uns viel zu früh ab. Mir wird eine viel zu große Mütze mit einer Riesenbommel aufgestülpt und alle lachen über den „Kaffeewärmer". Ein angeschwipster Kollege will mir noch zum Abschied ein Konfektstück anbieten. Ich lehne ab: „Von fremden Menschen, die mich auslachen, nehme ich nichts an", sage ich altklug. Da lachen die Erwachsenen noch viel lauter. Das häßliche Entlein dreht sich um und geht.

Ich leide darunter, daß sich meine Eltern so oft zanken. Manchmal liege ich abends in meinem Bett und habe Bauchschmerzen. Eines Tages nimmt mein Vater mich zu einer Brigadefeier in das Reichsbahnausbesserungswerk „Franz Stenzer" mit. Wir sitzen mit einer sehr attraktiven Frau mit roten Haaren am Tisch. Die Musikkapelle spielt und beide nehmen mich tanzend hoch, daß mir schwindlig wird. Sie treiben es immer toller und der Saal dreht sich wie eine bunte Walze. Ich bin ganz allein der Mittelpunkt und im Übermut sage ich zu der rothaarigen Frau: „Du müßtest meine Mutti sein." Spät geht mein Vater mit mir nach Hause. Er schmeißt mich hoch und ich bekomme vor Lachen keine Luft. Wir betreten die Wohnung. Meine Mutter sitzt heulend auf dem Bett und sagt mit Tränen erstickter Stimme: „Ich bin heute zur Aktivistin ausgezeichnet worden und du amüsierst dich!" Was ich nicht wissen kann, die rote Frau ist seine Geliebte. Meine Mutter tut mir plötzlich so leid und der Satz, den ich leichtfüßig der anderen Dame zugeworfen habe, läßt mich vor Scham erröten. Nur meiner Oma, die meinen Vater massiv unter Druck setzt, ist es zu verdanken, daß mein Vater bei uns bleibt. Sie ist die große Kraft, die uns alle zusammenhält.

Meine Eltern haben mir schicke Möbel gekauft. Sie sind ins große Wohnzimmer gezogen und schlafen auf einem Klappsofa. Ich habe nun mein eigenes Zimmer. Nach dem Zubettgehen haben meine Eltern mir verboten, auf die Toilette zu gehen. Ich pinkle dann einfach auf den langen, neuen Läufer, der sich nach einiger Zeit anfängt, zu verformen. Meine Mutter sagt mir auf den Kopf zu, was sie vermutet. Darauf hin wird das Verbot aufgehoben. Auch im Kinderferienlager ist es verboten, nach dem Zubettgehen auf die Toilette zu gehen. Kinder, die ins Bett pinkeln, werden als Bettnässer nach Hause geschickt. Ich weis mir zu helfen, sammle Zellstoff, pinkle da rein und werfe den nassen Klumpen am nächsten Morgen ins Klo.

Mein Kinderzimmer in der Gürtelstraße liegt genau neben dem Außenklo unseres Nachbarn. Ich höre ihn schweren Schrittes die halbe Treppe hinauf gehen und freue mich auf die folgende längere Sitzung. Meistens liege ich dann schon im Bett und fühle mich nicht so allein. Wenn er dann krachend in die Schüssel furzt, krieche ich kichernd unter meine Decke. Ich gebe geheimnisvolle Klopfzeichen und stelle mir vor, er erschrecke sich über den „furchteinflößenden" Hausgeist.

Unsere Straße hat einige kleine Läden. Zum Milchmann schickt mich meine Mutter mit der Kanne aus Aluminium. Die Butter wird vom großen Stück abgeteilt, so ähnlich wie heute bei Butter-Lindner. Ich darf mir dann zur Belohnung Kaugummi für 10 Pfennige kaufen. Sie sind knochenhart und kein Vergleich zu denen aus dem Westen.

Manchmal bekommen wir ein Päckchen aus Westdeutschland. Mein Großvater hat vor dem Krieg in Westberlin gearbeitet und erhält eine Rente von 15 Mark. Eine „Strohfrau" verwaltet das für uns große Vermögen und schickt Café, Schokolade und die gute Luxseife. Auf dem Postamt, wenn wir die Kostbarkeit abholen, riecht es wunderbar.

Die altmodische Drogerie in unserer Straße besuche ich oft, weil es da so viel zu gucken gibt. Die dunkelbraunen Regale, bis unter die Decke reichend, sind mit schönen Dingen bestückt. In einer Schauvitrine liegen die Dinge, die eine Frau schöner machen. Puderdosen, Lippen- und Augenbrauenstifte - ach die möchte ich schon jetzt so gerne haben. Ich bin nun schon 12 Jahre und warte sehnlichst darauf, erwachsen zu werden. Da liegen auch die geheimnisvollen Päckchen, mit der Aufschrift „Alba Zell", welche die Frauen allmonatlich benutzen. Ich habe meine Mutter schon vor einiger Zeit danach gefragt und sie hat mir erklärt, wenn man eine Blutung bekäme, man erwachsen sei und Kinder bekommen könne.

Der Drogist hinterläßt bei mir auch einen gewissen Eindruck, er hat einen gewaltigen Schmiß an der linken Wange. Den hat er sich, wie mir mein Vater erklärt, mit dem Säbel der Burschenschaft zugezogen. Den Sinn dieser Prozedur habe ich bis heute noch nicht nachvollziehen können.

Auf dem Boden der Drogerie stehen große Säcke mit Erbsen, Bohnen und Hirse. Zu gerne lasse ich die sanften Körner durch meine Hände gleiten. Die Frau vom Drogisten hat schwarz gefärbte Haare, die sie zu einem hohen Turm aufgesteckt hat. Die Augenbrauen sind mit einem schwarzen Stift zu großen Bögen fett nachgezeichnet und wenn sie spricht und die Stirn nach oben zieht wandern die Balken hoch und runter.

Beim Gemüsehändler gibt es alles lose. Das Sauerkraut ist schon halb verzehrt, wenn ich nach Hause komme. Die Fleischerei Matthes bietet noch Selbstgemachtes. Der Duft von Geräuchertem macht Appetit. Wenn die Chefin mit ihren dicken, rotangelaufenen Wurstfingern die Wurst abschneidet, fragt sie immer im gleichen Tonfall: „In Scheiben oder im Stück?"

Die Markthalle am S-Bahnhof Frankfurter Allee ist mein Genußtempel. Der Stand mit den Süßigkeiten ist prall und bunt gefüllt, von Mangelware keine Spur. Dort sind Bonbongläser mit grünen Maiblättern, Himbeerbonbons und für den Husten die länglich-gelben, die immer so kütern, wie mein Opa in seinem pommerischen Platt zu sagen pflegt.

Der Fischstand, zugebaut mit großen Eisblöcken, ist das reinste Horrorkabinett. Die Fische liegen aufgestapelt auf Eisblöcken und die toten Augen starren vorwurfsvoll ins Leere. Der dicke Fischverkäufer mit einer Brille so dick wie gläserne Aschenbecher, trägt eine weiße, blutverschmierte Gummischürze. Im Hintergrund steht der Schlachttisch mit der Holzkeule. Links daneben ist ein Frischwasserbecken, gefüllt mit lebenden Karpfen. Die armen Kreaturen zappeln und springen an die Wasseroberfläche. Meine Freundinnen, Gisela, Gabi und ich haben einen famosen Plan: Bewaffnet mit Spritzpistolen schleichen wir uns an den Stand, bespritzen den Verkäufer und beschimpfen ihn „Fischmörder, Fischmörder, Fischmörder." Der schreit und schwingt die Keule und tut, als wolle er uns nachlaufen. Blitzschnell sind wir im Getümmel verschwunden und fühlen uns wie große Helden.

Ich bin jetzt ein Schlüsselkind und muß nach der Schule nicht mehr in den Hort. Darauf habe ich lange gewartet und bin stolz, daß meine Eltern mir das nötige Vertrauen schenken. Wenn ich aus der Schule komme, muß ich Aufgaben erledigen, die mir meine Mutter auf einen Zettel geschrieben hat. Da steht zum Beispiel: „Meine Liebe, wenn Du Deine

Schularbeiten erledigt und Geige geübt hast, bringe bitte den Mülleimer herunter und gehe folgendes einkaufen: 200 Gramm Teewurst, 500 Gramm Salami und Kuchen für den Nachmittag. Wenn Du was Schönes siehst, dann bringe es mit. Die leeren Flaschen bring auch weg und pass schön auf, wenn Du über den Damm gehst. Wenn Du Lust und Zeit hast, dann mache die Küchentür etwas sauber." Solche und ähnliche Briefe liegen jeden Morgen auf dem Küchentisch. Da gibt es Ratschläge, wie man die Königsberger Klopse, ohne daß sie anbrennen, erwärmt oder Ermahnungen, sich warm genug anzuziehen und die Mütze nicht zu vergessen. Auf den Briefen liegen manchmal kleine Süßigkeiten. Die Briefchen bewahre ich noch heute in einem Schuhkarton auf.

Unser Familienleben ist sehr geregelt. Der Fernseher läuft, wenn überhaupt, nur am Abend. Am Wochenende kocht meine Mutter herrliche Braten mit viel Soße. Wenn sie ein Huhn oder einen Fisch ausnimmt, darf ich ihr helfen. Davor ekle ich mich nicht ein bißchen. Ich untersuche die Eingeweide, schneide den Magen auf. Der ist voll mit Sand und Steinchen. Bei der Galle soll ich ganz vorsichtig sein, damit das Fleisch nicht bitter wird. Die kleinen Eier ohne Schale kommen mit den Innereien in die Suppe. Wenn meine Mutter einen Pudding kocht, ruft sie: „Topfauslecker gesucht". Dann renne ich in die Küche und kratze mit dem Löffel den Topf aus. Im Hochsommer verbringen wir den Sonntag am Flakensee. An trüben Tagen sitzen wir gemeinsam am Tisch, spielen Karten, „Mensch ärgere dich nicht", Domino oder Mikado.

1967 fahren meine Eltern mit mir nach Polen. Mein Vater wurde 1926 in Treptow an der Rega, dem heutigen Trzebiatów, geboren. Er zeigt mir sein Elternhaus und die Bäckerei, in der meine Oma bis zuletzt hinter dem Ladentisch gestanden hat und mal schnell meinen Vater im darüber liegenden Schlafzimmer zur Welt bringt. Ich erfahre auf dieser Reise die Zusammenhänge, warum das jetzt zu Polen gehört und die Häuser nicht mehr uns gehören. Ich will mit meiner Rollfilmkamera ein Foto machen. Das Haus sieht elend aus. Ein Pole kommt herbei geeilt, hält seine Hand vor die Kamera und schreit: „Ne wollno, ne wollno." An seiner Geste kann ich ablesen, daß ihm der Zustand der Häuser peinlich ist.

Mit Arbeitskollegen meines Vaters fahren wir auf einem Campingplatz bei Kolberg an der Ostsee, dem heutigen Kolobrzeg. Die Zelte werden gemeinsam aufgebaut. Die Frauen ziehen ihre bunten Kittelschürzen an und schälen Kartoffeln. Manni, ein beleibter Mann mit Halbglatze, geht sogleich mit Angel und Eimer los. Er will für den Abend was Schönes fangen. Stundenlang sitzt er am Strand und glotzt verloren aufs Wasser. Keiner darf ihn stören, werde ich ermahnt. Meinem Vater erzähle ich, was ich vorhabe. Für Streiche ist er immer zu haben. Wir schleichen uns von hinten an den Eimer. Da schwimmen sie, die kleinen Kreaturen. Mir wachsen Riesenkräfte und ich stemme in Sekundenschnelle das randvoll gefüllte Gefängnis und schleudere die Insassen zurück in die Freiheit. Manni will mich fangen und verhauen, sieht aber meinen Vater, wie er sich vor Lachen biegt und lässt von mir ab. Am Lagerfeuer trinken die Erwachsenen Schnaps und amüsieren sich über meine Heldentat, nur Manni wirft mir bitterböse Blicke zu.

Gisela ist nun meine Busenfreundin, im wahrsten Sinne des Wortes. Im Sportunterricht, wenn wir uns voreinander ausziehen, wird verglichen, wessen Busen schon am entwickeltsten ist. Es wird dann so eine Art Jury gebildet, die dann entscheiden muß, wer das meiste vorzuzeigen hat. Gisela bewohnt mit ihren Eltern und der Schwester eine armselige Wohnung, wo sich die Toiletten auf dem Hof befinden. Es gibt nur zwei Durchgangsräume und am Tag ist es stockdunkel. Nach der Schule gehen wir oft zu ihr, kuscheln uns dann in die Betten der Eltern und spielen Liebespaar. Wir liegen, nur mit Strumpfhaltern bekleidet, und küssen uns. Das kribbelt so schön und uns wird ganz heiß. Wir bekommen fast zeitgleich unsere Periode und legen für uns fest, daß wir nun erwachsen sind. Ich habe während meiner Regel starke Krämpfe und kann den ersten Tag nicht die Schule besuchen. Meine Mutter schreibt dann immer Entschuldigungszettel und ich schlucke Schmerztabletten, bis mir übel wird.

Im Biologieunterricht lernen wir, wie sich die Frösche vermehren. Der Lehrer beschreibt uns ganz sachlich diesen Vorgang, ein Bild im Biologiebuch veranschaulicht dieses sehr deutlich. Ich kann mich auf den folgenden Unterricht nur schwer konzentrieren. Ich wußte bis jetzt, ich bin 12 Jahre, daß die Kinder aus dem Bauch der Mutter kommen, habe aber immer geglaubt sie kämen vom Küssen da hinein. Ich kombiniere und frage meine Mutter. Die bestätigt mir ganz trocken, „wenn man Kinder bekommen will, der Mann sich auf die Frau legt und seinen Samen in die Muschi der Frau hineinspritzen muß". Ich bin völlig platt. Jetzt male ich mir den „Akt" zwischen meinen Eltern aus. Außerdem ist meine Mathematiklehrerin eine vornehme Frau mit rotlackierten Fingernägeln und ich weiß, daß sie einen Sohn hat. Ich kann mir beim besten Willen nicht vorstellen, daß die... „Na klar, wenn sie einen Sohn hat, dann wird sie es wohl gemacht haben", sagt meine Mutter wieder kurz und schmerzlos und das war auch schon. Ich liege die halbe Nacht wach in meinem Bett und gehe gedanklich alle Personen durch, die ich kenne, meine Großeltern, Tante Wera und Onkel Kurt, meine Lehrer und die Leute aus dem Fernsehen, die Könige und Prinzessinnen. „So eine Sauerei", denke ich und schlafe schließlich tief und fest ein...

In der Wohnstube meiner Eltern steht ein kleiner Schrank, der immer abgeschlossen ist. Mein Vater macht auch immer ein Tamtam, wenn er ihn öffnet und wieder schnell verschließt. Das stachelt meine Neugier an. Ich suche alle möglichen

Schlüssel zusammen, die in der Wohnung aufzufinden sind. Mit einer Feile schrubbe ich den Schlüsselbart so zurecht, daß er auch prompt paßt. Meine Eltern sind auf der Arbeit, so habe ich genug Zeit, mit klopfendem Herzen zu schnüffeln. Ich finde Aktbilder einer Frau auf einem Negativ, kann aber die Dargestellte nicht erkennen. Ist das etwa meine Mutter? Am Abend bin ich etwas verstört, kann aber den Dampf nicht so ohne weiteres ablassen. Ewig werde ich dieses ungelöste Geheimnis mit mir herumtragen. Erst als erwachsene Frau wird mein Vater mir sein Geheimnis beichten, aber da ist es mir schon längst egal.

CSSR 1968: Im Sommer fahre ich nach Lučivná, in die Niedere Tatra in ein Ferienlager. Wir wohnen mit tschechischen Kindern in schönen Bungalows. Wir wandern in der herrlichen Natur und abends wird getanzt. Bis wir nach etwa 10 Tagen gewisse Veränderungen bemerken. Das Essen wird schlechter und unsere Erzieher laufen mit Trauerminen herum. Zeitung und Fernseher haben wir nicht. Nach einem Mittagessen erfahren wir kindgemäß von einer gewissen Krise im Lande und daß wir damit rechnen müßten, den Aufenthalt zu verlängern oder zu verkürzen. Ein abenteuerliches Gefühl macht sich breit und ich sehe eine Chance, früher nach Hause zu kommen. Das Essen wird immer knapper und wir müssen Wiesenchampignons sammeln. Daraus machen dann die Küchenfrauen eine eklige Suppe. Ganz schnell müssen wir am nächsten Tag unsere Koffer packen, denn ein Sonderbus soll uns nach Hause bringen. Wir fahren durch geschundene Dörfer und an einer Hauswand lese ich in großen Buchstaben: ULBRICHT, DEINE ZEIT IST GEKOMMEN!

Mein Großvater betitelte Walter Ulbricht oft als „Spitzbart", worauf meine Oma immer sagte. „Hör auf, du bringst uns noch alle ins Gefängnis". Das ist was für mich, da schwingt Verbotenes mit, das ist Aufruhr gegen etwas,

was ich noch nicht so richtig verstehen, aber schon ahnen kann. Meine erste Zäsur, sich nicht nur für „Mädchenkram" zu interessieren.

1968 – Das Ende des Prager Frühlings: So richtig attraktiv stellte sich der Sozialismus weder in Polen, der DDR, noch in der Tschechoslowakei dar. Immer wieder kam es zu Auflehnungen im eigenen Lager. Die Genossen muckten gegen den sowjetischen Führungsanspruch auf und mußten zur Räson gebracht werden. Unter dem Reformpolitiker Dubček schlug das Land einen eigenwilligen Kurs ein, der auf Freiheit und mehr Selbstbestimmung basierte. Eine Weile sahen sich das die Gralshüter der reinen marxistischen Lehre in Moskau mit an, bis ihnen klar wurde, daß die Prager Entwicklung eine Eigendynamik entwickelte, die außer Kontrolle zu geraten drohte. Nach einigen Drohgebärden beschloß man, dem „Frühling" ein Ende zu setzten. Die Sowjets landen mit zwei Flugzeugen in Prag. Angeblich warten sie wegen technischer Fehler auf Ersatzteile aus Moskau. Diese Flugzeuge entpuppen sich später als fahrende Radarstationen und weisen die anfliegenden Maschinen ohne jede Hilfe des Towers ein. Die „Transittouristen" haben MGs aus ihrem Gepäck geholt und den Flugplatz besetzt. In der Präsidiumssitzung ruft Dubček, den Tränen nahe, aus: „Das ist die größte Tragödie meines Lebens. Mir so etwas anzutun, mir, der ich mein Leben lang für die Freundschaft zwischen der Sowjetunion und der Tschechoslowakei gearbeitet habe!" Die Armee der CSSR hielt still. Panzer der „Brudervölker" ließen die Hoffnung auf einen Sozialismus mit menschlichem Antlitz welken. Der Student Juri Pachmann verbrennt sich am Wenzelsplatz und ein Teil der Welt weint.

In der Schule gehörte ich nun zu den Besten. Ich weiß, daß ich nur durch gute Zensuren mein Berufsziel, Ärztin zu werden, erreichen kann. Mein Vater unterstützt mich sehr in meinem Wunsch und kauft mir ein Mikroskop. Stundenlang sitze ich in meinem Zimmer und untersuche Haare, Blutstropfen, die ich mir mittels einer Stopfnadel aus dem Finger quetsche, Insekten und Popel aus meiner Nase. Jetzt ist es mir auch peinlich, wenn ich als Gruppenratsvorsitzende, Meldung machen muß und das hörte sich ungefähr folgendermaßen an: „Pioniere und Schüler Achtung, die Augen geradeaus, Frau Soundso, die Klasse 7 A ist zum Unterricht bereit."

Immer noch gehe ich fleißig zum Geigenunterricht. Ich habe eine neue Lehrerin. Sie ist ein großes, unbarmherziges Monster, aber ich liebe sie trotzdem. Ich spüre hinter der strengen Fassade eine gewisse Güte. Ich soll den Quintenzirkel lernen und bin zu faul. Beim nächsten Unterricht soll ich ihn auswendig aufsagen und kann ihn eben nicht. Sie schwillt über mir zu einem großen Drachen an und haut mit der Faust im Takt auf den Flügel und schreit: „G D A E H Fis Cis, F B Es As Des Ges Cec". Ich muß mit Schlag der Faust wiederholen: „G D A E H"... bis die Tränen fließen und dann die Vorzeichen der Tonarten in Kreuzen und Bs: „fis cis gis dis ais eis his" und „b es as des ges ces"... Heute könnte man mich aus dem Tiefschlaf wecken und es käme wie aus der Pistole herausgeschossen: „G D A E H" ... usw. Sie ist es, die mir später meinen Weg, Sängerin zu werden, ebnet.

1969 – Der Menschheitstraum, auf fremden Himmelskörpern zu landen, erfüllt sich am 21. Juli 1969. Der Astronaut Neil Armstrong betritt um 3.56 Uhr den schönen Mond. Beim Anschauen der Bilder im Fernsehen, bleibt mir der Mund offen stehen. „Ein kleiner Schritt für den Menschen, aber ein gewaltiger Sprung für die Menschheit", sind beim Ausstieg seine ersten Worte.

Die Röcke werden kurz und ich leide. Ich finde meine Beine häßlich und trage nur schwarze Hosen mit Schlag. Ich gehe in die 8. Klasse und bald sollen wir die Jugendweihe erhalten. Die sogenannten Vorbereitungsstunden sollen uns zu guten, sozialistischen Persönlichkeiten werden lassen. Wir pubertieren ohne Ende, fühlen uns stark und probieren zu rauchen. Mir wird ganz schwarz vor Augen und das Gefühl auf der Zunge ist pelzig.

Wir wenden uns vorsichtig und unsicher dem anderen Geschlecht zu. Die Jungen nehmen uns in den Schwitzkasten und glauben, daß es uns gefiele. Sie schicken uns auch kleine Briefe mit unbeholfenen Schmeicheleien und Komplimenten. Ich finde Jungen in meinem Alter infantil und abstoßend. Verliebt bin ich in meinen Physiklehrer. Er ist graumeliert, hat eine tiefe Stimme und schöne Hände. Ich lerne eigentlich nur für ihn und habe Einsen, obwohl mich der Aufbau einer elektrischen Sicherung nicht im geringsten interessiert. Nach der Physikstunde gehe ich zu ihm und habe Fragen zum Unterricht. Sicher weiß er genau, daß es für mich keine fachlichen Probleme gibt, aber er spielt mit und erklärt geduldig die „nicht verstandenen" Aufgaben.

In den Sommerferien arbeite ich, um mir meine eigenen Wünsche zu erfüllen. Ich spare für einen Plattenspieler. Im Süßwarenkombinat Weißensee sitze ich im Kühlhaus am Fließband und muß in Pappschachteln die Sorte „Schwarze Johannisbeere" einfüllen. Wir arbeiten ohne Handschuhe, so daß an jeder Praline die Fingerabdrücke kleben. Nach dieser Tätigkeit werde ich das Zeug nie wieder anrühren. Neben mir sitzen Mädchen aus einem Heim für schwer erziehbare Kinder. Ein Mädchen fällt durch ihre Burschikosität besonders auf. Sie ist rotzfrech und greift den Mädchen beim Umziehen an die Brüste. Sie kommt von hinten an mich heran, macht mir den BH auf und lacht sich kaputt. Ich bin ja noch so naiv und werde von den anderen Mädchen aufgeklärt, daß es sich um eine Lesbe handelt. Ich höre dieses Wort zum allerersten Mal. Das haben wir in der Schule nicht gelernt. Da muß meine Mutter wieder herhalten und sie macht mich auf die beiden Frauen aufmerksam, die in unserer Nähe einen Farbenladen führen. Sie haben schon immer eine gewisse Faszination auf mich ausgeübt, weil die eine immer wie ein ganzer Kerl aussah. Das ist für diese Zeit ein ungewöhnliches Bild. Daß es gleichgeschlechtliche Liebe gibt, erschreckt mich eigentlich nicht und ich vergesse auch schnell diesen Eindruck. Das lesbische Mädchen am Fließband kann ich besonders gut leiden. Sie ist eben nicht angepasst wie die meisten, die traut sich was! Sie muß, wenn alle Pralinen einsortiert sind, die Schachtel mit einem Deckel schließen. Sie malt mit einem dicken Filzstift schweinische Zeichen, die manchmal an Hauswänden zu sehen sind, auf die Innenseite des Deckels. Wir stellen uns dann bildlich vor, wie es wäre, wenn der Chef eines Kombinates seiner Sekretärin diese zum Geschenk macht!

Die Ferien sind vorbei und ich habe meinen geliebten Plattenspieler. Wir haben das Jahr 1970. Die DDR feiert den 200. Geburtstag von Ludwig van Beethoven. Ich lege mir eine umfangreiche Plattensammlung zu. Ich sammle Beethoven Biographien, sitze abends bei Kerzenschein in meinem Zimmer, lese und vergrabe mich in romantische Gedanken. Mein neuer Schwarm ist nun Kurt Masur, er dirigiert im Beethovenjahr alle neun Sinfonien und am Sonntag Vormittag gibt es im Fernsehen eine Einführung mit dem Musikwissenschaftler Prof. Rebling und dem Starpianisten Zechlin. Ich fahre mit einem schwärmerisch, verehrenden Brief in der Tasche nach Leipzig und gebe den Brief in Schönschrift beim Pförtner im Gewandhaus ab. Keine Antwort. Ich starte einen nächsten Versuch und gebe einem Musiker in der Deutschen Staatsoper meine schriftlich niedergelegte Verehrung in die Hand - wieder keine Antwort. Und so lege ich für mich erst einmal fest, daß alle Männer unzuverlässig und arrogant sind.

Wir haben eine neue Lehrerin für Geschichte. Sie ist recht jung und sieht ganz gut aus. Ihr monotoner Tonfall ist zum Einschlafen. Um einigermaßen durch die Stunde zu kommen, beschäftigen wir uns mit interessanteren Dingen. Wir schreiben Briefchen, die durch den Klassenraum hin und her geschnipst werden. Es ist sehr laut und ihre wispernden Ermahnungen verflüchtigen sich zwischen unserem Lachen und Geschrei.

Im Sommer trägt sie Sandalen. Sie steht angelehnt am Lehrertisch, schlüpft mit dem einen Fuß aus dem Schuh und stellt nunmehr den nackten Fuß auf den anderen. Henry, der Frechste in der Klasse, sitzt vorn. Er dreht sich mit einem Grinsen zu uns, nimmt sein Lineal und wir ahnen, was er vorhat: Er fischt den Schuh wie an einer Angel und hält das Riemchenschühchen vor die Nase der Lehrerin. Obendrein heißt sie auch noch Frau Standfuß. Die ganze Klasse biegt sich vor Lachen und Frau Standfuß bekommt einen roten Kopf. Sie droht mit aufgesetzter Autorität: „Das melde ich alles dem Direktor." Sie ist es auch, die ertragen muß, wenn wir einen stinkenden Harzer Käse hinter die Heizung ablegen, nur haben wir nicht recht bedacht, daß uns selbst der Gestank wochenlang belästigen wird.

1971 werden wir in die Reihen der Erwachsenen aufgenommen. Zuvor müssen wir die sogenannten Vorbereitungsstunden absolvieren. Wir besuchen die Volkskammer und hören von einem Arbeiterveteranen, wie er unter den deutschen Faschisten im Untergrund gearbeitet habe. Ich weiß, daß mein Großvater mütterlicherseits, wegen Widerstands gegen Hitler drei Jahre in Brandenburg gesessen hat, nur mit dem Unterschied, daß die Genossen ihn nach der Befreiung einfach vergessen hatten, auch dann, als er nach Schlaganfällen 15 Jahre gelähmt im Bett vegetieren mußte, ohne auch für den Rest seines Lebens nur ein Mal an der frischen Luft gewesen zu sein. Rollstühle gab es da auch schon. Er ist durch das Liegen regelrecht verfault. Ich werde den Gestank nie vergessen, als mein Vater den Toten gewaschen hat.

In schönerer Erinnerung ist mir der Besuch von „Sanssouci" geblieben. Uwe, dem ich im Kindergarten die Eisenbahn auf den Kopf gehauen habe, ist in mich verknallt. Er weiß, daß ich schöne, alte Dinge liebe und klaut aus dem Sterbezimmer vom Alten Fritzen eine feuervergoldete Messinggirlande. „Augen zu, Hand auf" flüstert er mir verliebt ins

Ohr und legt den mutigen Liebesbeweis in meine Hand. Ich fühle mich geschmeichelt, denn er ist der Stattlichste unter den Jungen. (Ich bewahre sie noch heute auf und sie ist in meinem Auto mein ständiger Begleiter. Eigentlich müßte ich sie heute, nach 40 Jahren rausrücken und als geklautes Kulturgut zurückgeben. Aber ich habe Angst, daß man mich dafür noch heute verhaften könnte. Durch mein hiesiges Geständnis, welches ich jetzt abgegeben habe, nehme ich alle Schuld auf mich...)

Der große Tag der Jugendweihe naht und wir sind alle aufgeregt. Es soll auch das letzte Mal sein, wo alle drei Strophen der Nationalhymne gesungen werden - Deutschland einig Vaterland - das ist das heimliche Gefühl fast aller Menschen von uns. Der Rest will oder darf es nicht zugeben. Wir haben uns alle schick gemacht. Die Mädchen in süßen Kleidern und die Jungen zum ersten Mal im dunklen Anzug mit Krawatte. Wir fühlen uns alle ein wenig altmodisch, tragen es aber mit Würde. Das Jugendorchester meiner Musikschule spielt den Einmarsch der Jugend von Dmitri Schostakowitsch. Unser Direktor hält eine „ergreifende Rede" und dann sprechen wir das Gelöbnis :

Liebe junge Freunde!
Seid Ihr bereit, als Bürger unserer Deutschen Demokratischen Republik mit uns gemeinsam, getreu der Verfassung für die edle Sache des Sozialismus zu arbeiten und zu kämpfen und das revolutionäre Erbe des Volkes in Ehren zu halten.
so antwortet:
Ja, das geloben wir!
Seid ihr bereit, als Söhne und Töchter unseres Arbeiter- und und Bauernstaates nach hoher Bildung und Kultur zu streben, Meister Eures Faches zu werden, unentwegt zu lernen und all Euer Wissen und Können für die Verwirklichung unserer großen humanistischen Ideale einzusetzen, so antwortet:
Ja, das geloben wir!

Seid Ihr bereit, als wahre Patrioten die feste Freundschaft mit der Sowjetunion weiter zu vertiefen, den Bund mit den sozialistischen Ländern zu stärken, im Geiste des proletarischen Internationalismus gegen jeden imperialistischen Angriff zu verteidigen, so antwortet:
Ja, das geloben wir!

Wir haben Euer Gelöbnis vernommen. Ihr habt Euch ein hohes und edles Ziel gesetzt. Feierlich nehmen wir Euch in die große Gemeinschaft des werktätigen Volkes, das unter Führung der Arbeiterklasse und ihrer revolutionären Partei, einig im Willen und Handeln, die entwickelte sozialistische Gesellschaft in der Deutschen Demokratischen Republik errichtet.

Uns klebt beim Nachplappern die Zunge am Gaumen und unsere Stimmen mit dem gewissen Bruch der Pubertät, auch nicht gerade kraftvoll, überschlagen sich. Peinlich ist es uns außerdem. Wäre jeder zutiefst ehrlich gewesen, hätte er zugegeben, nicht so ganz bei der Sache gewesen zu sein. Die Freundschaft zur Sowjetunion ist eine Farce, eine Riesenlüge. Der einzige, zufällige Kontakt zu Menschen aus dem Bruderland war in meinem Leben eine Begegnung auf einem Parkplatz an der Autobahn. Meine Eltern fuhren mit mir in den Urlaub. Wir machten eine Rast und einige Meter entfernt stand ein offener LKW mit sowjetischen Offizieren. An der Ausladeklappe war ein großer, weißer Kreis und daneben stand das Wort Ljudi, zu deutsch „Menschen". Einer der Offiziere winkte mir zu, ich muß ungefähr zehn Jahre alt gewesen sein, und rief: „Djewutschka, idi suda, Mädchen, komm mal her"! Nach einigem Zögern und mit der Erlaubnis meiner Eltern, ging ich zum „Tawarisch Offizier". Er packte einen riesigen Haufen geräucherter Sprotten zwischen zwei Weißbrotscheiben und freute sich wie ein Kind, mir eine große Freude bereitet zu haben. Aus ihm sprach die sprichwörtliche Liebe zu Kindern. Das war das erste und letzte Mal, daß ich Kontakt zu einem Menschen aus der Sowjetunion hatte. Das wird, nachdem 1989 die Mauer fällt, sich ändern.

Die Lehrer, die uns bis jetzt geduzt haben, sprechen uns nun mit Sie an. Das ist schon sehr komisch und man muß sich daran erst gewöhnen.

Die imperialistischen Angriffe, die wir Jugendlichen zu spüren bekommen, sind die tollen Jeans, die Musik, die Westsachen, die der eine oder andere von „drüben" bekommt. Im Staatsbürgerunterricht frage ich unseren Direktor, ob man im Falle eines Krieges den eigenen Bruder aus der BRD erschießen müsse und er bejaht. „Das ist unser Feind, da gibt es kein wenn und aber. Die sozialistische Gesellschaft, die wir errichten, ist die Vorstufe zum Kommunismus". Er schildert uns, wie der denn mal aussehen soll. „Alle Menschen seien da gleich und das Geld würde abgeschafft. Jeder hat zu Essen, eine schöne Wohnung, eben alles, was das Leben angenehm macht". Ich frage nach dem Luxus, wie zum Beispiel eines Brillantringes. Auch da ist er nicht verlegen und meint, daß die kommunistische Persönlichkeit so ausgerichtet sei, daß alle so einen Ring besitzen könnten, ohne daß sich die Menschen an mehr bereicherten. Es gäbe weder Neid, noch Kriminalität. Ich habe eine tierische Wut auf diesen Dummkopf. Daß die einen gleicher als gleich sind, höre ich später als junge Frau im Friedenskreis in einem Lied von Stephan Krawczyk, 1984 in der Gethsemanekirche. Meine Verehrung auch noch heute für seine Lieder mit guten Gedanken und tiefer musikalischer Empfindung...

Nach der Jugendweihe im Kino „Kosmos" geht es zum angenehmeren Teil nach Hause. Meine Eltern schenken mir ein Radio mit einem kleinen Lautsprecher. Von Oma gibt es 100 Mark. Ich freue mich auch über einen eigenen Regenschirm und mein Zimmer ist mit Blumen übervoll. Meine Familie ißt und trinkt ausgelassen und Onkel Kurt hat sich voll im Griff. Nur nicht sein dreizehnjähriger Sohn Thomas, der hat sich heimlich volllaufen lassen und hängt wie eine Schnapsleiche über dem Klobecken. Am nächsten Morgen sitze ich zwischen meinen Geschenken in meinem Zimmer, halte mir die Ohren zu und heule, weil sich meine Eltern wieder zanken. Mein Vater hat eine neue Geliebte.

1971 – Walter Ulbricht, der „Spitzbart", tritt zurück. Er hatte vor dem Mauerbau noch dumm-dreist ins Mikrofon gesächselt: „Niemand hat die Absicht, eine Mauer zu errichten". Erich Honecker wird sein Nachfolger.

Das häßliche Entlein mausert sich. Ich darf mir endlich mit Erlaubnis meiner Mutter die Haare wachsen lassen, töne sie rötlich und schminke mich. In der Schule bin ich gut, besonders im Fach Deutsch. Wir haben eine neue, strenge Lehrerin. Sie ist sehr zierlich und klein und genießt unseren Respekt. Was mich nur stört, ist die uneingeschränkte Liebe zur Partei und Arbeiterklasse. Sie ist als Vollwaise in einem Kinderheim aufgewachsen und die Rotlichtbestrahlung hat sie zu einer glühenden Genossin werden lassen. Zwischen ihr und mir entsteht eine eigentümliche Spannung aus Sympathie und dem Gefühl, bei abweichendem Gedankengut ertappt zu werden. Die Interpretation der deutschen Klassik nimmt skurrile Formen an. Da sind Goethe oder Beethoven fast Vorreiter des Sozialismus. In einem Aufsatz mit der Überschrift „Du bist ein Mensch, beweise es!" mogele ich mich wieder mit meinem Vorbild Beethoven durch dieses Thema und erhalte die Note noch 3. Das verletzt und macht mich wütend. Mit dem Zitat Beethovens,

„Wohltun, wo man kann, Freiheit über alles lieben, Wahrheit nie, auch sogar am Throne nicht verleugnen", habe ich nicht nur meine Lehrerin aufgerüttelt. Meine Mitschüler spazieren mit der Heintje-Plakette von Chiquita an der Kette und alle tragen ihr Sportzeug in Westtüten durch die Gegend. Das gefällt den Gesinnungstreuen nicht. Unser Direktor selektiert alle Schüler vor Beginn des Unterrichts. Auch dürfen christliche Symbole nur getragen werden, wenn man dieser Konfession angehört. Wir boykottieren den Staatsbürgerunterricht und singen das Lied aus dem Kinofilm: „Blutige Erdbeeren". Dieser Vorgang hat Gott sei Dank für uns kein Nachspiel. Wir erfahren einige Zeit später, daß unsere frühere Lieblingslehrerin aus der Unterstufe, im Kofferraum eines Autos, „Republikflucht" begangen hat.

An der Musikschule absolviere ich meinen Grundstufenabschluß und darf nun in Laienorchestern mitspielen. Ich singe einer Gesangslehrerin vor und die nimmt mich mit Kusshand. Daß ich nach nur zwei Jahren Gesang studieren würde, ahne ich nicht in meinen kühnsten Träumen. Meine Gesangslehrerin ist die Lebenspartnerin der Frau, die mir mit Erfolg den Quintenzirkel eingehämmert hat. „Kindchen, was willst du dich mit dem Abitur rumquälen, wenn du schneller einen Beruf haben kannst". Wie recht sie hat. Ich werde also nicht Medizinerin. Ist auch nicht so schlimm, brauch ich nicht an Leichen rumschnippeln. Ich stelle also meine Lebensplanung um und bereite mich auf ein Gesangsstudium vor. Ich werde Mitglied des „Stamitz-Kammerorchesters", einem Laienorchester, daß für seine Leistungen schon viele Preise erhalten hat. Ich lebe in einer Phase, wo sich alles so leicht und unbekümmert anfühlt. Ich brauche mich kaum um etwas zu kümmern. Vater Staat dirigiert und delegiert seine Schäfchen, die trotten in die eine oder andere Richtung und damit schließt sich der wohlbehütete Kreis.

1972 – Olympiade in München. Am 5. September überfallen acht Mitglieder der palästinensischen Terrororganisation „Schwarzer September" das Quartier der israelischen Mannschaft, nehmen 11

Geiseln und ermorden sie beim Befreiungsversuch. Der Grundlagenvertrag zur Normalisierung der gegenseitigen Beziehung zwischen der BRD und DDR wird unterzeichnet.

Zur wöchentlichen Kammerorchesterprobe fahre ich nach Karlshorst. In der Nähe des Bahnhofs befindet sich das Kreiskulturhaus. Ich betrete mit meinem Geigenkasten den Kultursaal. Von weitem hört man schon das Durcheinander von Streichinstrumenten, das zieht einem fast die Schuhe aus. Jeder kratzt eine andere Orchesterstimme, daß man sein eigenes Wort kaum verstehen kann. Ein kleiner, schlanker Mann mit dunklem Haar und Sonnenbrille kommt mir mit federndem Schritt entgegen. Er reicht mir die Hand und hält die meine eine Sekunde zu lang fest. Mit etwas aufgesetzter Leidenschaft begrüßt er mich: „Guten Tag, schönes Mädchen, ich bin der Dirigent". Mir schießt die Feuerröte ins Gesicht und ich möchte im Erdboden versinken. Ich stammle meinen Namen und erzähle ihm meine Winzigbiographie. Das ist genau der Pfeil, nach dem ich Sehnsucht habe. Ich packe meine Geige aus und setze mich brav nach hinten, in die zweiten Geigen. Hier ist erstmal mein kleines Versteck. Ich strecke meine kleinen weiblichen Fühler aus. Der schwarzhaarige Mann am Dirigentenpult greift ebenso die Schwingungen auf und reflektiert unverschämt auf meine süßen 16 Jahre. „Fräulein Buntrock, sie haben zwar eine wunderschöne indogermanische Bogenhaltung, spielen sie doch bitte cis statt c." Ich wußte nicht, daß es die gibt und daß mit dem cis stimmt ja irgendwie. Das ist die pure Frechheit, aber wie er es sagt, bringt mich irgendwie in Wallung. Er ist mit der Konzertmeisterin verheiratet, eine schöne, vollbusige Frau mit sinnlichen Lippen. Ich habe mich wie ein Blitz in diesen Mann verliebt und bin hin und her gerissen zwischen meinem klopfenden Herzen und meinem dummen Verstand. Es fühlt sich gut an und ich habe etwas, woran ich immer denken muß. Er ist der um fünfzehn Jahre ältere, reife Mann. Er verkörpert für mich einfach alles, wonach ich mich gesehnt habe. Er ist in meiner kindlichen Naivität die Kompensation für meine Leidenschaft zu Beethoven. Es beginnt ein Katz-und-Maus-Spiel, ich gebe Signale und ziehe sie unsicher wieder zurück, weil ich auch weiß, daß er zwei Kinder hat. Das gefährliche Spiel mit dem Feuer nimmt seinen Anfang.

Holger, ein riesengroßer, blonder, etwas schwammiger Typ von der Waterkant kommt zu uns als Aushilfe ins Orchester. Er wirft mir gleich verliebte Blicke zu. Den verheirateten Mann will ich aus meinen Gedanken verbannen, weil mich das schlechte Gewissen quält. Meine Mutter ist von dem blonden, großen Kerl ganz begeistert, obwohl sie innerlich zugeben muß, daß er nicht zu mir paßt. Sie wittert meine Vorliebe für ältere Männer und weiß, daß ich das Außergewöhnliche bevorzuge. So ist sie zufrieden, daß ich einen 23-jährigen Freund habe, aber eben nur halbherzig. Holger ist der Mann, den sich eine Schwiegermutter erträumen würde. Er verwöhnt mich, kocht und nimmt Tonbänder auf, mit Musik aus dem Westen, die ich nicht kenne. Von der Rockoper „Tommy" habe ich noch nie etwas gehört - es ist eine Rarität, um die mich viele beneiden würden. Aber so richtig kann ich mit dem Geplärre nichts anfangen. Holger ist Bratscher im „Erich Weinert"- Ensemble, daß viel in der DDR und im sozialistischen Ausland unterwegs ist. Und dann schickt er mir auch noch aus Güstrow ein besprochenes Tonband, auf dem er mir sagt, daß er mich liebe und schmatzt viele feuchte Küsse. Holger hatte noch nie ein Mädchen. Er ist sehr lieb, aber leidenschaftslos. Seine Küsse schmecken nach Sand und Fisch. Wenn wir im Hausflur knutschen und fummeln, weiß er nicht, wie man den BH aufmacht. Er trägt auch immer so weite Hosen. Ich spüre seine Erregung und mir fällt nicht ein, was man da machen muss. Es holpert und klappert an allen Enden. Eines Tages sind wir zu einer Fahrt nach Potsdam verabredet. Holger will mich abholen, aber ich mache die Tür nicht auf. Durch den Türspion kann ich sehen, wie er auf und ab läuft. Ich halte den Atem an, damit er mich nicht hört. Ich fühle mich mies, feige und unaufrichtig. Dabei müßte man ihm doch einfach sagen, daß das nicht geht mit uns. Er steht vor der Wohnungstür wie ein Hund, den man nicht reinläßt. Durch den Briefschlitz schiebt er eine S-Bahnfahrkarte, die er schon fürsorglich für uns gekauft hatte. Darauf steht ein letzter Gruß und sein Bedauern...

Unser Kammerorchester fährt 1972 zu den Arbeiterfestspielen nach Schwerin und Ludwigslust. Diese Festspiele finden alle zwei Jahre in einem anderen Bezirk der DDR statt. Gestaltet werden sie als Volksfest und sollen über die Entwicklung des geistig-kulturellen Lebens informieren. Organisatoren sind der FDGB, die FDJ, der Kulturbund der DDR und die Nationale Front. Der Zusammenhalt der Berufskünstler und der Werktätigen soll hiermit herausgehoben werden. Ich freue mich unbändig auf diese Reise, kann ich doch dem Mann nahe sein, der mein ganzes Denken beherrscht.

Im großen Schloss Ludwigslust hält der Bürgermeister eine Rede. Der Saal ist festlich erleuchtet und das Publikum zahlreich erschienen. Wir haben einen neuen Dirigenten und meine Liebe wird als Solist das Violinkonzert von Karl Stamitz spielen. Für ihn habe ich mir einen schicken, schwarzen Rock und eine weiße Bluse mit Rüschen gekauft. Viele Gedanken rasen durch meinen Kopf und dann werde ich durch Raunen und verhaltenes Gelächter aus meinen Gedanken gerissen - hab ich eben richtig gehört? Der Bürgermeister begrüßte gerade das Kammerorchester aus der „Reichshauptstadt" Berlin. Ich bin zwar erst 16 Jahre alt, aber das hab ich verstanden. Da war noch einer übriggeblieben, da ist die Zeit einfach so über ihn hinweg gerollt. Am Abend nach dem Konzert gab es sicherlich viele Spekulationen, aber davon habe ich nichts mitbekommen, denn ich saß mit dem Mann, im Park auf einer Bank und bekam meinen ersten Kuß. Ich zitterte, mir wurde heiß und kalt und in meinen Kopf hämmerte das Blut. Wie kann ein Mann mit diesem Familienhintergrund es wagen, ein so junges Mädchen in seinen Bann zu ziehen? Ich bombardiere ihn mit den üblichen Fragen nach seinem Leben, ob er denn nicht glücklich sei und was aus uns werden würde wenn... Ich bekomme viel zu verbrämte Antworten und die ganze Situation ist nicht von dieser Welt. Wir treffen die Übereinkunft, die Zeit darüber weggehen zu lassen und verabreden uns in einem Jahr um 11.00 Uhr an der Weltzeituhr am Alexanderplatz, für den Fall, daß einer den anderen nicht vergessen würde. Wir umarmen uns und jeder geht zunächst seiner Wege.

An der Musikschule nehme ich nun fleißig Gesangsunterricht. Für mich steht fest, daß ich Sängerin werden will und nach nur einem Jahr bestehe ich die Aufnahmeprüfung an der Hochschule für Musik „Hanns Eisler" in Berlin. Wenn man mich fragen würde, was Glück sei, so antwortete ich: genau diese Situation: Ich singe vor, bekomme den positiven Bescheid und tanze mit meiner Mutter vor Freude durch die Wohnung. Nun ist auch Platz für ein Klavier in der kleinen Wohnung. Mein Leben steht vor mir, ich fühle mich stark, gesund und könnte so viele Bäume ausreißen.

Zum Schuljahresende haben wir noch einmal Fahnenappell und ich werde vor den versammelten Schülern zu meinem Hochschulstudium beglückwünscht. Der Direktor, der mir noch vor kurzem verbot, mit einer Westtüte in die Schule zu kommen, raspelt Süßholz. Mir ist es sehr recht, das läuft wie Öl runter. Ich gebe dem Opportunisten das Gefühl, daß ich seinen Kommunismus mit den Tugenden meiner sozialistischen Persönlichkeit unterstützen werde, wenns sein muß auch mit der sozialistischen Interpretation einer Mozartarie.

In die Schule ging ein pummeliges, ängstliches Mädchen, welches oft Angst hatte, wenn die Jungen zu harte Schneebälle nach ihr schmissen, welches Magenschmerzen hatte, wenn sie nicht das erfüllte, was man von ihr verlangte. Aus der Schule geht nun ein Mädchen mit vielen Hoffnungen und Träumen, das weiß, sie ist nicht so ein hässliches Mädchen, für das sie sich immer hielt.

September 1973: Ich bin jetzt Studentin im Hauptfach Gesang und Nebenfach Klavier. Die Tasten eines Klaviers habe ich zum ersten Mal unter meinen Fingern und habe, wie die anderen auch, das Gefühl, in der Klippschule zu sein - so werden wir diesen Unterricht auch nennen. Zunächst werden wir vom Niveau her selektiert und wer eine Niete ist, in den Gruppenunterricht eingeteilt. Mathias ist mit seinen 25 Jahren schon „uralt", kräftig gebaut und hat schon einen ordentlichen Beruf, nämlich Viehzüchter. Nils ist ein kurzsichtiger, untersetzter junger Mann mit dicken Brillengläsern, die einem Aschenbecher ähneln. Er hat, wie wir, noch nie einen Ton auf dem Klavier geklimpert. Uns sperrt man also in die Klavieranfängergruppe und das Trio hält bei der Klavierlehrerin Einzug. Die ist spezialisiert auf die Blödheit von Sängern, jedenfalls im Allgemeinen. Unsere Lehrerin sieht eben wie eine Klavierlehrerin aus, die sich mit untalentierten Sängern im Fach Klavier abgeben muß und begnügt sich in voller Dankbarkeit, wenn wir mit dem „Einfingersuchsystem" kleine Melodien stümpern und lobt den „großen Fortschritt". Von der Statur her ist sie dünn und durchsichtig, auch hypochondrisch veranlagt. Das wird ausgenutzt. Damit die Stunde schnell vergeht, verwickeln wir sie in Gespräche, wo es darum geht, wie man was und wie auskuriert. Da hat sie viele gute Tipps zur Hand. In meinem Aufgabenheft stehen Anwendungen für dieses und jenes Zipperlein. Neben der C-Dur-Tonleiter Nisylen-Nasentropfen, neben der G-Dur-Sonatine von Beethoven, „Bromhexin" gegen Hustenbeschwerden. Mit wichtigem Ausdruck sagt sie auch zuweilen:

„Essen Sie Obst pfundweise, den Käse gleich aus der Hand". Wenn wir nicht geübt haben, erscheinen wir mal mit einem Pflaster oder einem Verband. Sie hat „volles Verständnis", fühlt mit uns, weil wir ja so nett sind. Einmal fetzt es uns fast vor Lachen weg. Sie erzählt uns mit ernsthafter Mine, daß ihr Mann sich eine Heimsauna gekauft habe. Das ist so eine Tonne, über die ein Vorhang gestülpt wird, damit die Wärme nicht entweicht. „Wie er da so drin sitzt, geht plötzlich der Strom weg, der war vielleicht sauer, ich sage nur – „Energiekrise", sagt sie etwas weinerlich. Wir stellen uns das natürlich bildlich vor. Ich denke nur, sag das mal nicht zu laut, Krisen gibt es doch nur im subversiven Kapitalismus.

Der Russischunterricht hat auch so was Gewisses. Unser Lehrer macht einen genervten Eindruck. Er weiß, daß wir alle in gewisser Weise zwischen 6 und 8 Jahren Russischunterricht in den Schulen hatten, aber auch, daß alles für die Katz war. Wir quälen uns so über die Runden und dann kommt das mündliche Staatsexamen. Wir haben in unserer Russischgruppe einen Trompeter aus Karl-Marx-Stadt. In der Gruppenprüfung fragt ihn der Lehrer: „skolko tebe let? (wie alt bist du?). Er antwortet in seinem heftigen Dialekt: „menja sawut dwatzattrie tschassow (ich heiße 23.00 Uhr). Das gibt vielleicht ein kollektives Gelächter! Ob er Trompeter geworden ist, habe ich nie herausbekommen.

Unsere Italienischlehrerin hat auch einen eigenen Charme. Sie trägt immer große Wachsperlenketten und wird die „Perle von San Remo" genannt.

Der wissenschaftliche Unterricht nimmt den größten Teil des Studiums ein, als da sind: Wissenschaftlicher Kommunumus - 2 Stunden, Politische Ökonomie - 2 Stunden, Pädagogik - 2 Stunden, Psychologie - 2 Stunden.
Theorie und Gehörbildung, das ist auch wieder so ein berüchtigtes Fach für Sänger. Überhaupt haben die einen eigenen Status und werden von den Instrumentalisten nicht so richtig

für voll genommen. Dieses illustre Volk sitzt nämlich den ganzen Tag in der Kantine, trinkt kannenweise Café und blödelt theatralisch rum. Das Übungspensum beläuft sich auf höchstens eine Stunde und wenn der Korrepetitor mit ihnen etwas einstudieren muß, stehen diesem armen Menschen die Haare zu Berge. Jede Note muß er uns eintrichtern. Aber wenn es um Feste und Fasching geht, dann sind die Sänger ihrer Phantasie wegen wieder sehr gefragt.

1973 – Ein großes politisches Thema beschäftigt uns Studenten. Es ist der Sturz des chilenischen Staatspräsidenten, Salvador Allende durch die Militärjunta des General Pinochet. Tausende Arbeiter und Intellektuelle werden in einem Stadion der Hauptstadt Santiago de Chile festgehalten und ermordet.

Der dramatische Unterricht an unserer Hochschule wird von einer blonden Frau gehalten, die mit Stolz das Parteiabzeichen trägt. Ein bißchen Bammel haben wir vor den sogenannten Improvisationen. Da muß einem schon was Vernünftiges einfallen. Und es kommt wie es kommen muß: Wir sollen uns vorstellen, daß unsere Männer in eben diesem Stadion festgehalten werden. Wir sollen an den Zaun treten und unseren Emotionen freien Lauf lassen. Die Peinlichkeit ist vorprogrammiert. Rosel ist ein herziges Mädchen vom Lande. Sie trägt am liebsten karierte Röcke und Blusen mit Puffärmeln. Sie hat blonde Locken, ist vollschlank und hat ein rundes Gesicht mit roten Pausbacken. Rosel ist als erste dran. Sie geht unbeholfen im Passgang an den Luftzaun, den sie sich vorstellen soll und wimmert auf einer Tonlage: Francesco, ooh mein Francesco. Dabei weiß sie nicht wo sie ihre Patschehändchen lassen soll, verzieht die Augenbrauen und der kleine Schmollmund zuckt. Wir Studenten kriechen vor Lachen in die Sitze und sie wimmert immer noch in ihrem Sonneberger Dialekt: Francesco, du mein Francesco. Nun bin ich an der Reihe. Ich hab mir schon im Vorfeld ausgedacht, daß ich mir jede Peinlichkeit ersparen werde. Ich stecke meine Hände in die Hosentasche, gehe an die Bühnenrampe, gucke über die Köpfe hinweg, verziehe mein Gesicht zu einer dramatischen Fratze und stammle irgendeinen Latinonamen und weiß noch nicht einmal, ob der überhaupt identisch ist. Der Angstschweiß läuft mir den Rücken runter, wenigsten lacht keiner. Carola, eine andere Kommilitonin, geht in die vollen. Sie faßt sich an die Brust, zieht den Pullover krampfartig zusammen und schreit sich das Gefühl einer Mutter aus dem Hals, dessen Sohn hinter dem Zaun festgehalten wird. Wir alle sind von diesem Aufschrei wie versteinert.

Genau diese Carola wird meine beste Freundin und einer der wenigen, wichtigen Menschen für mein Leben. Sie ist eine großgewachsene, etwas vollschlanke Schönheit. Sie hat braune Mandelaugen und einen vollen, ausdrucksstarken Mund. Wenn sie lacht, und das kann sie laut und lang, blitzen weiße Zähne. Wir schließen einen geheimen Pakt, uns alles anzuvertrauen, und wir werden uns gegenseitig nie enttäuschen. Carola hat in Mecklenburg einen Opa, den sie in den Ferien regelmäßig besucht. Sie ist religiös und besucht als Protestantin den katholischen Gottesdienst. Der Priester, ein vom Alter her schon reifer Mann, muß von der Kanzel einen solchen Eindruck gemacht haben, daß sie sich vollends in ihn verliebt. Ich bin für sie die Person, die sich reinfühlt, ich liebe ja schließlich auch einen Mann, der einen problematischen Hintergrund hat. Das ist das enge Band zwischen uns. Nächtelang hocken wir bei Kerzenschein zusammen und schütten uns gegenseitig unser Herz aus. Auf der einen Seite steht das Zölibat und meine „Liebe" ist verheiratet. Manchmal liegen wir uns in den Armen und weinen und dann schlägt das Gefühl plötzlich in einen erleichternden Lachkrampf um, bis wir erschöpft, mit Bauchschmerzen uns auf dem Fußboden wälzen. Alles kommt uns dann absurd und komisch vor, aber das Leben ist doch so spannend und schön. Wir wollen alles, jetzt, gleich und sofort, „sollen die anderen doch denken, was sie wollen."

Carola ermutigt mich, mein Gefühl nicht unterdrücken zu wollen. „Wir leben jetzt, wer weiß, was morgen ist, nichts versäumen, das Leben genießen", denn im Foyer unserer Hochschule lesen wir eine Todesanzeige eines Kommilitonen, der an Leukämie gestorben ist, er war erst 19 Jahre.

1974 – Bundeskanzler Willy Brandt tritt wegen der Spionageaffäre „Guillaume" zurück.

Berlin - Alexanderplatz: Das eine Jahr ist um. Ich habe IHN nicht vergessen können. Es ist Winter, naßkalt und ich stehe, viel zu aufgetakelt an der Weltzeituhr. Pünktlich kommt der Mann, mit dem ich in meinen Träumen schon hundert Mal geschlafen habe. Er trägt einen schwarzen Wollmantel mit Pelzkragen, eine dunkle Sonnenbrille und sagt mir, er habe sich nur schwer freimachen können, aber ich frage nicht warum. Wir gehen zu seinem Auto, einem Trabant 601. Er fährt mich nach Hause, in die Gürtelstraße. Vor meinem Haus sitzen wir in der Kälte und dann beginnt unsere Geschichte, meine erste Liebe...

Es gibt für mich keine Skrupel mehr. Ich bin 17 Jahre und liebe einen 15 Jahre älteren, verheirateten Mann. Er ist Lehrer an einer Musikschule und bereitet sich auf ein Probespiel als Konzertmeister in einem Sinfonieorchester vor. Meine Meinung ist ihm ganz wichtig. Er lädt mich an einem Spätnachmittag in die Musikschule ein und spielt nur für mich das Violinkonzert von Beethoven. Es ist wie eine Inszenierung, das gibt es eigentlich nur im Film. Das Mädchen sitzt, staunt, bewundert und zerfließt. Die Gefühle brechen fast durch, kein Mensch ist zu dieser Stunde im Haus. Dieser Mann gehört ihr ganz allein. Das Vorspiel ist zu Ende, sie weint und er nimmt sie zärtlich in seine Arme und küßt sie leidenschaftlich. Er öffnet ihre Bluse und übersäht die kleine Pracht mit Zärtlichkeiten. Sie wehrt sich nicht, läßt es geschehen. Auf dem Heimweg jubelt sie und als sie die elterliche Wohnung betritt, hat sie ein Geheimnis. Sie fängt zu lügen an und ist eine geschickte Erfinderin von Geschichten. Sie hat Knutschflecke am Hals und ihre Mutter fragt sie nach diesen. „Mir hat jemand aus Versehen die Türklinke der Damentoilette in den Hals gestoßen" und die Mutter macht dazu ein Gesicht mit dem Ausdruck, „Na ich hab schon bessere Ausreden gehört".

Das Probespiel im Orchester hatte Erfolg. Ab kommender Spielzeit fährt mein heimlicher Mann jeden Tag nach Potsdam - Babelsberg.

Wir schreiben uns täglich Briefe und ich denke mir ein gutes Versteck aus. Die Briefe befestigen wir hinter dem stillen Portier im Flur meines Vorderhauses mit einer Reißzwecke. Die Hauseingangstüren werden, wenn überhaupt, nur des Nachts verschlossen. Es ist alles ein wenig mühsam, ich habe ja auch kein Telefon. Am späten Abend kommt der wildfremde Mann, wie er sich selbst nennt, holt meine Briefe ab und befestigt seinen hinter dem Brett. Fortan bringe ich mit großem Fleiß den Mülleimer runter, auch wenn er fast noch leer ist. Ich husche in den vorderen Hausflur, verstecke die Liebesbotschaften unter meiner Kleidung und verschwinde in die Toilette zu einer großen Sitzung.

Noch immer beschäftige ich mich mit dem Leben von Ludwig van Beethoven. Ich lese mich immer tiefer in seine Biographie und besitze nunmehr eine stattliche Sammlung von Büchern und Schriften. Mein Stipendium von 120 Mark ist am Monatsende aufgebraucht. Eine Biographie von W.A. Thomas-San-Galli, in einem Münchner Verlag, 1920 erschienen, kostet im Antiquariat 75 Mark.

Meine Freundin Carola übt einen starken Einfluß auf mich aus. Sie ist sehr fromm und hat eine samariterhafte Ader.

In den nächtlichen Gesprächen bei Kerzenschein und süßem Wein aus Bulgarien, entstehen Gespräche über den Sinn des Lebens. Sie meint, wir hätten es immer mit schönen Dingen zu tun, sind gut gekleidet, schminken uns, haben genügend zu essen und wüssten eigentlich nicht so recht, wie es anderen Menschen erginge. Sie erzählt mir von einem Altersheim, wo man in den Semesterferien arbeiten könne. Das imponiert mir, ich möchte meinen Charakter formen, möchte Gutes tun, denn beim Altmeister Goethe habe ich gelesen: „Edel sei der Mensch, hilfreich und gut." In den Sommerferien fangen wir gleich an. Im Stadtteil Treptow gibt es ein Altersheim. Mutig und das Herz randvoll gefüllt, betrete ich den Bau aus den fünfziger Jahren. Eine freundliche Schwester reicht mir auch sogleich zur Begrüßung die Hand und führt mich in das Schwesternzimmer. Ich bespreche mit Schwester Ilse die mir zugedachten Arbeiten, bekomme einen weißen Kittel und mache eine ganz gute Figur. Im ganzen Haus riecht es streng nach Urin und Kot. Dazwischen mischt sich der Dunst von Essen und Desinfektionsmitteln. Ich habe ein starkes Ekelgefühl und muß den Brechreiz unterdrücken, so, als würde der Zahnarzt den Kieferabdruck machen: „ Immer schön durch die Nase atmen"...

Das Haus hat drei oder vier Stockwerke, einen Aufzug gibt es nicht. Wer noch krauchen kann, wohnt in den oberen Etagen. Im Parterre liegen die Schwerstpflegefälle. Genau da werde ich eingeteilt. In Gitterbetten, die angerostet sind, liegen die zumeist ausgemergelten Menschen und dämmern vor sich hin. Wer unruhig ist und zappelt, wird mit Stricken angebunden. Wer inkontinent ist, liegt auf einem sogenannten „Dauerbecken". Das ist ein mit Luft gefüllter, roter Gummiring. Das Loch in der Mitte wird mit Zellstoff ausgelegt und darauf soll dann ein Mensch sein großes und kleines Geschäft verrichten. Nur DDR-Menschen wissen noch, wie hart Zellstoff sein kann. Das Nachthemd hat hinten einen Schlitz und ist meist schmutzig und verschmiert. „Warte mal ab", sagt die Schwester, „nach drei Tagen hast du dich an den Geruch gewöhnt" und beißt in der Pause in ihre Klappstulle. „Ich werde es schaffen", denke ich und beginne meine Arbeit. Ich will erst einmal die alten Leute kennenlernen und stelle mich ihnen vor. Opa Guhse ist ein Mann, in den Achtzigern. Er liegt in einem Einzelzimmer und wenn ich ihn wasche, dann zwinkert er mir immer zu. Schwester Ilse erzählt, daß der Opa immer fleißig onaniere und wenn dann zufällig die Schwester rein käme, er sich darüber kaputt lache.

Oma Sube ist eine hutzelige, kleine Frau mit gebücktem Rücken. Sie läuft in einer Kittelschürze herum und aus ihrem zahnlosen Mund, der nach innen eingefallen ist, kommen lustige Geschichten. Der Korridor ist mit Linoleum ausgelegt und wir wundern uns über die großen Löcher, die immer größer werden. Oma Sube läuft mit vollen Backen den Gang runter und ich schaue in ihren Mund, der voll mit Linoleumstücken ist. Sie lacht verschmitzt und erzählt mir, daß am Sonntag ihr Sohn käme und ihr Kompott bringen würde. Am hinteren Ende des Ganges ist das sogenannte „Puschzimmer". Das ist in meinen Augen eher ein Affenkäfig mit drei Betten. Das Bettzeug wird nur nachts in die Betten gelegt. Es stinkt beißend nach Urin. Drei alte Frauen laufen hin und her und sind nur mit offenem Nachthemd bekleidet. Ihre Körper sind ausgetrocknet und alles hängt an ihnen herunter. Es ist zwecklos, ich kann sie nicht beruhigen. Sie schreien, besonders die eine ist sehr aggressiv und will mich immer verhauen. Die dünnen Ärmchen haben keine Kraft und die Schwester kommt mir zu Hilfe. Dann wird sie an das Bett gebunden, gefüttert und bekommt eine Schlaftablette. Einige Tage später stirbt sie und ich bin erleichtert.

Besonders gut geht es mir, wenn ich in der Küche das Abendbrot zubereiten darf. Dort hat die Oberhand eine große, dicke Frau, die mich an einen Vampir erinnert. Ich meine es mit den alten Leuten zu gut. Ich werde angemeckert, die Brote zu dick zu belegen. Wenn dieses dicke Monster nach Dienstschluß nach Hause geht, sind die Taschen übervoll mit Lebensmitteln. Ich bin wütend und mir fällt nichts Gescheites ein, um mich im Namen der Schwachen, an ihr zu rächen.

In meiner Tasche habe ich Parfüm und Schminke und in Abständen gehe ich auf die Toilette und frische alles an mir auf. Es gibt einen neuen Lippenstift von „Sküs", einer modernen Kosmetikserie für junge Mädchen. Der Lippenstift in dunkelrot ist sehr glänzend und fetthaltig. Eben nach solch einer Prozedur ruft die Schwester mir zu, daß eine Frau gestorben sei und ich das Bett abzuziehen habe. Ich betrete das Zimmer und es liegt nur das zerwühlte Bettzeug auf der Matratze. Ich öffne das Fenster, denn ich will die verstorbene Seele hinauslassen. Das Laken ist so fest verankert, daß ich es mit einem Ruck hochziehen muß. Dabei fallen die Hautschuppen der Verstorbenen wie Schneeflocken vom Himmel. Ich habe das Gefühl, als klebten sie allesamt auf meinen Lippen. Ich drücke diese fest zusammen, renne auf die Toilette und wasche, wasche, wasche mich...

Mein „wildfremder Mann" besucht mich manchmal und im sicheren Versteck eines Ganges tauschen wir Küsse und Umarmungen. Es gehen Briefe hin und her, Liebesbriefe, wie ich sie nur aus Büchern kenne. Der Berühmteste ist der Brief an die „Unsterbliche Geliebte" von Beethoven. Ich lese ihn hundertmal und habe davon geträumt, daß mir ein Mann jemals solche Briefe schreiben würde. „Mein Engel, mein alles, mein Ich. Kann unsere Liebe anders bestehen als durch Aufopferung, durch nicht alles verlangen, kannst Du es ändern, daß Du nicht ganz mein, ich nicht ganz Dein bin..., die Lieb fordert alles und ganz mit Recht...; wären unsere Herzen immer dicht aneinander; meine Brust ist voll, dir viel zu sagen – ach – es gibt Momente, wo ich finde, daß die Sprache noch gar nichts ist - erheitere Dich - bleibe mein treuer, einziger Schatz, mein alles...; Du leidest, mein teuerstes Wesen; Ach wo ich bin, bist auch Du mit mir, mache, daß ich mit Dir leben kann, welches Leben!!!; leben kann ich entweder nur ganz mit Dir oder gar nicht; wie Du mich auch liebst, stärker liebe ich Dich doch; nie eine andere kann meine Liebe besitzen -nie - nie... sei ruhig - liebe mich heute-gestern - welche Sehnsucht mit Tränen nach Dir-Dir-Dir-mein Leben, mein alles, leb wohl, o liebe mich fort - verkenne nie das treuste Herz Deines Geliebten Ludwig, ewig Dein, ewig mein, ewig uns"...

Diesen Brief kann ich in seiner Gänze auswendig, auch das „Heiligenstädter Testament", 1802 geschrieben, als Beethovens Taubheit zu beginnen drohte. Ich bin die Romantikerin, die die Wahrhaftigkeit der Liebe zu Höherem erheben will. Und eben solche Briefe bekomme ich fast jeden Tag von dem Mann, der mein ganzes Leben beherrscht. Wir leben in einer Zeit, wo man sich noch schreibt, auf Papier. Ich besitze einen Füllhalter mit goldener Feder von meinem Vater. Die Liebenden kultivieren ihren Schreibstil und sind ein bißchen der Welt entrückt.

Daß wir uns nur heimlich treffen können, macht unsere begrenzte Zeit noch wertvoller. Der Gorinsee, nördlich von Berlin, wird der heilige Ort. Nach Spaziergängen sitzen wir im Auto, küssen und liebkosen uns. Mein Körper zittert und bebt bei der leisesten Berührung. Einige Tage später werden wir mehr Zeit haben. Ich erwarte ihn an einem Vormittag in meinem Zimmer in der Gürtelstraße. Mein Zimmer habe ich besonders aufgeräumt, mich schön gemacht und freue mich auf die Küsse und das Streicheln, das kann er zu gut. Ich habe ein bißchen Angst vor dem großen Schritt. Von anderen Mädchen habe ich gehört, daß das „erste Mal" wehtun soll. Er kommt überpünktlich und betrachtet die Dinge, die mich umgeben, nimmt das eine oder andere Buch in die Hand und staunt über meine schöne Sammlung. An den Wänden hängen Bilder in Öl, die ich gemalt habe. „Ich habe gar nicht gewußt, daß Du so gut malen kannst". Meine kleine Abrißgläsersammlung und der Nippes, den ich von einer alten Dame geschenkt bekommen habe, setzen ihn in Verzückung. Wir legen uns auf mein Bett und ich kuschle mich an ihn wie ein Kätzchen. Meine Wangen sind rot und heiß vom heftigen Streicheln. Seine Hände gehen durch mein langes Haar und er flüstert mir ins Ohr, daß er mich liebe. „Ich liebe dich auch, so sehr", hauche ich und dann gehen seine Hände weiter, liebkosen meine Brüste und bahnen sich den Weg immer tiefer. Dort, wo es ganz geheimnisvoll und warm ist, bleiben sie. Er streichelt die kleine Perle, mir wird ganz schwindelig und er sagt: „laß dich einfach gehen, laß dich fallen". Das Blut hämmert im Takt des Herzschlages und dann schießt es mit ungeheuerlicher Geschwindigkeit zwischen die Beine. Ein süßer Schmerz durchzuckt mich und ich falle, ganz, ganz tief. Er nimmt mich noch fester in die Arme und drückt mich so sehr, daß ich bitterlich zu weinen anfange. Am nächsten Tag lese ich folgenden Brief: „Geliebte Freundin! Seit ich von Dir fortgefahren war drängte es mich, alle meine Gedanken zu Papier zu bringen. Der Besuch bei Dir hat mich restlos umgekrempelt. Es vergeht nicht eine Minute des Tages, an dem nicht meine Gedanken bei Dir sind. Mein ganzes Innenleben ist völlig auf den Kopf gestellt.   Ich liebe Dich! Dieses Gefühl beherrscht mich so stark, daß ich nicht in der Lage bin, einen klaren Gedanken zu fassen. Mein Verhältnis und meine Überlegenheit zu meiner Umgebung sind getrübt. Ich mußte all meine Beherrschung zusammennehmen, um mich in der Gewalt zu behalten. So viele Fragen toben in meinem Gehirn. Wer kann und will Antworten darauf geben? Alle meine Sinne, mein Bangen, Sehnen, Denken und Fühlen sind bei Dir. Morgen komme ich wieder zu Dir. Was wird der Tag bringen? Wie werde ich Dich vorfinden? Wirst Du wieder so zärtlich und auch so feurig sein? Du bist wunderbar! Sei umarmt von

Deinem wildfremden Mann." Ich sitze auf meinem Bett und lese sie immer wieder, die Worte, die Sätze und lege das Liebesgeflüster unter mein Kopfkissen. Jetzt weiß ich, was man machen muß, wenn es zwischen den Beinen heiß wird. Es ist ein berauschend, süßes Gefühl, daß ich immer wieder haben will, so wild und unersättlich.

Eigentlich ist die Ehe für mich etwas Großes und unantastbares. Meine Großmutter meint, man müsse sich das sogenannte „erste Mal" gut überlegen: „Wenn die weiße Schürze erst einmal befleckt sei, sieht sie nicht mehr so schön aus". „Ach Oma, was du da wieder sagst, früher war doch sowieso alles anders", antworte ich und nehme sie in den Arm. Sie lacht ganz verschmitzt und dann muß sie mir den Spruch aufsagen: Klagen eines alternden Mannes: Der Zeiten gedenk ich, als alle Glieder noch gelenkig, bis auf eins. Die Zeiten sind vorüber, steif werden alle Glieder, bis auf eins.

„Bist du denn in deiner Ehe nicht glücklich?", so die logische Frage einer fast Achtzehnjährigen an den Mann, den sie liebt. Der windet sich wie ein Aal und sucht nach Antworten. Was ich damals noch nicht wissen kann ist, daß nach dem Hoch einer Liebesbeziehung der Alltag sein Recht fordert. Ich habe nur die Vorstellung, daß alles so bleibt, wie es ist. Liebe könne man konservieren und wenn man die Liebe behutsam wie ein Pflänzchen behandelte, dann würde sie strahlend erblühen, immer so fort bis ans Ende der Welt. Ich will die Kraft haben, alles dafür zu tun, daß meine Liebe ein Leben lang hält. Meine jugendliche Kraft und moralische Vorstellung vom Sinn des Lebens, üben einen starken Einfluß aus und befördern die Entscheidung alles dafür zu tun, mit diesem Mann das ganze Leben zu leben. „Ich werde auf Dich warten", flüstert das Mädchen, das am Anfang des Lebens steht. Dieser Satz setzt sich in ihm fest. Er versucht zu ordnen und eine Möglichkeit zu finden, mit ihr leben zu wollen. An einem Abend erzählt er seiner Frau Ulla, daß er mich liebe. Sie spielt die klassische Szene einer betrogenen Ehefrau. Sie mimt die weiße Taube und, auch ganz klassisch, werden zumindest die Betten getrennt. Was er damals noch nicht weiß, daß auch sie seit einiger Zeit ein Verhältnis zu einem anderen Mann hat. Trotzdem sind ja noch die Bindungen da. Beide spielen Streichquartett, daß sie vor Jahren gegründet haben. Mit den zwei anderen Musikern sind sie eng befreundet. Die Kinder, ein Junge und ein Mädchen, sind zehn und sechs Jahre alt.

Ulla, meine schöne Rivalin, will mich näher kennenlernen. Sie weiß, daß ich blutjung bin und das stachelt ihre weibliche Eitelkeit an. An einem Nachmittag lädt sie mich in die eheliche Wohnung. Naiv, aber doch entschlossen, lasse ich mich auf dieses Experiment ein. Mit klopfendem Herzen gehe ich die Stufen hinauf, klingle kurz an der Tür und halte einen mickrigen Blumenstrauß in der Hand. Freundlich werde ich vom Ehepaar empfangen und durch die Räume geführt. Es ist eine sehr schöne Altbauwohnung, für DDR-Verhältnisse geschmackvoll eingerichtet. Der Korridor in türkis und weiß gestrichen. Die Zimmer sind nicht üblicherweise mit einer Anbauwand möbliert, sondern haben eine gewisse Leichtigkeit. Das Schlafzimmer hat ein Bett, welches ein Maß hat, das ich nicht kenne. Daß es ein französisches Bett ist, erfahre ich zum ersten Mal. Die biedermeierlichen Einzelstücke beeindrucken mich besonders. In der Wohnung liegt ein süßlicher Duft von Vanille. Das Erkerzimmer gefällt mir ganz besonders. Dort stehen ein runder Tisch mit vier Stühlen im Jugendstil. Der Tisch ist für drei Personen eingedeckt. Die handgestickte Tischdecke, das feine Porzellan gefallen mir besonders gut. In der Mitte steht ein Teller mit selbstgekauften Pfannkuchen. Wir setzen uns fast zeitgleich und ich habe ein Lineal im Kreuz. Ulla gießt mit ruhiger Hand den Kaffee ein, den ich mit zitternder Hand auf meinem Schoß vergieße. Ich habe Mühe, den Riesenklops, der mit Marmelade gefüllt ist, zu bändigen. Ich fühle mich wie ein Insekt, das im Spinnennetz hin und her zappelt. Meine hilflosen Blicke gehen zu dem Mann. Er versucht Brücken zu bauen, die immer wieder einstürzen. Sie fragt mich dies und das und ich gebe höfliche Antworten. Nach einer Stunde steht Ulla auf und empfiehlt sich. Einige Zeit später liege ich in den Armen des Mannes. Ich spreche zum ersten Mal von meinem schlechten Gewissen und mich verläßt meine doch sonst so zuverlässige Kraft. Ich beschließe, mich von ihm zu trennen und will nicht Schuld sein, wenn sich etwas auflöst. Ich ziehe mich wie ein krankes Tier zurück. Nur wenige Tage später klingelt es an meiner Wohnungstür. Ulla reißt mich überschwänglich an ihre große Brust und lädt mich zu einem Ausflug ein. Ich stürze mich in meine Klamotten und wenige Minuten später sitze ich mit der ganzen Familie im Trabbi. Nun lerne ich auch die Kinder kennen. Das kleine, blonde Mädchen sitzt neben dem Bruder auf dem Rücksitz. Der sieht mit seiner Brille wie ein Professor aus. Die Fahrt ist ausgelassen und lustig. Der kleine Professor erzählt mir, ohne Luft zu holen, von Thor Heyerdahl und seinen Expeditionen. Meine Gefühle purzeln durcheinander, ich weiß nicht, wo oben und unten ist. Am frühen Abend werden die Kinder zur Oma gebracht. Ulla nimmt mich mit in die Küche und meint, sie würde mir zeigen, wie man eine Pizza macht. Das höre ich auch zum ersten Mal. Currywurst und Bockwurst sind mir ja ein Begriff. Sie wirft mir eine Schürze zu und dann zeigt sie mir, wie man ohne großes Tamm Tamm einen ordentlichen Hefeteig zubereitet. In Zukunft werden mich die Hausfrauen, die sich nicht trauen, dafür loben. Nach einer Stunde sitzen wir am runden Tisch, essen die Köstlichkeit und trinken aus alten, grünen Gläsern Rotwein.

Der Familienurlaub steht bevor. Er soll für alle Beteiligten Klarheit bringen. Ich habe zum ersten Mal Horror vor dem Sommer. Es ist wunderbar warm und die Sonne verwöhnt die Menschen. Das Pankower Freibad ist übervoll und an den Eis- und Broilerständen bilden sich große Menschenschlangen. Am Alexanderplatz hängen die Leute ihre Füße in den Brunnen und die Kinder planschen nackt und kreischen dabei. Mit Carola treffe ich mich in der Eisdiele und wir schließen eine Wette, wer die meisten Kugeln verdrücken kann. Ich muß schon nach der 5. Kugel passen, aber Carola macht erst nach der Sechzehnten Schluß. Uns ist ganz schlecht. Danach kaufen wir uns den hundertsten Lippenstift und gehen zu mir nach Hause. Am Abend machen wir es uns richtig gemütlich, flätzen uns aufs Bett und blödeln mal wieder rum. Wir stellen uns vor, wie es wäre, würden uns so unsere Liebhaber sehen. Meine Mutter steckt ihren neugierigen Kopf in die Tür und kommentiert: „Das sollen nun erwachsene Mädchen sein". Wir lachen zu unseren Albernheiten und treiben es nur noch toller.

Vor dem Urlaub muß ich den wildfremden Mann noch einmal sehen. Wir fahren an unseren See. Der laue Sommerabend, am 7. Juli 1974 wird der Tag sein, an dem ich eine Frau werde. Es ist dunkel, der Mond gibt ein sanftes Licht und im Schutz der Dunkelheit liegen Zwei im Auto. Ich spüre in mir die Kraft, die allen Schmerz aushalten läßt. Ich setze mich auf ihn, bewege mich vorsichtig im Lento und es ist alles ganz anders, als ich befürchtet habe. Ich liebe ja mit der vollen Hingebung meiner 18 Jahre und der Mann schaut in Rücksicht nur auf mich und nimmt sich selbst zurück. Das tut so wohl und wird ganz weich. Er nimmt mich in den Arm, ich ruhe mich aus und bin voller Glück. Das ist auch der Tag, an dem meine Mutter uns beim Verabschieden im Hausflur erwischen wird. Als ich die elterliche Wohnung betrete, bekomme ich gleich eine Ohrfeige. Ich kann nichts sagen, kann mich nicht rechtfertigen, wofür auch. Ich gehe wie ein Hund, mit eingezogenem Schwanz ins Bett, ziehe die Bettdecke über meinen Kopf, bin einfach nicht da, so, wie kleine Kinder, wenn sie sich verstecken in dem sie die Augen schließen und meinen, man sähe sie nicht. Mein Vater kommt geladen in mein Zimmer, reißt meine Bettdecke hoch, beugt sich über mich und die erste Frage, die er stellt ist: „Hast du mit ihm geschlafen?" Ich kann darauf gar keine Antwort geben. Nie habe ich mit meinem Vater auch nur ansatzweise über solche Themen gesprochen. Diese hochnot peinliche Frage empfinde ich gegen meine Person. Er starrt mich mit großen Augen an und erwartet eine ehrliche Antwort. Dabei schießen mir die Erlebnisse aus meiner Kindheit durch den Kopf, wie „moralisch" er durchs Leben gegangen ist. Diesen Vorwurf, unausgesprochen, gebe ich ihm doppelt zurück. Er läßt von mir ab und unsere Feindschaft ist für immer besiegelt. Meine Mutter wird sich fortan nur im Hintergrund bewegen, sie ist unsicher und schwach. Daß sie mir keinen Schutz gibt, werde ich ihr ein Leben lang vorhalten.

Mein Vater kann bei mir gar nichts bewegen. Seine Doppelmoral widert mich an. Zugleich sehe ich aber auch seine Unbeholfenheit, bin aber noch zu jung, geschickt damit umzugehen. Introvertiert zieht er sich wie ein angeschossenes Tier zurück. Meine Mutter hingegen versucht mich zu verstehen. Sie zieht mich wie ein kleines Kind auf ihren Schoß und stammelt Wortfetzen. Sie fragt und fragt und ich bin stumm. Mein Herz tut ja auch weh, aber ich mime die Starke, will keine Schwachheiten zeigen. Ich will mich abnabeln, aber das Seil, an dem ich hänge, ist noch zu stark. Von nun an ist mein Elternhaus nicht mehr meine Heimstatt. Die Wohnung wirkt auf mich wie ein Käfig. Ich will alles hinter mir lassen und dann zwingen mich Mutter und Vater mit ihnen in den Urlaub zu fahren. Fast zeitgleich fährt auch mein Liebster mit seiner Familie in die großen Ferien. Seine Mutter, die krebskrank ist, hat auch ihn dazu gezwungen. Daß er mit seiner Familie und ich mit meinen Eltern an die Ostsee fahren, ist bloßer Zufall. Das werden bangevolle Wochen, die Zeit kriecht wie eine Schnecke. Meine Eltern meinen es gut mit mir, wollen mich von der Sehnsucht ablenken. Mein Vater fotografiert mich in gestellten Posen. Ich esse mir sichtbare Kilos an. Mein Körper hat Liebesentzug. Unter der Bettdecke streichle ich mich, denke an seine Hände. Nach einigen Tagen erhalte ich den ersten Brief. Ich reiße den Umschlag auf und halte den Brief mit zitternden Händen:

Meine Geliebte!

Zwiesprache muß ich mit Dir halten! Angefüllt mit den widersprüchlichsten Eindrücken drängt es mich, mit Dir zu sprechen. Bevor ich die Reise nach Ribnitz-Damgarten am 12.7. antrat, durfte ich drei herrliche Tage noch mit Dir verbringen. Wie schön waren die doch, wie glücklich und wie unglücklich war ich. Warum bemächtigte sich mir diese Verstrickung von Gefühlen, Empfindungen und Gedanken? Mein Leben verlief bisher stets nach Gesichtspunkten, mit allen Problemen fertig zu werden und zu müssen, das heißt, erkennen, sortieren, abwägen und dann entscheiden. Warum ist es mir nicht möglich, genau wie bisher zu verfahren? An welchem Punkt bin ich gelangt, daß mir die Orientierung verlorengegangen ist?

    Meine Stunden mit Dir haben mich sehr reich gemacht. Es ist mir immer etwas unverständlich gewesen, daß es Dich gibt so wie Du bist. Damit meine ich Deine Art, Dein Wesen, Deine Seele wie es zu mir spricht. Wie müßte der Mensch glücklich sein, von Dir geliebt zu werden. Warum also ist er es nicht, so wie es sein müßte? Wieso ist er glücklich und unglücklich? Du hast mich gefragt, ob ich mit Dir leben will. Damals wie heute bejahe ich das! Solange ich mit diesem Gedanken lebe, suche ich nach Wegen, dieses in die Wirklichkeit umzusetzen.

    Im ersten Augenblick suchte ich die kurzfristige und sofortige Lösung. Als ich hörbar machte, mich für Dich entschieden zu haben, wurde mir ein dann zerstörtes Quartett als Nebenprodukt eröffnet. Meine Gedanken also: Wer bin ich, wenn ich nicht mehr das Quartett habe? Wie hängt meine Seele von diesem Brot ab! Was ist ein Musiker, wenn er nicht mehr Künstler ist? - So also ging es nicht. Also ein langer Weg. Das bedeutete ein bescheidenes vorwegnehmen unseres Glücks und ein langsames Lösen aus der Vergangenheit. Wohin hat uns dies nun gebracht?

Der so ernsthafte Gesundheitszustand meiner Mutter, die Ungewissheit, wie die Krankheit überstanden werden kann, ist mir deutlich ins Stammbuch geschrieben worden, wie mein Verhalten auf das Gesundwerden einwirken muß, denn der Sohn war immer das Ein und Alles der Mutter.
Hier in Ribnitz erfuhr ich, daß meine Mutter mich verstoßen wird, wenn ich die Familie verlassen würde. Es helfen hier keine Argumente, sondern es geht nur um Standpunkte, die im vornherein fixiert sind: kranke Mutter, Familie auf der einen Seite und Du und ein Leben mit Dir auf der anderen. Alles andere zählt nicht!

Das sage ich deshalb, damit deutlich wird, daß der Würgegriff um mich keinesfalls geringer, im Gegenteil immer stärker wird.
Ich habe gehofft, daß sich nach und nach die Probleme lösen lassen, daß man aus dem Knäuel von Verwicklungen herauskommt. Doch weit geirrt! Hier in Ribnitz wollte ich mit den Kindern sprechen. Wie glücklich war die Kleine, als sie ihren Papa hatte. Der Große verwickelte mich in Gespräche, wie alle Söhne mit ihren Vätern. Dieses Kinderidyll zu zerschlagen ist mir nicht möglich. Auch das ist ein Teil meiner selbst. Diese Kinder sind unschuldig, das Recht ist auf ihrer Seite. Wer will die Qualen und Tränen auf sich nehmen?

Du wirst fragen, wie es mit meiner Liebe zu Dir steht? Ist sie verdrängt worden? So wie ich Dich verlassen habe, bin ich auch heute noch. Es vergeht nicht eine Minute des Tages, wo nicht meine Gedanken bei Dir sind. Dein liebes Bild ist in mir so verwurzelt, wie es vorher nicht war. Du bist in mir. Wie sehr das der Fall ist, davon konnte sich U. überzeugen. Wie nun weiter? Sieh mich an! Erkennst Du mich? Meine Liebe ist in drei Teile geteilt: die Musik, die Kinder und Du! So ist mein Zustand, so ist die Wirklichkeit. Wie auch entschieden wird, wie man auch das ganze Gewirre lösen muß, es wird ein Mittendurchreißen meiner Person herauskommen. Dies wird hier immer klarer. Aus der Entfernung zu Dir spüre ich, wie tief Du in meine Seele eingedrungen bist. Meine Tränen um Dich kann ich nicht verbergen. Die kleine Blonde fragt mich, warum ich denn so traurig aussehe? Sie will mich trösten und streichelt mit ihrer Hand mein Gesicht. Ich weine täglich nach Dir! Ich glaube, wenn es unmännlich ist zu weinen, dann bin ich kein Mann. Der Schmerz um Dich ist so gewaltig, daß ich ihm keine Beherrschung entgegenzusetzen habe. Ich liebe Dich so sehr!

Ich weiß trotzdem, daß ich Dir nicht aus dem Wege gehen kann. Immer wenn Du kämst, würde ich Dir meine Liebe gestehen müssen.

Du mußt beurteilen, befinden, ob ein solcher Mensch es wert ist, von Dir beweint zu werden. Mein Konflikt ist Vergangenheit kontra Zukunft. Ein kluger Mann hat mal geäußert, daß der Mensch in der Vergangenheit lebe und von ihr. Diese Bürde ist zu groß, als daß eine Zukunft glücklich gestaltet werden könnte. Meine Last ist nicht nur groß, sondern ich würde auf dem Wege mit Dir unter ihr zusammenbrechen. Wer wollte das? Trotzdem werde ich meinem Leben den Sinn Deiner Liebe geben und Dir weiterhin die Treue bewahren. Ich kann nicht anders!

Verurteile mich, wenns sein muß! Lieben werde ich Dich immer mit der ganzen Kraft meines Herzens. Das wird immer so bleiben! Denn es gibt Dich ja tatsächlich. In Verzweiflung Dein Dich liebender wildfremder Mann.

Gleichzeitig schreibt Ulla an ihre todkranke Schwiegermutter: „In den letzten drei Tagen hat sich unser Verhältnis entspannt. Er ist lieb zu mir und wir sprechen miteinander, schütten uns gegenseitig unser Herz aus. Erst jetzt weiß ich, wie groß meine Schuld ist, denn ich habe meinen Mann nie richtig verstanden. Wir haben uns gegenseitig nicht richtig zu behandeln gewußt. Mein Mann liebt dieses Mädchen so sehr, daß er völlig zerrissen ist. Er weint in meinen Armen. Dieses Mädchen hätte er statt meiner kennenlernen sollen, aber das Leben hat es anders gewollt. Er liebt sie mehr, als er mich vor 12 Jahren liebte, das hat er mir gesagt und ich muß es ihm glauben, denn ich weiß, daß sie als Persönlichkeit besser zu ihm paßt als ich. Mein Mann weint bittere Tränen in meinen Armen und still für sich allein. Ich weiß, daß das alles nicht passiert wäre, wenn ich nicht so wäre wie ich bin. Ich will unbedingt mein Verhalten ändern. Ich habe meinen Mann nie richtig verstanden, nicht richtig zu nehmen gewußt. Es stimmt, daß wir uns gegenseitig ausschließen. Aber ich will mich ändern, ich habe begriffen, worauf es eigentlich ankommt, nämlich daß ein Mensch einen Platz braucht, wo er ruhig angehört wird, einen Menschen, der in jedem Falle zu ihm hält, auch wenn er Fehler macht. Ich habe mir eingebildet, ihm zu helfen, wenn ich ihn auf seine Fehler aufmerksam machte, aber ich habe nicht die richtige Art gefunden. Die andere kann das besser..."

Der letzte Urlaub mit meinen Eltern war eigentlich sehr schön. Braungebrannt und mit einigen Pfunden mehr belastet, kehre ich in meinen Alltag zurück. Der Brief, sehr ehrlich und eindeutig trifft mich wie ein Schlag. Andererseits will ich ausprobieren wie es ist, unabhängig zu sein. Aus meinem Studentenkreis hatte ich mich zurückgezogen. Tanzabende und Feten haben mich nur gelangweilt. Der erste Tag nach den Semesterferien ist ausladend lustig. Das schöne Chaos vor den großen Wandtafeln in der Hochschule amüsiert mich. Es wird sich schon alles finden, wer wohin und zu wem muß. Auch wissen wir seit einiger Zeit, daß wir ein Zivilverteidigungslager für drei Wochen absolvieren müssen. Schließlich sollen wir doch darauf vorbereitet werden, wenn der kapitalistische Gegner uns angreift. Wir wissen Gott sei Dank noch nicht, was auf uns zukommen wird und sind alle voller Spannung und Abenteuerlust. Ich bin auch, von den früheren Kinderferienlagern abgesehen, für längere Zeit vom Elternhaus getrennt und freue mich, mit Carola eine längere Zeit verbringen zu dürfen. Die offizielle Postadresse ist: Zivilverteidigungslager-Abteilung 2, 1951 Prebelow/Zechliner Hütte, Pionierlager „Wilhelm Florin". Wer Wilhelm Florin ist, interessiert keinen Menschen. Erst 2004 schaue ich ins Internet und erfahre, daß er ein Widerstandskämpfer gegen das deutsche NS-Regime war, 1894 in Köln geboren, 1944 in Moskau gestorben.

Wie ein Kinderferienlager aussah, wissen zumindest die Ossis. In schöner Landschaft gelegen, stehen die Bungalows in Abständen verteilt. Die Kinder schlafen in Doppelstockbetten und die Toiletten- und Waschräume befinden sich außerhalb, auf dem Gelände. Zentral liegt der Platz für den Fahnenappell mit gehisster DDR-Flagge. Im größten Gebäude befindet sich die Küche mit dem sich anschließenden Essenssaal. Dort steht auch eine Schultafel für das Tagesprogramm und für den Speiseplan. Alles spartanisch, aber ausreichend eingerichtet. Im Vergleich dazu erinnere ich mich heute beim Schreiben...

Zeitsprung 1988:
Ich lebe in Westberlin. Mein Sohn fährt mit seiner Schulklasse nach Sankt Peter Ording. Ein Luxusbus von „Hollydayreisen" bringt die Kinder in ein feines Erholungsheim, wo die Toiletten und Bäder sich einen Meter entfernt auf dem Gang befin-

den. Die Zimmer schick und komfortabel eingerichtet, bieten alles, was ein Kinderherz begehrt. Der vor kurzer Zeit mit seinen Eltern aus Russland emigrierte Schulfreund meines Sohnes beschwert sich bei seiner Mutter über die „unmöglichen Zustände" und wird promt vorzeitig abgeholt.
Welchen Maßstab setzt uns das Leben?

1974: Die Musikstudenten des dritten Semesters werden mit dem Bus zum „Kriegspielen" nach Prebelow gekarrt. Die Bettenordnung dürfen wir selbst bestimmen. Carola und ich suchen uns die Oberbetten in einer Nische aus. Wir erhoffen uns da einen gewissen kleinen Freiraum, um ungestört zu sein. Die Schlafplätze werden heiß umkämpft. Danach geht es gleich zur Sache. Wir erhalten unsere Kampfmontur, einschließlich der Gasmaske, die sich in einer „Truppenschutzmaskentragetasche" befindet. Karin, eine untersetzte, blonde Kommilitonin mit viel „Holz vorm Haus", die sich schon im Vorfeld politisch als „astrein" erwiesen hat, wird unsere „Gruppenführerin". Sie sieht mit ihrem großen Busen, der über dem Lederkoppel hängt, wie eine Karikatur ihrer selbst aus. Fanatisch herrscht sie uns in ihrer „wichtigen" Position an, gibt Befehle und alle stehen vor ihr stramm. Vor uns beiden hat sie Angst. Sie spürt unsere Abneigung und das macht sie unsicher. Sie ist launisch, will sich bei uns einschleimen, aber wir zeigen ihr die kalte Schulter. Das wirkt. Carola und ich haben von nun an eine gewisse Sonderstellung. Unsere Blödeleien, für die wir ja schon seit langem bekannt sind, schützen uns vor anstrengenden Sondereinsätzen. Wir geben uns bewußt tollpatschig. Die Eskaladierwand, an der wir hochklettern sollen, ist für uns ein unüberwindbares Hindernis. Wie nasse Säcke kleben wir an den Holzbrettern und lassen uns in den staubigen Sand fallen. Herr Vogel, auch „Knovo" (Knotenvogel) genannt, soll uns im Binden von Knoten unterrichten. Er legt jedem von uns ein Seil in die

Hand und dann sollen wir irgendwelche Gebilde fabrizieren. Mit heraushängender Zungenspitze geben wir uns wirklich Mühe, knippern und knippern, was das Zeug hält und schließlich geben er und wir genervt auf.

In den theoretischen Unterrichten erholen wir uns von den strapaziösen Märschen, indem wir Käsekästchen spielen, heimlich unter dem Tisch. Die Mahlzeiten werden zum Heiligtum erklärt. Der Kiosk auf dem Gelände ist der große Anziehungspunkt. Wir naschen uns dämlich an Nüssen und „Schlager-Süßtafel".

In unserer Freizeit gehen Carola und ich in den Wald. Auf einer Wiese sammeln wir kleine, gelbe Wildstrohblumen, machen aus ihnen Kränze und Sträuße. Irgendwo im Gelände entdecken wir eine Kaninchenbehausung, die vermutlich dem Objektleiter gehört. Sie liegt so fern ab vom Kampf gegen den Imperialismus. Hier ist alles ruhig. Wir nehmen die dicken Mümmelmänner aus dem Stall, legen sie in unseren Schoß und gleich wird die Welt friedlich und sanft. Bis zur Abenddämmerung sitzen wir da, reden über unser kleines Leben und keine Seele ahnt von unserem kleinen Versteck.

Jeder von uns muß mindestens einmal Nachtwache schieben. Unsere Gruppenführerin macht die Einteilung. Sie weiß, daß das Gespann Carola und ich unzertrennlich ist und teilt uns „wohlwollend" ein. Nachtwache heißt, wir stehen an der Peripherie des Geländes und gucken dumm in die Nacht hinein. Feuchte Nebel kommen auf und wir müssen so tun, als hinge Wohl und Weh der schlafenden Mannschaft durch unsere wachsamen Augen ab. Uns fallen um Mitternacht schon die Augen zu. Wir frieren, Hunger haben wir auch. Wir sehnen uns nach Wärme und Geborgenheit. Blödeln hilft da auch nicht viel. Um uns die Zeit zu vertreiben, denken wir uns gruselige Situationen aus. Das macht eine schöne Gänsehaut und wir lachen, um alles abzuschütteln. Die Sinnlosigkeit wird uns gerade in diesem Augenblick bewußt. In diesem

Trance ähnlichen Zustand werden wir von einem Hilfeschrei aus der Ferne, herausgeholt. Das war doch jetzt Einbildung, nicht wirklich. Am nächsten Tag erfahren wir, daß eine Frau, ermordet im Wald aufgefunden wurde.

Ich bekomme den einzigen Brief von meinem Geliebten. Ich habe damit nicht gerechnet. Es ist wie ein kalter Guß und ich weiß nicht, nachdem ich ihn gelesen habe, ob ich weinen oder lachen soll.

Liebste!

In der Zwischenzeit tobte hier in diesen Breiten ein großer Vulkan. Bis die ausströmende Lava sich erkaltend beruhigt hatte, wollte ich abwarten, um den versprochenen Brief an Dich zu schreiben. Was war geschehen? Am Sonntag brachen aus der U. lang angestaute Empfindungen heraus, die mit der Gesamtlage ehelichen Zusammenlebens umschrieben wären. Nachdem dieser schlimme Ausbruch vorbei war, konnten wir uns den Haufen ganz in Ruhe betrachten. Das Resultat dieses Gesprächs war die nunmehr gemeinsame Erkenntnis und Einsicht, daß eine Ehe von keiner Seite befürwortet werden kann, wenn der gegenwärtige Zustand und die Art des Zusammenlebens in dieser Form fortgesetzt wird.

Dieses Leben nützt niemandem und lohnt sich auch nicht, festgahalten zu werden. U. hat sich selbst eine Zeit gegeben, die sie abwarten möchte, um dann ihrerseits entsprechende Entscheidungen, sprich Scheidung, treffen zu können. Mit anderen Worten gesagt: Im kommenden Sommer stehe ich mit den Sachen bei Dir, oder aber die Liebe zwischen M. und G. ist mit allen Konsequenzen beendet. Wenn ich also am Tage des Sommeranfangs nicht bei Dir bin, gibt es mich nicht mehr. Ich bin von der Richtigkeit dieser Einigung überzeugt und überlasse es Dir, auf einen Mann zu warten oder nicht. Um in das Leben aller Ruhe hinein zu bekommen, was für das

Studium ebenso nötig ist, wie für das Konzertieren, tritt auf meinem Sender eine Ruhepause bis zum Tage des Sommeranfangs 1975 ein. Ich werde bis dahin meinen Verpflichtungen leben. Sei bitte so lieb und respektiere diesen Entschluß, Ruhe und Klarheit in das Dunkel hinein bringen zu wollen. Es muß sein, sonst gehen alle drauf und niemandem ist gedient. Meine Liebe gehört Dir! In einem Jahr für immer oder niemals mehr. Studiere, was das Zeug hält, Dein bisheriger Einsatz für Deinen Beruf war nur ein Viertel groß. Künstler wird der, der ständig von dieser Aufgabe gefangen wird. Du mußt Deinen Einsatz vervierfachen!!!!!!!. Meine guten Wünsche sind bei Dir! Werde glücklich!

In Liebe Dein Wildfremder.

Meine Mutter schreibt mir auch rührende Briefe. Sie hatte Geburtstag und schildert, wie das Kollektiv den Ehrentag würdig begeht: „Nun will ich aber von der Geburtstagsfete auf Arbeit berichten. Von meinen Kollegen habe ich 3 Frottiertücher und 10 Rote Rosen bekommen. Meine Kollegin Gisela, schenkte mir eine Strumpfhose, meine andere Kollegin, einen langhaarigen Kaktus und Frau Walter einen Kalender für das Jahr 1975 und einen Blumenstrauß. Du siehst also ich bin reich beschenkt worden. Ich habe ein ganzes Blech Pflaumenkuchen mitgenommen und ein paar belegte Schrippen gekauft. Daß Theater mit der Wohnung war, haben wir Dir ja schon geschrieben. Ich habe mich bei der Gewerkschaft beschwert und um Hilfe und Unterstützung in meiner Wohnungsangelegenheit gebeten. Gleichzeitig habe ich gesagt, daß ich unter meinen jetzigen Wohnverhältnissen und bei meinem Gesundheitszustand das Amt des Konfliktkommission-Vorsitzenden leider zukünftig nicht mehr ausüben kann. Das brachte dann einige Leute in Bewegung. Am Freitag war die Sitzung der Wohnungskommission zur Verteilung von AWG-Wohnraum für 1975. Angeblich bin ich jetzt nach einem großen Wirbel auf dieser Liste aufgenommen worden. Das bedeutet, daß wir damit rechnen können, im nächsten Jahr eventuell eine Wohnung zu bekommen. Die aufgeführten Namen müssen noch von zentraler Stelle des Kombinates bestätigt werden."

Und die Namen werden bestätigt. Wer brav und einigermaßen angepaßt ist, kann damit rechnen, vom Staat wohlwollend behandelt zu werden. Der Plattenbau ist der Traum der durchschnittlichen Bevölkerung. Da ist man wer, da ist man privilegiert. Der Altbau ist ein Rudiment des Kapitalismus und wer dafür schwärmt, ist entweder Kunst- und Kulturschaffender oder tickt nicht ganz richtig. Schon in der Schule haben wir unterschieden, wer im Alt- oder Neubau wohnt. Ich habe mich immer geschämt, wenn einer danach fragte. Im Plattentyp WBS 20 herrscht Ordnung. Die Anbauwand steht da, wo alle Anbauwände zu stehen haben, zum Beispiel der Typ „Leipzig 4" hat ein genormtes Maß von drei Metern und paßt genau an die Wand zwischen Durchreiche und Balkon. Alle Wohnungen haben die Einheitstapete (auch Wandverkleidungselement genannt) mit kleinem Grasmuster. Wer pfiffig und schnell ist, besorgt sich die heiß begehrte Raufasertapete" Erfurt", die nur als Bückware unter dem Ladentisch zu bekommen ist. Wer sich gar traut ein eigenes Haus zu bauen, läßt sich auf einen Horrortrip ein, der gut und gerne Jahre dauern kann. Wer keine Beziehungen hat, sollte es lieber lassen. Ein Neubaugebiet bringt für die werktätige Bevölkerung auch Vorteile, die nicht zu verachten sind. Die „Wohngebietsklubgaststätte" hat so was eigenes. Der große Gaststättenraum ist meist braun getäfelt. Die Tische werden mit Raumteilern getrennt und sind mit Grünpflanzen dekoriert. Die Kellner tragen schwarz-weiß und die Kellnerinnen ein zierliches Schürzchen mit Spitzenverzierung. Ob man einen Platz bekommt, wissen nur die Götter. Vorne am Eingang steht ein Schild mit der Aufschrift: „Sie werden platziert." Die

Menükarte bietet Schmackhaftes zum kleinen Preis. Soljanka, Broiler und Steak mit Letscho oder Champignons sind die Renner. Als Sättigungsbeilage gibt es gemischtes Gemüse meist aus der Dose. Zum Nachtisch wird Eis mit Mischobst angeboten. Der Kaffee komplett (Milch und Zucker), kostet 1,00 Mark.

Die Kaufhalle im Neubaugebiet liegt zentral. Vor dem Eingang stehen die Kinderwagen und kein Mensch hat Angst, daß einem Kind auch nur ein Haar gekrümmt wird. Im „Getränkestützpunkt" gibt man das Leergut ab und die leere Bierkiste heißt „Harasse". Da, wo die verschrumpelten Äpfel liegen, ziert die Überschrift „Vitaminbasar" ein Brett. Überhaupt haben die Genossen die deutsche Sprache für uns Bürger neu erfunden. Der „Abschnittsbevollmächtigte (ABV)", paßt auf, daß im Wohngebiet nichts schlimmes passiert. Er erkundigt sich in Abständen beim „Hausvertrauensmann", wer so im Wohnblock zu Besuch war und ob er ordnungsgemäß ins Hausbuch eingetragen wurde. Das ist besonders wichtig, wenn ein Bürger aus der BRD oder der besonderen politischen Einheit Westberlin zu Besuch weilt. „Reisekader" sind die Menschen, auf die besonderer, politischer Verlaß ist. Der „bärtige Mann mit Geschenksack" beschert die lieben Kleinen am Heiligen Abend, während die „Jahresendfigur mit Flügelelementen" den Weihnachtsbaum ziert. Der „Frauenausschuß" in den Betrieben und Kombinaten kümmert sich, wenn die werktätigen Frauen Kummer haben und hilft bei der Beschaffung eines Kindergartenplatzes. Haben die Bürger eines Aufganges ihr Haus besonders herausgeputzt, wird ihnen die "Goldene Hausnummer" verliehen, eine Auszeichnung, die Ihren Platz über der Eingangstür findet. Die einleuchtendste Bezeichnung für Rinder gibt mir ein LPG-Arbeiter: „Grünfutterfressende Großvieheinheit", nach TGL, versteht sich.

Meine Eltern sehnen sich nach einer ordentlichen Neubauwohnung, mit Bad und moderner Heizung. Ich aber habe bei diesem Gedanken sehr gemischte Gefühle.

Der Sommer 1974 war ein schöner, warmer Sommer bis spät in den Herbst hinein. Unser ZV-Lageraufenthalt neigt sich dem Ende. Der Abschlußabend wird gefeiert. Mischa, der Viehzüchter aus meiner Klaviergruppe ist mein attraktiver Tanzpartner. Er sieht ja wirklich gut aus, hat breite Schultern, an die man sich als Frau zu gern anlehnt. Er tanzt den ganzen Abend mit mir. Ich sehe auch ganz gut aus, trage ein kurzes Kleid mit bunten Blumen und Plateauschuhe. Ich werfe den Kopf mit dem langen, schwarzen Haar in den Nacken. Wir tanzen eng umschlungen und heizen dem ganzen Saal ein. Wir schwitzen und drehen uns, bis uns schwindlig wird und werden zum schönsten Paar des Abends gekührt.

Schließlich müssen wir eine Ehrenrunde tanzen. Unsere Kommilitonen klatschen im Takt der Musik. Ich fühle mich wohl und locker, wie schon lang nicht mehr. Dabei fallen mir die Worte meiner Eltern ein: „Kind, genieße deine Jugend binde dich nicht allzu früh, bringe erst mal dein Studium zu Ende." Der große Mann zieht mich noch fester an sich und ich taumle wie im Traum.

Der Hochschulalltag hat uns wieder. In meinem Postfach finde ich einen Zettel: „Habe die Scheidung eingereicht G." Ich laufe in die Telefonzelle und stottere in den Hörer: „Du wolltest doch erst im nächsten Jahr, daß..., wie ist das so schnell gekommen?... wann können wie uns sehen?..., gleich heute Abend?.... Die Antwort: „gleich, jetzt, wann du willst und wo du willst. Da ist ein Sog, dem ich mich nicht mehr entziehen kann. Ich halte mein Wort: „Ich warte auf dich!", habe ich vor einiger Zeit gesagt und stürze zu ihm mit einem riesigen Bündel an Fragen, mit Sehnsüchten, Wünschen und der Idealvorstellung von Liebe und Glück.

In meiner Abwesenheit hat sich das „Ehepaar" räumlich getrennt. Wenn ich meinen Besuch abstatte, schlafe ich im großen Erkerzimmer. Ulla hat ihre Beziehung zu ihrem Liebhaber auch legalisiert, die Kinder sind mittendrin und so leben wir alle gemeinsam mit Unterbrechungen in der ehelichen Wohnung. Der kleine Professor hat irgendwie einen Narren an mir gefressen. Er ist jetzt elf Jahre und eine kleine Persönlichkeit. An einem sonnigen Herbsttag werde ich von dem wildfremden Mann und seinem Sohn zu einer Fahrt ins „Grüne" abgeholt. Ich habe mich schick gemacht. Den blauen Lidschatten habe ich etwas zu fett aufgetragen und prompt kommt eine ehrliche Frage aus dem Mund des kleinen Jungen: „Fräulein Buntrock, wer hat Ihnen denn aufs Auge gehauen?" Mir schießt die Röte ins Gesicht und ich habe innerlich eine Stinkwut auf diesen Bengel. Der Vater greift auch nicht so ein, wie ich mir das vorstelle, aber irgendwie kriegen beide die Kurve und ich trage ihnen nichts nach. Ich habe eine Vorahnung, mein siebenter Sinn hat mich nicht verlassen. Auf einem Spaziergang durch einen herrlichen Wald in der Umgebung von Berlin eröffnen mir die beiden, daß sie nur im „Doppelpack" zu haben sind.

Der Sog treibt mich immer weiter vorwärts, eine Eigendynamik entwickelt sich und ich kann und will dann auch nicht das Rad zurückdrehen. Ich will diesen Mann und keinen anderen und begebe mich auf das große Schiff mit unbekanntem Ziel. Die Scheidung ist unaufhaltsam, sie wird von allen Seiten gewollt. Am Scheidungstermin muß ich erscheinen, weil ich auch ein „Grund" bin. Ich putze mich für mein Alter viel zu „reif" raus, trage ein spießiges, blaues Kleid aus synthetischem Stoff, auch „Präsent 20" genannt. Meine Haare habe ich zu einem festen Knoten gebunden und sehe eher wie eine Schönheit im gesetzten Alter aus. Am Ende der Scheidungsargumente werde ich vom Richter befragt, ob ich mich denn in der Lage fühle, mich einer so hohen Verantwortung gewachsen zu fühle.
Mit fester Stimme bejahe ich meinen Entschluß, dieser Auf-

gabe gewachsen zu sein, ich bin 18 Jahre! Noch am gleichen Tag wird alles entschieden. Ich lerne meine zukünftigen Schwiegereltern kennen und von nun an sagt der kleine „Professor" Mutti zu mir. Das rührt mich, macht mein Herz weich und am späten Abend, als wir die nun frühere, eheliche Wohnung betreten, ist unser Erkerzimmer von Ulla ausgeräumt. Sie hat uns in der Abwesenheit in das kleinste Zimmer der Wohnung verwiesen. Wir stehen da und uns verschlägt es die Sprache. Wir Erwachsenen kommen mit der Situation irgendwie klar, aber da fehlt die Bettdecke vom Sohn. Ich betrete wie eine Furie das Zimmer von Ulla und fordere das Bettzeug heraus. Sie verweigert es und ich greife resolut die Bettdecke und wir zerren wie im „Kaukasischen Kreidekreis" an den Enden. Mit einem kräftigen Ruck gewinne ich und ziehe wie eine Wölfin mit der Beute von dannen.

Die Tochter wird der Mutter zugesprochen und ich wundere mich, wie der kleine, sensible „Professor" das verkraftet. Er ist für sein Alter ziemlich stark und das wird sich auch später nicht ändern. Das ist die harte Schule, da gibt es kein Hätscheln, sieh zu, wie du da durch kommst...

Meine Eltern haben geglaubt, irgendwas Unvorhersehbares würde dazwischen kommen, aber ich muß sie enttäuschen. Ich bin stur und lasse mich auf keine Belehrung ein. Mein Vater wird zynisch und primitiv. Er zieht alle Register und betitelt meine große Liebe mit „Liliputaner" und „Gorilla". Das ist das Ende. Wenn es später, bis zu seinem Tode, auch Versuche der Annäherung geben wird, so sind sie von beiden Seiten nur halbherzig gewollt.

Meiner Oma kann ich alles anvertrauen. Ich möchte mich verloben und sie hat Verständnis für mich. Es ist schwer, in der DDR an Gold zu kommen. Verlobungsringe kann man nicht so einfach kaufen. Nur gegen Abgabe von Altgold ist dies möglich. Oma schenkt mir den Ehering von Opa aus 900-ter Gold und da kann man was mit anfangen. Ich gehe zum

Juwelier und der fertigt welche an. Unser Verlobungstermin richtet sich nun nach der Fertigstellung der Ringe. Ganz stolz trage ich den blanken Goldreif, der mir mit einem Kuss und inniger Umarmung angesteckt wird. Unser Zimmer ist mit Kerzen erleuchtet. Ein kleines Essen, das wir aus dem DELIKAT-Laden für viel Geld erstanden haben und eine Flasche französischen Weines krönen unsere Feierlichkeit, die nur uns gehört. „Delikat" kommt von Delikatessen. Es sind Läden, in denen man Lebensmittel kaufen kann, die aus dem westlichen Ausland importiert werden. Es sind aber auch Produkte zu haben, die in der DDR produziert werden, eben etwas Besonderes, wie guter Kaffee, Pulver, daß mit Wasser angerührt, einen Orangensaft ergibt. Zu besonderen Anlässen leistet man sich eben etwas Gutes. Wofür soll man denn sonst sein ganzes Geld ausgeben? Eine Verlobung im Altberliner Zimmer ist ein ebensolcher Anlass. Nachdem wir die Köstlichkeiten verspeist haben, zieht er mich auf das Bett und kündigt mir eine Musik an, die ich noch nie in meinem Leben gehört habe. Das Klavierquintett von Schostakowitsch begleitet unsere Zärtlichkeiten. Wir schwimmen fort, ganz weit. Das Meer ist stürmisch und geheimnisvoll. Es dringt tief in mich ein und eine Welle überspült uns und zeitgleich gehen wir unter...

Weihnachten 1974, den 24. Dezember verbringe ich mit meinen Eltern, den ersten Feiertag wollen der wildfremde Mann und ich nach Dresden fahren. Naiv und abenteuerlustig geht es mit dem Trabbi in das schöne „Elbflorenz". Ich habe einen Picknickkorb liebevoll gepackt. Als wir am späten Nachmittag ankommen, ist die Stadt menschenleer. Wir suchen ein Hotel und verbringen Stunden mit der Suche nach einer Unterkunft - ohne Erfolg. Zum Abendessen stellen wir uns eine einfache Einkehr vor - auch das ohne den geringsten Erfolg. Uns ist kalt und als letzte Instanz landen wir in der Mitropa am Bahnhof. Dort sitzen ein paar einsame Gestalten, in ärmliche Mäntel gehüllt und warten auf irgendwas. Es riecht nach kaltem Zigarettenrauch und schalem Bier. Auf der Angebotstafel steht: Bockwurst mit Brot und Gulaschsuppe. Wir setzen uns an einen Tisch und kaufen uns ein Pilsator ohne Schaum. Die Gulaschsuppe ist wenigstens einigermaßen warm und so sitzen wir mit der Suppentasse und wärmen unsere Hände an den kleinen Öfen. Wir trinken Schnaps und uns wird wärmer. Die Vorstellung, im Trabbi die Nacht zu verbringen, macht uns ausgelassen fröhlich. Wir sind jung und zu jeder Schandtat bereit. Gegen zehn Uhr werden wir höflich aufgefordert, den Ort zu verlassen. Wir fahren angeschwipst in die Nähe des Zwingers. Das Schloss ist vom Krieg noch ganz krank und ausgehöhlt und in einer Nische stellen wir im Schutze der Dunkelheit unseren lieben Trabbi zum Übernachten ab. Der Mond scheint in dieser klaren Winternacht und die Ruine dient uns als romantische Kulisse. Es wird ganz warm und wir kuscheln uns in unsere Schlafsäcke, die wir vorsorglich mitgenommen haben. Das ist überhaupt die Taktik eines jeden DDR-Bürgers, für Eventualitäten gewappnet zu sein.

Das einzig Gute, das meine Eltern an ihm lassen ist, daß er Mitglied der SED ist. Meine Eltern bezeichnen sich selbst als parteilose Kommunisten. Meine Mutter ist tatsächlich der Meinung, man müsse den Buschmenschen in Afrika Häuser bauen. Sie hätten ein Anrecht auf Fernseher und Kühlschränke. Leider hat sie auf meine Frage, wer das machen soll keine Antwort parat. Den Hintergrund dieser Mitgliedschaft können meine Eltern nur bedingt begreifen. Mein Schwiegervater saß als SPD-Mitglied unter den deutschen Faschisten im Gefängnis. Die Tradition nach dem Krieg forderte eine politische Grundhaltung, auch für den 18-jährigen Sohn. Frieden, Aufbau, Pazifismus prägten die Moral der deutschen Jugend in der DDR. Als Vierzehnjähriger schreibt er in Klatte einen Aufsatz zum Thema: „Wie siehst Du deine Aufgaben als künftiger Musiker?" Leider gibt es dazu nur eine spärliche Notiz, die ich in einem Buch in Form eines Zettels gefunden habe. Wir waren jung verheiratet und den kleinen Fund las ich ihm dann vor, worauf er in schallendes Gelächter ausbrach: „Ich sehe meine Aufgaben als künftiger Musiker darin, daß ich das Kulturerbe unserer großen Deutschen verbreite. Zum Ziele gesetzt habe ich mir, die gute und traditionelle Musik den Menschen zu unterbreiten. Ich werde dazu beitragen, die Verderben bringende Musik zu unterdrücken. Ein gutes Beispiel der schlechten Musik ist der von Amerika eingeführte Jazz. Dadurch wird die Jugend in Westdeutschland für einen künftigen Krieg als Rekrut erzogen..."

1975 – Der Vorsitzende der Westberliner CDU, Peter Lorenz, wird von Terroristen der „Bewegung 2. Juni" entführt und nach sechs Tagen wieder freigelassen. Die Konferenz über Sicherheit und Zusammenarbeit in Europa (KSZE) endet nach zweijähriger Verhandlung in Genf und Helsinki und wird als „Schlußakte" unterzeichnet. Ein, wenn auch kleiner Hoffnungsschimmer für die, die wir uns eingesperrt fühlen. Das Ende des Vietnamkrieges.

Der kleine Professor, gehört nun fest zu meinem Anhang. Er redet mich mit „Mutti" an, was in Zukunft bei unseren Mitmenschen für süße Verwirrung sorgen wird. Unser Altersunterschied beträgt ja nur sieben Jahre. Ich gewöhne mich schnell daran, daß ich nun potzblitz Mutter bin. Ich erfülle meine Aufgabe so gut ich eben kann, schmiere das Schulbrot und abends, wenn mein Sohn nach den Schularbeiten am Tisch sitzt, spricht er über seine Probleme. Ich werde akzeptiert, meine Meinung ist ihm wichtig und ich fühle mich geborgen.

Am frühen Morgen meines 19. Geburtstages klopft es an unserer Tür, wir schlafen noch. Tilo kommt mit seiner Geige, stellt das Notenpult auf, spielt ein selbst komponiertes Stück und schenkt mir ein selbstverfasstes Gedicht:

> Heut ist der Tag Deines 19-jährigen Lebens
> Du wirst ihn mit Freude begehen
> Du wirst weiter studieren
> denn mit fleißigem Lernen
> schafft man es weit im glücklichen Leben
> Bleib weiterhin schön gesund im Leben und viel
> Glück jeden Tag, das wünscht Dir Dein Sohn Tilo

Meiner zukünftigen Schwiegermutter geht es gesundheitlich besser. Sie hat die Haare akkurat zu einem Dutt aufgesteckt. Sie ist die perfekte Urmutter, Hausfrau und beobachtet mich mit Argusaugen. Sie erinnerte mich ein wenig an Inge Maysel. Ich versuche auch perfekt zu sein und überspiele meine Unzulänglichkeiten mit jugendlichem Witz und aufgesetzter Reife. Mein zukünftiger Schwiegervater, ein Armin-Müller-Stahl- Typ, ist ein charmanter Mann mit weißen Haaren. Er ist intellektuell, diskutiert politisch, analytisch brillant und gibt mir etwas Würde einer zukünftigen Schwiegertochter. Er weiß, daß ich seinen Sohn heiraten möchte und am Tag vor unserer Hochzeit klopft er mich ab. Er schaut mich mit seinen wunderbar blauen Augen prüfend an und fragt mich, ob ich wüßte, welche Verantwortung ich auf mich laden würde und ob ich glaube diese zu bewältigen. Ich fühle mich so was von stark, optimistisch und glaube, die Erdkugel auf meinen schmalen Schultern tragen zu können.

Noch immer bewohnen wir zu dritt ein Zimmer in der vormals ehelichen Wohnung, Hauptsache wir sind zusammen. Ulla hat sich nach einem Tauschpartner für die Wohnung umgesehen. Sie will die große Wohnung in zwei kleinere tauschen. Irgendwann taucht ein Herr auf und guckt sich die Wohnung an. Ich erkenne sofort in ihm den Funktionär, der alle Fäden in der Hand hat. Er ist ein „hohes Tier" und arbeitet bei der DEWAG - Werbung am Hackeschen Markt in Berlin Mitte. Er trägt das Parteiabzeichen und plappert den Dresdner Dialekt. Er ist mit einer attraktiven Dame leiert, hat zwei Wohnungen, die er gegen die größere tauschen möchte. Uns will er in ein Loch stecken. Ulla soll die bessere Hälfte zugeteilt bekommen. Wir weigern uns auszuziehen. Der Tausch findet ohne uns statt und nun wohnen wir mit diesem Herrn unter einem Dach. Es beginnt ein Terror, der seinesgleichen sucht. Um Mitternacht wird die Wäsche gewaschen. Die Toilette wird abgeschlossen, die wir nur mit polizeilicher Hilfe geöffnet bekommen. Da hilft es dem Herren auch nicht, daß er Genosse ist. Einstweilige Verfügungen kreuzen die Empfänger und dann sind wir mit den Nerven am Ende.

Erst durch eine Eingabe an den Staatsrat der DDR weisen uns die Behörden eine Wohnung zu. Sie liegt am Bahndamm zwischen den S-Bahnhöfen Greifswalder Straße und Prenzlauer Allee. Gegenüber steht noch das alte „Collosseum" der Gaswerke. Die Wohnung befindet sich im 4. Stockwerk, hat zwei Zimmer, eine Küche mit Speisekammer und eine Toilette, die winzig ist. Der Korridor hat eine Länge von 8 Metern, hat aber an der Außenwand ein Fenster. Meine Kreativität kennt keinen Halt. In die Speisekammer wird die Dusche „Albeck" eingebaut. Sie hat das Maß von einem Quadratmeter. Man stelle sie sich so vor: Ein blaues, viereckiges Plastebecken mit einem Gestänge ringsum, an dem ein Plastevorhang gegen Wasserspritzer schützen soll. Unter dem Becken befindet sich ein 5-Literboiler, der in einer Stunde Aufheizzeit 80 Grad heißes Wasser aufbereitet. Man muß ein Zeitfuchs sein, um den Duschvorgang perfekt einzuteilen: Man spritze sich naß, stelle den Wasserhahn ab, seife sich ein, stelle den Wasserhahn an und spüle sich die Seifenlauge vom Körper. Haare waschen muß im Blitztempo erfolgen. Drei Leute müssen sich genauestens absprechen, sonst läuft alles schief. Am Ende dieser Prozedur stellt man die Pumpe an und mit Glucksen flutscht das Abwasser in das Abwasserrohr. Egal, Hauptsache glücklich. Von meinen Eltern bekomme ich als Hochzeitsgeschenk die abgelegte, alte Küche aus der Altbauwohnung, denn ihre Neue hat eine Einbauküche. Ich baue wie ein Vögelchen an unserem gemeinsamen Nest und Gregor sieht mit zärtlichen Blicken meinem Tun zu.

Die Hochzeit wird von mir sehnlichst erwartet. Es kann gar nicht schnell genug gehen. Meine Eltern finden sich damit ab. Ich möchte in „Weiß" heiraten. Eine Bekannte, die Schneiderin ist, näht mir aus „Dederon", mein Hochzeitskleid. Ich bitte meine Eltern, mir doch wenigstens etwas behilflich sein zu wollen, und eines abends liegt in meinem noch Kinderzimmer ein Zettel: „Wir können Dir zu Deiner Hochzeit einen Betrag von 500 Mark zur Verfügung stellen". Halbherzig verabredet sich meine Mutter mit mir zu einem Einkauf. Im Centrum-Warenhaus am Alexanderplatz „spendiert" sie mir einen weißen Schleier und ellenbogenlange Handschuhe. Dabei habe ich in meiner Bescheidenheit immer noch ein schlechtes Gewissen. Meine Mutter argumentiert, daß ihre Neubauwohnung viel Geld verschlinge und das Budget sehr knapp bemessen sei. Mit den Habseligkeiten bin ich zufrieden. Stolz zeige ich meine Accessoires meinem zukünftigen Mann und schwebe auf Erwartungswolken. Der Polterabend soll in der alten Wohnung in der Gürtelstraße stattfinden, weil meine Eltern befürchten, daß die neue Tür in der „Platte" beschädigt würde. Meine Enttäuschung fresse ich in mich hinein, mime wieder die, der man nichts antun kann. Ich will nur in die Arme des Mannes.

Am Vortag des Polterabends gehen meine Eltern und ich in die Wohnung und richten alles her. Es befinden sich keine Sitzgelegenheiten und Tische in den Räumen. Ich hohle mir vom Getränkestützpunkt leere Bierkisten. Die alte Kochmaschine in der Küche dient als Buffettisch. Ich rechne mir die Kosten für das Essen aus, denn mir sind noch 150 Mark geblieben. Das Hochzeitsessen im Restaurant „Bukarest" in der Frankfurter Allee hatte ich mit einem Budget von 350 Mark schon 3 Wochen vorbestellt. Meine Kommilitonen habe ich eingeladen und Onkel Willi und Tante Gerda aus dem Westen haben sich auch angemeldet. Ich brate in der alten, übrig gebliebenen Pfanne Bouletten, zaubere einen Kartoffel- und Nudelsalat. Brot kostet fast nichts, nur die Getränke, wie Wein, Schnaps und Bier verschlingen die „Riesensumme" zur Hochzeit der einzigen Tochter. Einige Jahre später werde ich Hochzeitsgast einer polnischen Familie auf dem Lande sein - dazwischen liegen Welten...

Zum Polterabend habe ich meine Seminargruppe eingeladen. Alle kommen mit irdenem Geschirr und schmeißen das Porzellan auf Treppen und Türen. Ich trage ein langes, lila-schwarz geblümtes Kleid. Der Besuch aus dem Westen ist pikiert ob der frugalen Ausstattung. Trotz Improvisation und Ärmlichkeit ist die Stimmung ausgelassen. Meine Kommilitonen verwandeln die Tristesse in eine fröhliche Studentenrunde, essen sich satt und sind mehr als zufrieden. Der Alkohol macht unsere Gesichter rot und wir singen ausgelassen die Nummern einer Operninszenierung, die der Starregisseur der Deutschen Staatsoper im Berliner Arbeitertheater (BAT) mit uns inszeniert. Es ist das „Bauernmärchen" von Kirill Volkov. Die Proben sind in vollem Gange.

Nach Mitternacht lösen wir die Feier auf und meine Schwiegermutter stellt sich als Betreuerin unseres Sohnes zur Verfügung, denn am nächsten Tag nach dem Hochzeitsessen wollen wir für drei Tage nach Friedensau fahren, eben unsere Hochzeitsreise.

Wir fahren in unsere halbfertige Wohnung, haben uns irgendwie häuslich eingerichtet. Ich bin erschöpft und weine in den Armen des Mannes, den ich morgen heiraten werde.

Er tröstet mich, wir haben uns doch und sind am Ende unseres Weges. Unsere Liebe kann nichts erschüttern. Ich liege die ganze Nacht wach, grüble über die Zukunft und neben mir schnarcht im Forte mein zukünftig Angetrauter...

27. Februar 1976: Standesamt Warschauerstraße, Berlin Friedrichshain. Ein klarer, sonniger Wintertag begrüßt uns. Die weiße Braut steigt mit ihrem Bräutigam in den weißen Trabant 601 und fährt vor. Der Hochzeitsanhang wartet schon. Die Standesbeamtin bittet zur Trauung. Die Musik zu „Notre Dame" begleitet unsere Schritte und wir setzen uns wie Oberschüler vor den Tisch, auf dem auch schon unsere Ringe in einer Schale liegen. „Liebes Brautpaar, wir haben uns zusammengefunden... ihr habt euch vorgenommen, der Sozialismus bietet alles... den Kindern eine Zukunft... eure Eltern werden... füreinander einstehen, in guten und in schlechten Tagen, in Treue (das hat sie vom Pfarrer) und und und. G. flüstert mir Verliebtheiten ins Ohr, wir lachen verlegen und alles geht ganz schnell vorbei. Die Ringe werden angesteckt und ein Kuss besiegelt ein Leben in Gemeinsamkeit. Ich wünsche uns alles, was nur möglich sein kann. Die Verwandtschaft defiliert an uns händeschüttelnd wie am Fließband vorbei. Mein Vater sieht wie ein Kombinatsdirektor aus, der seinem braven Mitarbeiter alles Gute für den kommenden Fünfjahresplan wünscht und meine Schwiegermutter macht ein Gesicht, als hätte sie in eine Zitrone gebissen. Draußen, auf der Treppe schießt ein Fotograf Gruppenbilder. Alle stehen blinzelnd in der Sonne - es ist mein bis dahin schönster Tag in meinem Leben.

Das Restaurant „Bukarest" in der Frankfurter Allee 13 ist eine feine Adresse in der Hauptstadt. Dort tafeln wir mit 14 Personen. Das Gedeck kostet pro Person 15,60 Mark. Es werden 4 Flaschen Wein „Grauer Mönch" zu 50,40 Mark, 11 Pils, zu 8,58 Mark, 12 Kännchen Kaffee zu 24,00 Mark getrun-

ken. Dazu kommt noch eine Sonderbestellung von zwei Omelettes, einem Tee und zwei Bechern Eis. Die Gesamtrechnung beträgt 318,68 Mark. Während des Essens fängt mein kleiner Professor zu kichern an. Er flüstert meiner Freundin Carola etwas ins Ohr und dann kichert sie auch. Der Kellner wird an den Tisch gerufen und dann kommt der mit Müllschippe und Handfeger in die Nähe des Tisches und fegt etwas weg.
Es ist eine tote Maus...

Auf meine Serviette schreibt mir mein Mann, der nun nicht mehr so wildfremd ist und Gregor heißt, „Meine liebe Frau! Heute ist Hochzeit! Es ist der Tag, den Du gewollt hast. Ein Anfang für uns, der das Leben uns sinnvoll erscheinen lassen soll. Meine Absicht ist es, mit Dir jeden Tag zu verleben. Es sollen Tage zu Wochen und Jahren werden, die bei kritischer Prüfung sinnvoll und glücklich genannt werden möchten. Wie schwer es ist glücklich zu leben, ist uns begreiflich. Nutzen wir unsere Liebe, um ganz glücklich zu bleiben. Dein G. Anno 27. Februar 76." Ich schreibe auf die Rückseite: „Mein lieber Ehemann! Vielen Dank für die lieben Zeilen. Sie haben mich glücklich gemacht - wie überhaupt mich alles so glücklich gemacht hat. Weißt Du noch, was wir uns zugeflüstert haben, während die Hochzeitsmusik „Notre Dame" spielte? Das habe ich mir fest eingeprägt und möchte daran immer festhalten. Ich liebe Dich, Deine liebe Frau".

Nun bin ich Frau und Ehefrau, 19 Jahre und erwarte so viel. Mein Leben steht wie ein riesiger Berg vor mir, alles wird gut. Ich fühle mich erfahren, als wäre ich schon mit allen Wassern dieser Welt gewaschen...

Das Hochzeitsmahl wird aufgelöst. Wir stehen auf der Frankfurter Allee und wollen gleich in die drei Flittertage nach Friedensau fahren, einem Erholungsheim der Sieben-Tags-Adventisten. Meine Gesangslehrerin, die Güte in Person, hat mir diesen Aufenthalt möglich gemacht. Es ist für uns ein

Glücksgeschenk. Plötzlich sieht sich meine Schwiegermutter nicht mehr in der Lage, unseren Sohn für diese drei Tage zu versorgen. Ich könnte heulen und sehe meine Hochzeitsreise in Gefahr. Da springt meine alte Oma ein. Sie will für mich die Situation retten. Wir gehen zum Auto, drücken Oma die Plastetüte mit den Sachen für den Jungen in die Hand und fahren Richtung Burg, bei Magdeburg. Die Fahrt kommt mir unendlich lang vor. Wir wissen, daß wir zu einer Zeit ankommen würden, wo das Abendbrot nicht mehr gegeben würde. An einer Raststätte kaufen wir uns Goldbroiler und setzen die Fahrt fort. In Friedensau angekommen, wird uns das Hochzeitszimmer zugewiesen. Es ist wirklich dem Anlass angemessen. Weiße Schleiflackmöbel im Rokokostil, mit einem großen Bett, das Rosen ziert. Ich packe unsere Taschen aus. Der Westbesuch hat uns eine Kaffeemaschine, Kaffee, Ferrero Küsschen und Mon Cheri zum Geschenk gemacht. Über die Großraumdose Atrix-Creme und eine Luxseife freue ich mich ganz besonders. Ich schmücke das Hochzeitszimmer mit unseren Blumen und drapiere meine Schätze auf dem Tisch. Mein Mann sitzt auf dem Bett und schaut mir genüßlich zu. Das Bett wird zur Tafel und wir verputzen die Broiler und laben uns an den Köstlichkeiten aus dem Kapitalismus. Nach dem Essen erwarte ich meine Hochzeitsnacht. Ich trage ein durchsichtiges Nachthemd in rosa und inszeniere die „Verführung". Während des Gefechts geht die Nachttischlampe zu Bruch und dann geht gar nichts mehr. Erschöpft vom Lachen sinken wir in die Kissen. Der Mond schaut durch das Fenster und drückt beide Auge zu...

Die Sieben-Tags-Adventisten, in der DDR geduldet, haben ein Refugium, das bei mir einen tiefen Eindruck hinterläßt. Es ist ein schöner, alter Bau um die Jahrhundertwende. Idyllisch gelegen, mit alten Baumbeständen. Hier ist alles so beschaulich, eben Friedensau. Das Frühstück ist so liebevoll angerichtet.

Die gekochten Eier tragen kleine Hauben aus gehäkelten Hühnern. Der Duft von frischen Brötchen durchzieht das ganze Haus. Bohnenkaffee, das wußte ich schon von meiner Lehrerin, ist nicht erlaubt. Dafür schmeckt der Muckefuck hier besonders gut. Zum Mittag wird eine Vorsuppe gereicht. Die Hauptmahlzeit ist köstlich und zum Nachtisch gibt es Kompott von Früchten aus dem alten Garten. Die Küchenfrauen tragen weiße, gestärkte Schürzen und der ganze Umgangston ist so herzlich und bescheiden. Hier will ich nie wieder weg, so mein Augenblicksgefühl. Wir spazieren in der Umgebung, man riecht schon den herannahenden Frühling und wir bewundern die Schneeglöckchen. Die Zeit vergeht zu schnell und der Alltag erwartet das frisch vermählte Paar.

Mein kleiner Professor freut sich, als wir ihn abholen. Oma hat sich ganz viel Mühe gegeben und ich bin ihr so dankbar. Wir fahren in unsere Wohnung und das pralle Leben erwartet uns.

Morgens um 6.00 Uhr ist die Nacht vorbei, jeden Tag. Das Frühstück muß gemacht werden, alle müssen durch die Dusche und wenn mein Sohn zur Schule geht, mein Mann nach Potsdam fährt, krieche ich manchmal genüßlich in mein Bett und schlafe noch eine kleine Runde. Um 10.00 Uhr beginnen dann meistens die Vorlesungen oder Seminare. Ich bin oft so müde und abgeschlagen, daß ich schwänze, wenn es möglich ist. Meine Sprecherzieherin, die zwei kleine Kinder hat, bemerkt meinen Zustand. Manchmal lege ich mich auf den Tisch und sie macht mit mir Entspannungsübungen. Dann fühle ich mich besser. Irgendwie können wir uns gut leiden. Sie ist das, was man heute eine „Müsli" nennen würde. Sie trägt einen langen Zopf, ist ungeschminkt und trägt Schlapperkleidung, die sie selbst färbt und näht. Ihre Wohnung liegt im Parterre auf dem Hof eines alten, zweistöckigen Hauses in Pankow. Auf dem Hof gibt es noch Stallungen. Das Kopfsteinpflaster ist mit Wildkräutern umwuchert. Eine letzte Idylle aus dem späten 18. Jahrhundert. Einige Jahre später blutet mein Herz, weil die Idylle einem geschmacklosen Neubau zum Opfer gefallen ist.

Ich bin von der Lebensart beeindruckt. Die Wände sind weiß gekalkt, statt Betten nur Matratzen, die Möbel vom Trödler. Die Küche ist ländlich, mit gescheuerten Möbeln aus Weichholz eingerichtet. Überall stehen getöpferte Keramiken in denen Obst, Gemüse und Körner aufbewahrt werden. Die Kinder werden ohne Gängelei aufgezogen. Sie haben schmutzige Händchen und laufende, verschmierte Rotznasen. Ihre Gesichtsfarbe ist rosig. Marie kommt sofort ungezwungen auf meinen Schoß. Ich wiege sie in meinen Armen hin und her. Da regt sich in mir etwas, ein ganz neues Gefühl bemächtigt sich meiner, aber ich weiß, daß ich erst mein Studium beenden muß...

Der Krebs meiner Schwiegermutter überschattet unser Familienleben. Wenn ich meine Schwiegereltern besuche ist mir ganz unwohl. Ich habe das Gefühl, als hinge der Sensenmann in jeder Ecke ihrer Wohnung. Die Luft scheint mir stickig und dumpf. Elend sieht die kleine Frau aus, die Wangen eingefallen und über den sonst so lebendigen Augen schwebt ein schwarzer Schatten. Nach den wenigen Bissen, die sie zu sich nimmt, rennt sie zur Toilette und bringt wieder alles aus sich heraus. Ich kann nichts essen und nach diesen ständigen Brechanfällen traue ich mich nicht, auf die Toilette zu gehen. Ich suche dann nach Spuren und bin wie eingezwängt. Ich bin froh, die Wohnung nach einer gewissen Zeit verlassen zu dürfen. Die frische Luft auf der Straße bringt Erleichterung. Eine weitere Operation steht bevor. Der Arzt im Krankenhaus Berlin-Buch macht uns wenig Hoffnung. Es gibt zwei Alternativen: die Heilung als Hoffnung oder der Sauerstoff, der in die Bauchhöhle eindringt, macht ein relativ schnelles Ende. Ich zittere vor jedem Besuch, weil ich nicht weiß, in welchem Zustand ich sie antreffen werde. Ich sehe auch, wie mein Mann leidet. Ich möchte doch eigentlich fröhlich sein und mein jugendlicher Kopf ist voller Sorge. Zwei Wochen nach der Operation wird die Familie ans Totenbett gerufen - ein schwerer Gang. Die abgemagerte Frau liegt allein in der Mitte des Raumes. Es ist ein naßkalter Tag. Die Schwester meines Mannes steht mit ihren Kindern wie versteinert am Bett. Mein Schwiegervater starrt verloren in die Gegend und hält die durchsichtige Hand seiner Frau. Wir stehen hilflos und uns schwimmen die Felle weg. Die Situation mutiert zu einem Abschiedsritual. Von jedem von uns verabschiedet sie sich mit Händedruck. Der Lieblingsenkel weint in ihrer Umarmung und ich bin die letzte in der Reihe, ziehe meine Hand schnell weg, als wolle ich dem Tod entfliehen. Sie murmelt etwas, was ich nicht mehr verstehen kann. Nur schnell weg von hier, ich habe Angst, nie habe ich bisher solche Angst gehabt. Die folgende Nacht wird sie nicht überleben.

Alles um uns ist düster, aber der Alltag fordert von uns Disziplin. Mein Mann weint, ist aufgelöst im Schmerz. Es herrscht Chaos, keiner weiß so richtig wohin mit sich.
Dann liegt ein Brief auf dem Tisch:

Meine geliebte Frau!

Eben bist Du aus dem Hause gegangen, nicht gerade freundlich, schade! Die augenblickliche Situation ist gekennzeichnet nicht nur durch das Ableben meiner Mutter, ein so schon trauriger Vorgang, und nicht nur durch die Einsamkeit eines alten Mannes, dem besonders ich über die ersten Tage rüberhelfen will! und muß!, sondern erschwert wird diese Situation auch durch Dich. Manche Deiner Gefühle verstehe und achte ich. Deshalb toleriere ich auch die sich daraus ableitenden Haltungen. Aber seit Tagen schon nimmst Du eine Position ein, als leidest Du darunter, daß Du seit dem Todesfall meiner

Mutter nicht mein einziger Mittelpunkt bist. Ich bin sehr traurig, daß Du so schlecht mit dieser Schwierigkeit fertig wirst, daß Du mir nicht moralisch bei der Lösung hilfst, sondern mir sagst, wie sehr allein Du im Augenblick bist. Du reißt in einem Maße an meiner Seele, daß es Dir offenbar entgeht, wie Du mich zerreißt. Du gehst allen Deinen Gewohnheiten mit der gleichen Verläßlichkeit nach, so, als hätte sich nichts geändert. So, als sei kein Loch in meine Familie gerissen. Du gehst zur Kammerorchesterprobe und jammerst, daß wir nicht beieinander sind. Nun bin ich der Letzte, der Dir das mißgönnt, nur paßt das Jammern so wenig zum Augenblick. Ich glaube, Du denkst dabei nur an Dich und scheinst zu vergessen, daß im Augenblick andere meine und unsere Hilfe nötiger haben. Du bist doch durch nichts geschädigt, Dir ist doch kein lieber Mensch weggenommen worden, Du mußt nur zeitweilig ein wenig abgeben und mit anderen, meinem Vater teilen. Immer war es Deine Menschlichkeit, siehe Betreuung von alten Menschen, die ich an Dir bewundert habe. Bleibe Dir in dieser Lebenseinstellung auch weiterhin treu, damit ich Dich immer als meine geliebte Frau wiedererkenne.
Ich liebe Dich.

Dein Gregor

Die Beerdigung ist ein schwerer Gang, weil der Verlust der Mutter eines Sohnes doppelt schwer wiegt. Der Sarg steht inmitten der kleinen Kapelle auf dem Friedhof in Bernau. Die Blumengebinde und Kränze sind am Boden niedergelegt. Ich stehe direkt neben dem Sarg und plötzlich wird von der Schwester der Verstorbenen, die in Polen verheiratet lebt, der Wunsch geäußert, die Schwester noch einmal sehen zu wollen. Der Sargdeckel wird geöffnet und ich kneife fest meine Augen zusammen. Den Anblick möchte ich mir ersparen. Es dauert eine Ewigkeit, bis sich klappernd der Deckel wieder schließt. Nach der Trauerrede spielt mein mutiger Mann die Chaconne aus der Partita in d-Moll für Violine von Johann Sebastian Bach. Meine Hände zittern, sind feucht und mein Herz rast mir davon. Ich will weinen, aber es kommt nichts heraus, ich bin wie zugestopft. Mit weichen Knien schlurfe ich mit den Anderen zum großen Loch, der Sarg wird in die Versenkung hinabgelassen und dann bricht mein Mann, der sich an meinem Arm festgehalten hatte, zusammen. Noch nie habe ich einen Mann so weinen sehen. Mein Herz krampft sich zu einem Kloß und ich nehme ihn ganz fest in die Arme und stumm vor Erstarrung verlassen wir den traurigen Ort.

Meine Gesangsstimme wird fraulicher. In den Vortragsabenden loben die Gesangsdozenten meine Ausstrahlung. Ich bin eine leidenschaftliche Komödiantin. Der dramatische Unterricht ist mein Lieblingsfach. Wir erarbeiten Szenen, wie zum Beispiel aus der Komödie „Krach in Chiozza" von Goldoni. Die kleine Rampensau spielt sich auf der Bühne wund, alle biegen sich vor Lachen. Auch in den tragischen Rollen, wie der Luise aus „Kabale und Liebe" von Schiller, treibt es den Zuschauern Tränen der Rührung in die Augen. Meine Dozentin, die auch die Chile-Improvisation vor einiger Zeit mit uns „trainierte", macht mich ganz heiß und fordert mein Talent heraus. Sie arbeitet mit mir hart und nach einiger Zeit bereitet mich ein Regisseur der Komischen Oper auf die Prüfung vor, bei der entschieden werden soll, ob man im Chor- oder Solofach weitergeführt wird. Nach der Prüfung, die ich mit viel Lampenfiber absolviere, steht erst einmal fest, daß ich durchaus eine gute Sängerin im Fach Soubrette werden könne.

Zu meinem neuen Freundeskreis gehören nun Musikerkollegen meines Mannes. Der Bratscher des Streichquartetts wohnt sehr idyllisch in einem schönen Haus in Schöneiche. An einem Wochenende soll ich die Musiker in dessen Haus kennenlernen. Die Ehefrau und Gastgeberin Katrin, ist eine blonde, intellektuelle Schönheit. Sie ist kokett und zieht alle Register einer Mitdreißigerin. Für sie bin ich zunächst die kleine, naive Unbedarfte. Das läßt sie mich auch spüren. Ich bin in ihren Augen das kleine Mädchen, daß mit einem Mann ihrer Generation verheiratet ist. Ich habe keine Wahl – ich muß die harte Nuß knacken. Sie ist eine hervorragende Köchin. Das Haus ist mit viel Geschmack eingerichtet. Die Zimmer sind hell und in den weißen Regalen stehen unzählige Bücher. Ich biete mich an, behilflich sein zu wollen. Sie nimmt meine Hilfe an, hat sie doch jetzt Gelegenheit mich auszufragen. Ich gebe ihr das Gefühl, unterlegen zu sein, bin ich ja auch. Meine Höflichkeit entspringt eben meiner guten Kinderstube und gut schauspielern kann ich ja auch - das ist wiederum meine Waffe. Ich beobachte jeden ihrer Handgriffe, alles perfekt. Das Rezept zu dem Abendessen hat sie aus der Frauenzeitschrift „Sybille". Ein großes Kasslerstück wird im Backofen knusprig gebacken, mit Honig bepinselt, der durch die Oberhitze karamellisiert. Als Beilage gibt es den „KuKo" (Kurzkochreis), der mit gerösteten Mandelsplittern geadelt wird. Die Männer spielen nebenan im großen Zimmer Streichquartett und immer wenn einer auf seinem Instrument etwas falsch daneben greift, hören wir sie lachen. Ein köstlicher Geruch durchströmt das schöne alte Haus. Wir tragen gemeinsam die Köstlichkeiten ins Esszimmer, während die Musiker noch in ihrem Quartettspiel vertieft sind. Meine Manieren bei Tisch werden aus dem Augenwinkel beobachtet. Der Rotwein leuchtet im Kerzenschein wie Rubin. Hier trinkt man ihn trocken und nicht lieblich, wie das hier weit verbreitet ist.

    Nach dem Essen fordert mich der Hausherr, der auch leidlich Klavier spielt, auf, etwas zu Gehör zu bringen. Da steigt das dumpfe Gefühl der Angst in mir hoch. Ich reiße meine sieben Sinne zusammen und lasse mich nicht lange bitten. Ich singe „An die Musik", von Franz Schubert. Es ist das Lieblingslied meiner schönen Gastgeberin und das Eis ist damit gebrochen. Übertrieben applaudiert sie mir mit Überschwang, fordert immer mehr, den „Erlkönig", das „Heidenröslein" und unsere Freundschaft ist besiegelt. Ich bin über mich hinausgewachsen, bin in den gehobenen Kreis aufgenommen und noch an diesem Abend beschließen wir, auch in der Öffentlichkeit musizieren zu wollen. Die Freundschaft wird vertrauter, wir haben uns gegenseitig beschnuppert, wie es Hunde tun, wenn ein Neuer ins Rudel aufgenommen wird. Katrin ist beim Ministerium für Kultur beschäftigt. Sie bekleidet dort eine angesehene Position. Wenn Gäste aus dem kapitalistischen Ausland Berlin besuchen, kümmert sie sich um deren Betreuung. Andächtig lauschen wir, wenn sie uns begeistert von der Persönlichkeit Golo Manns berichtet. Hundertwasser, der eine rote und grüne Socke trägt, gehört ebenso zu den Prominenten, dem sie unsere Hauptstadt zeigt. Ihr Mann, ist der Hausmann, der sich zu Hause um alles Notwendige kümmert. So hat sie den Rücken frei für Empfänge und Reisen. Wir verbringen viele Abende am gemeinsamen Tisch und immer ist es für mich eine Lehrstunde, wenn politische Argumente und Ansichten über den Tisch fliegen. Mein Mann ist da ein großer Meister, er nimmt kein Blatt vor den Mund und gefällt sich im Provozieren. Der Gastgeber behauptet lachend, Gregor Schuld sei schuld, daß er der SED beigetreten ist. Das war nur aus einer Schnapslaune heraus. Es sei aber schwieriger, da wieder auszutreten, weil er sich den „Anforderungen" der Partei nicht gewachsen fühlte.

Unser erstes gemeinsames Sylvester verbringen wir auch bei ihnen. Unsere Quartettkollegen sind mit ihren Frauen auch gekommen. Der Cellist, ein großgewachsener, schlanker Mann, der mich an Udo Jürgens erinnert, kommt mit seiner neuen Freundin. Sie ist groß, sehr beleibt und hat einen außergewöhnlich großen Busen. Der Ausschnitt ihrer Bluse gibt einen tiefen Einblick und unsere Augen bleiben immer nur an den Riesenbällen hängen. An ihr Gesicht kann ich mich kaum erinnern. Ich beobachte die Männer, wie sie mit ihren Schnittchentellern stehend, sich mit ihr unterhalten und ihr dabei nicht nur in die Augen sehen. Mein Mann Gregor reicht ihr gerade bis an die frauliche Pracht und wirkt wie hypnotisiert. Etwas später, wir haben schon reichlich getrunken, entdecke ich meinen Gatten mit der Dicken auf einem Sofa in einer Ecke. Sie hat ihn sich buchstäblich zur Brust genommen und er sieht aus, als hätte er sich große Kopfhörer aufgesetzt. Ich renne aus dem Zimmer und platze vor Eifersucht. Ich ziehe mir meinen Mantel an und renne tränenüberströmt zur Straßenbahnhaltestelle. Katrin kommt mir nachgerannt und versucht mich zu trösten. Sie, die reife, mit allen Wassern gewaschene Frau redet von Leichtigkeiten, Toleranz und Freiheiten und ich verstehe nur Bahnhof. Mein kleines Weltbild von Liebe und Treue bis in den Tod ist etwas angekränkelt und die winzige Wunde hinterläßt eine erste Narbe...

Die Freundschaft hält viele Jahre, auch über die Wende hinaus. 1997 lese ich in meiner Stasiakte, daß eine gewisse IM Anita einem Spitzel berichtet, daß ich der Politik unseres Staates gegenüber negativ eingestellt bin. Ich stelle sie zur Rede. Sie kommt mit ihrem Mann in meine Wohnung. Kleinlaut gibt sie alles zu, abstreiten hat sowieso keinen Sinn. Der geschwärzte Name wird von der Gauck-Behörde offengelegt. Ihr Mann hat alles gewußt und sitzt wie ein Ölgötze daneben. Drei Stunden dauert die Unterredung, viel zu lang das Labern um Rechtfertigung und erhofftes Verständnis. „Was sollte ich denn machen"?, stammelt sie und hat rote Flecken am Hals. „Gar nichts, eben nichts." „Du hättest dich doch einfach doof stellen können. Du in deiner Position hattest doch nichts zu befürchten. Das entschuldigt nichts. Verrat an den besten Freunden, das ist das Allerletzte", entgegne ich ihr, ebenso mit roten Flecken. „Du wirst entscheiden, ob unsere Freundschaft beendet ist oder nicht", stammelt sie zum Schluß.

Ich werde sie nie wieder sehen. Wahrheit nicht verleugnen... Es ist angenehm, ein Telefon zu haben, damals keine Selbstverständlichkeit. Ein Telefon muß beantragt werden, die Gründe plausibel sein. Ein Musiker lebt nun Mal auch von den sogenannten „Muggen", das sind die musikalischen Gelegenheitsgeschäfte, wie Kammerkonzerte, Festmusiken zu Jugendweihen und Schulkonzerte. Als „Grillmugge" bezeichnet man die Trauermusik bei einer Einäscherung. Das DEFA-Sinfonieorchester arbeitet in den Filmstudios in Babelsberg. Manchmal fährt mein Mann spät abends zu Musikaufnahmen in eine Kirche. In der letzten Zeit klingelt in Abständen das Telefon und Niemand meldet sich. Das passiert immer dann, wenn ich allein zu Hause bin. Der Telefonterror wird immer heftiger, es stöhnt und atmet und ich lege genervt auf. Dann eine Stimme, die so verzerrt und gruselig in den Hörer grunzt: „Du Hure, deine Zeit ist gekommen, wir reißen dir die Haare einzeln aus."

Spät um Mitternacht klopft es an der Wohnungstür. Ich bin wieder allein, nur mein Junge schläft in seinem Zimmer. Ich schleiche mich von innen an die Wohnungstür und melde mich nicht. Schwere Schritte gehen hin und her, ich kann die Gestalt durch den Türspion nicht erkennen. Es macht klack und klack, schwer und gleichmäßig. Dann geht die Person die vier Treppen hinunter. Es ist auf dem Hof dunkel, ich kann vom Balkon eine große Männergestalt erkennen, die hastig über den Asphalt huscht.

Der nächste Vortragsabend im Fach Gesang steht bevor. Ich habe mich gut vorbereitet, singe wie immer. Bei der Bewertung stellen die Dozenten fest, daß ich mich in der letzten Zeit nicht weiterentwickelt habe. Ich werde ins Chorfach zurückgestuft und soll mein Examen im nächsten Jahr absolvieren. Dabei bin ich gerade mal 20 Jahre und empfinde es als Hohn. Meine Seminargruppe ist in zwei Lager geteilt, die angepaßten Schleimer mit oder ohne Parteizugehörigkeit und die, die ehrlich, kritisch ihre Meinung äußern. Zu denen zähle ich mich. Dazu kommt noch mein Hackfressengesicht - was das ist? Diese Wortschöpfung erfindet mein leiblicher Sohn um das Jahr 2000. Das ist ein Gesicht, das jede kleine Regung offenbart, vernichtend und manchmal anmaßend, aber immer bemüht, der Lüge und den Gemeinheiten entgegenzutreten. Auf ihm kann man fast alles ablesen, es entlarvt unausgesprochen die Gedanken des Gegenübers. Dabei fühlen sich die Mitmenschen nicht immer wohl und weichen mit ihren Blicken aus. Das schafft Freunde und Feinde.

Zunächst weicht Gregor auch mit seinen Blicken auf meine Frage aus, was das mit dem Telefonterror und mit dem geheimnisvollen Besucher bei Nacht zu bedeuten habe, ich hege nicht den leisesten Verdacht. Nach einigem Drucksen sagt er mir, daß er aus der Partei ausgetreten sei. Da fällt es mir wie Schuppen von den Augen. Er muß sich von mir den Vorwurf gefallen lassen, mit mir vorher nicht darüber gesprochen zu haben. Ich stehe wie angewurzelt im Korridor unserer Wohnung, mache uns ein Bier auf und höre seine Argumente: Schon in den sechziger Jahren hat er als Student auf Parteiversammlungen die Genossen mit Fragen ins Schlingern gebracht. Von Kommilitonen, die den feindlichen Sender sehen, hört er von der Stationierung russischer Raketen auf Cuba: Der höchste Sicherheitsberater, Mc George Bundy, legte John F. Kennedy am 16. Oktober 1962 eindeutige Beweise vor, daß die Sowjets auf Kuba Abschußrampen für Lang- und Mittelstreckenraketen errichteten. Im Juli hatten sie begonnen, das ihnen befreundete Kuba in eine Raketenbasis gegen die USA zu verwandeln. Die Kremlführung bildete sich ein, die Amerikaner würden dies widerspruchslos hinnehmen, obwohl sich damit Abschußanlagen für A-Bomben 150 Kilometer vor der Küste Floridas befanden. Zwei öffentliche Warnungen Kennedys gegen solche Pläne im September des gleichen Jahres nahm Chruschtschow, der gern den bäuerlichen Pfiffikus spielte nicht ernst. Am 14. Oktober 1962, hatten zwei Luftwaffenmajore mit U-2-Flugzeugen, dem berühmten Luftwaffenaufklärer, solche Anlagen fotografiert. Am 16. Oktober 1962 begann also die Kubakrise. Bis zum 28. Oktober war ein Atomkrieg in den Bereich des Möglichen gerückt. Gregor treibt durch beharrliches Hinterfragen die Genossen in die Ecke. Das „Neue Deutschland", die Propaganda-Zeitung der SED, dementiert die Nachrichten des feindlichen Senders. Erst am 28. Oktober 1962, nachdem der Abzug der sowjetischen strategischen Waffensysteme von der Zuckerinsel Fidel Castros und die Einstellung der Bauten sowie die Zurücknahme der Raketen erfolgte, mußten die Funktionäre in der DDR diese Tatsache eingestehen.

Das war ungeheuerlich, da wagte ein kleiner Student, der nach hoher Bildung und Wahrhaftigkeit strebt, das Gebäude ins Wanken zu bringen. Er wird zum Ketzer, ist kein geeigneter Gefolgsmann der Partei. Er fühlt sich in die Irre geführt, seine Grundsätze wurden verraten, er wird für unmündig abgestempelt. Auch in den Parteiversammlungen der DEFA diskutiert er feurig und erträgt nicht die Phrasendrescherei. Er versucht abzuschalten, kämpft mit dem Schlaf und wenn er von diesen Torturen berichtet, habe ich allzu großes Verständnis. Gregor erzählt mir, wie er einfach das Parteibuch auf den Tisch geknallt und gegangen ist. Wir sitzen noch immer im Korridor mit unserem Bier und ich muß erst einmal alles sacken lassen. Wie geht es mit mir weiter, ich stehe am Anfang meiner Laufbahn. Die Nacht wird lang und wir reden über unsere Zukunft. Eigentlich bin ich erleichtert und stolz auf ihn: „Freiheit über alles lieben, Wahrheit, auch am Throne nicht verleugnen"...

Im Herbst 1976 fahre ich nach Weimar, um meinen Bühnennachweis zu absolvieren. Intendanten und Regisseure aus der ganzen Republik suchen sich dann die geeigneten Sänger für ihr Theater aus. Davon können die heutigen Absolventen nur träumen. Ich singe für das Chorfach vor, denn ich bin ja zurückgestuft worden, für das Solofach nicht geeignet, meinen die Fachleute der Hochschule. Ich singe ordentlich vor, besteche durch Ausdruckskraft und Witz. Lucietta, ein junges Mädchen, betet im Refrain zur heiligen Jungfrau: „Es ist lange schon, daß ich fühle, ich werde eine Frau, Santa Maria, oh rapronobis...". Bei den Proben in der Hochschule legte der Regisseur fest, daß ich beim Beten mit gefalteten Händen mich nach links drehen und mir einen Altar vorstellen solle. Was mir beim Vorsingen gar nicht aufgefallen ist, daß genau an dieser Stelle ein großes Bild von Erich Honecker hing. Der gefüllte Saal mit Studenten und Publikum bricht jedes Mal an dieser Stelle vor Lachen aus. Ach Gott, da haben die DDR-Bürger mal wieder ein unfreiwilliges Ventil genossen. Ich erreiche die höchste Punktzahl und übertreffe sogar mit einem Punkt eine eklig angepaßte, schleimige Kommilitonin. Bei der Auswertung wundern die Theaterleute sich nur über mein Alter, ich bin jetzt 21, meine Stimme wäre ja noch entwicklungsfähig. Mein Antrag auf Studienverlängerung wird ohne Kommentar von der Hochschule abgelehnt. Jedoch macht sie einen Kompromiss und ich unterschreibe ein Engagement mit dem Hanns Otto-Theater in Potsdam für das Chorfach mit einem externen Studienjahr für das spätere Solofach.

Die Prüfungen laufen auf Hochtouren. Carola und ich müssen zum Staatsexamen für Klavier vorspielen. Ich hacke meine Stücke so gut es eben geht und sie hat mit dem Anschlag der Klaviertasten große Schwierigkeiten, weil die langen, rotlackierten Fingernägel sie eigentlich nur behindern. Die schriftliche Prüfung für Marxismus-Leninismus belege ich mit der Benotung zwischen 3 und 4. Deshalb werde ich mündlich geprüft. Ich erscheine also zur Prüfung und fühle mich wie der Kaspar im Theater. Der Professor bittet mich in das Prüfungszimmer. Ich bin artig gekleidet, lege die naive

Mine auf und so fragt er mich, wie ich denn die guten Beziehungen der DDR zur BRD beurteile. „Och", sage ich „wir pflegen die guten Beziehungen, besonders zu Westberlin darin, daß die unseren Müll aufkaufen". Das war ein Volltreffer. Daß das genau umgekehrt der Fall ist, habe ich eben mal verwechselt und so ist die Prüfung nach drei Minuten beendet und ich erhalte die Note 4. Damit bin ich sehr zufrieden und schere mich einen Teufel darum. Mein Staatsexamen im Hauptfach Gesang absolviere ich im Frühsommer 1977. Ich habe mein Engagement in der Tasche und alles ist unter Dach und Fach.

1977 – Der Präsident der Bundesvereinigung der Deutschen Arbeitgeberverbände, Hanns Martin Schleyer, wird von Terroristen in Köln entführt und am 19. Oktober im französischen Mühlhausen ermordet aufgefunden. Dabei kommen auch sein Fahrer und drei Polizeibeamte ums Leben. Die Spezialeinheit GSG 9 stürmt in Mogadischu (Somalia) ein von Terroristen entführtes Flugzeug der Lufthansa und befreit alle Geiseln. Am selben Tag begehen, die zu lebenslanger Haft verurteilten Terroristen Baader, Ensslin und Raspe in Stuttgart-Stammheim angeblich Selbstmord.

Ich möchte ein Kind. Alles spricht im Augenblick dagegen und trotzdem setze ich die Pille ab. „Ich glaube, Du sehnst Dich nach einem Baby? Es ist richtig rührend wie Du immer davon sprichst. Ich freue mich auch darauf! Es wäre außerdem ein Wunschkind, was aus uns käme, nicht meine liebe Frau?" So schreibt mir mein Mann und legt den Brief mit einer Blume auf den Tisch.

Das liest sich im Nachhinein sehr schön, nur sind mündliche Dialoge nicht festgehalten, die das Wenn und Aber, das Für und Wider ins Kalkül ziehen. Gregor hatte im Vorleben das, wovon ich noch träume. Er sagt mir in aller Klarheit, wenn ich ein Kind bekäme, ich mich als alleinerziehende Mutter betrachten solle, denn schließlich sei er Künstler, müsse täglich Geige üben und ich müsse im Großen und Ganzen alles allein bewältigen. Das redet er jetzt nur so, wenn das Kind erst einmal da ist, ändert sich sowieso seine Einstellung, denke ich naiv.

Zu meiner kleinen Examensfeier lade ich meine Mutter ein. Wir treffen uns zu dritt im Restaurant im Palast der Republik. Meine Mutter sieht irgendwie verändert aus, hat eine neue Frisur, die krause Dauerwelle. Schlanker ist sie auch geworden. Den Grund dafür erahne ich schon. Mein Vater hat eine neue Geliebte. Traurig sieht sie aus, die Mutter. Die Augen glänzen von den Tränen und verleihen ihr eine ganz eigene Schönheit. Die momentan Verlassene schüttet ihr Herz aus: „Du siehst wie ein verhungertes Negerweib aus", ist das Kompliment meines Vaters an seine ohnehin angeschlagene Ehefrau. Dabei hat sie in all den Ehejahren vergeblich versucht abzunehmen und nun ist es ihr auch ohne großes Zutun gelungen. „Gut siehst du aus", sage ich ihr, und ich streiche ihre zittrige Hand. „Scheidung käme für sie nicht in Frage, davon hätte ihre Anwältin, bei der sie sich schon erkundigt hatte, abgeraten", sagt sie mit Bestimmtheit und dreht an ihrem Ehering. Die Ratschläge einer frisch verheirateten jungen Frau von 21 Jahren müssen grotesk auf sie gewirkt haben. „Reden wir über schönere Dinge", sagt sie tapfer und stoßen auf meine Zukunft an. Der Abend wird dann doch noch heiter und angeschwipst fahren Gregor und ich in unsere kleine, gemütliche Wohnung. Das große Bett ist unser schönes Liebesnest und nach der Ermattung unserer Körper habe ich für einen kurzen Moment das Gefühl, als hätte sich in mir etwas verändert.

Einige Tage später erhalte ich eine Einladung vom Intendanten meines Theaters. Für die nächste Spielzeit ist die „Hochzeit des Figaro" von Mozart geplant. Der Regisseur teilt mir mit, daß er sich mich gut als Zerline vorstellen könne. Das wäre der Einstieg für das Solofach. Ich schwebe auf

Wolken. Gleich nach meiner nächsten Periode werde ich die „Pille" nehmen. Der Lethargie, ein Leben lang im Chor singen zu müssen, weicht eine Euphorie. Auf meinen Körper kann ich mich verlassen, pünktlich erwarte ich meine Menstruation, doch die bleibt diesmal aus. Ich gehe mit zittrigen Knien zu meinem Frauenarzt und seine Diagnose, daß ich schwanger sei, bestätigt mir wiederum meine Vermutung. Die Abtreibung eines Kindes bis zum dritten Monat ist in der DDR gesetzlich geregelt, ohne Angabe von Gründen. Mit diesem freizügigen Gesetz komme ich nun in Konflikte. Ich fahre mit der S-Bahn von der Frankfurter Allee nach Prenzlauer Berg, und mein Mann erwartet mich mit offenen Armen. Wir wissen nun, daß sich für uns alles ändern würde. Ich will dieses Kind und dann bin ich einfach nur noch schön schwanger.
Bei der Anprobe meines Kostüms im Theater, sagt mir die Schneiderin auf den Kopf zu, was ich noch verheimlicht habe. Nun ist es heraus und der Regisseur ist sauer.

Mein Bauch wächst zu einer Kugel an und ich singe die „Dienste" im Theater in der hintersten Reihe. Von Prenzlauer Berg nach Potsdam zu kommen, ist eine Weltreise. Man muß mit der S-Bahn bis Ostkreuz fahren, umsteigen bis Karlshorst und dann wird man mit dem „Sputnik" bis zum Potsdamer Hauptbahnhof befördert. Von da fährt man noch mit der Straßenbahn bis zur Zimmerstraße, wo das Theater am hinteren Ende liegt, alles in allem zwei Stunden. Die Proben beginnen um 10.00 Uhr und enden in der Regel um 13.00 Uhr. Sind die Vorstellungen von 19.00 bis 22.00 Uhr pünktlich vollbracht, geht das Gerangel los, wie man nach Hause kommt. Die Fahrgemeinschaften mit dem Auto sind oft ausgebucht und dann trete ich den mühseligen Weg mit der Bahn in umgekehrter Richtung wieder an. Das schlaucht und macht mürbe. Ich bemühe mich um eine kleine Wohnung in Potsdam, aber das Wohnungsbauprogramm der DDR kann mit den Bedürfnissen seiner Bevölkerung nicht mithalten.

Für den Rest meiner Schwangerschaft lasse ich mich krankschreiben und streichle meinen süßen Bauch. Der Termin für die Geburt ist von meinem Arzt für den 22. März festgelegt. Daß ich eine Tochter bekommen würde, sagt mir der erfahrene Gynäkologe auf den Kopf zu und ich traue seiner Erfahrung, auch ohne Ultraschallgerät, denn das mußte erst bei uns noch erfunden werden. Julia soll das kleine Geschöpf heißen und Freundinnen schenken mir die allerliebsten Sachen ihrer herausgewachsenen Töchter. Ich esse übermäßig Orangen, die es im Winter bei uns zu kaufen gibt, manchmal auch ohne Anstehen in der Warteschlange. Berlin hat eben noch den Sonderstatus. In den Provinzen sieht es schon viel schlechter aus. Die Werte der Schwangerschaftskontrollen, wie Gewichtszunahme und Blutdruck, werden in einem Ausweis akribisch festgehalten. Liegt man mit der Gewichtszunahme um ein paar Gramm über der Norm, wird der Wert mit einem Rotstift umkringelt. Wie man ein Baby füttert und windelt, erfährt man nur, wenn man die Freundin befragt. Geburtsvorbereitende Kurse kennen wir nicht. In Büchern mache ich mich schlau, aber wie das wirklich abläuft, erfahre ich erst am 17. März 1978, ich bin 22 Jahre.

Morgens, um 2.30 Uhr werde ich von einem heftigen Stich im Bauch geweckt. Ich merke sofort, daß das Wasser an meinen Beinen herunterläuft. Ich wecke meinen Mann und der schießt wie von der Tarantel gestochen aus seinem Bett hoch. „Ich krieg ein Kind, viel mehr meine Frau, wir..." stammelt er am Telefon". „Bleimse ma janz ruhig", sagt die Stimme vom Notruf. „Wir sind in 5 Minuten bei ihnen". Mein Koffer steht schon im Flur seit Wochen gepackt. Ohne Hektik und mit großer Erwartung steige ich in den Krankenwagen, der mich ins Krankenhaus Friedrichshain bringt. Mein Mann fährt mit dem Trabbi hinterher.

Eine Nachtschwester empfängt mich schon hinter einer Glastür. „Zieh´n se mal die Hosen runter", sagt sie kühl.

Sie fasst mir zwischen die Beine und bestätigt den Blasensprung. „Leg´n se sich mal aufs Bett und machen die Beine breit". Nach einer Weile kommt sie mit einem Porzellantopf, der mit Rasierschaum gefüllt ist und einem großen Pinsel. In der anderen Hand hält sie ein Rasiermesser und dann beginnt sie, mir die Schamhaare vom Körper zu schaben. Als die erste Prozedur beendet ist, folgt die des Einlaufs. „Die Wirkung zeigt sich nach ungefähr 10 Minuten, in der Zwischenzeit können se sich von ihrem Mann verabschieden", gibt sie mir zu Befehl. Ich eile vor die Glastür hole mir den Abschiedskuss und die guten Wünsche eines Ehemannes für die Geburt. Ich kriege ein Nachthemd, das hinten offen ist in den Arm gedrückt und begebe mich in die Dusche. Das warme Wasser tut so gut, es streichelt meinen gewölbten Leib und dann geht es Schlag auf Schlag. Urplötzlich setzen die Wehen ein. Ich erledige noch im Eiltempo die Folgen des Einlaufes und kann nur noch mit Hilfe der Schwester auf das Bett gelangen, das in der Mitte des Kreißsaales auf mich wartet. Hier soll ich also gebären. Ich liege wie ein gekrümmtes Fragezeichen auf der Pritsche, fühle mich von allen guten Geistern verlassen. Das ist Folter, darauf war ich nicht vorbereitet. Kein Mensch hat mir das vorausgesagt. Die Schmerzen sind so heftig, daß ich denke, sterben zu müssen. „Ich schaffe das nicht", jammere ich in meinem Elend. „Hamse och son Theater veranstaltet, alset jemacht haben?", fragt die Hebamme im berlinischen Schnotterton und hat mit mir Armen nicht das geringste Mitleid. Neben mir, hinter einer Abtrennung wimmert nun auch eine andere Wöchnerin. Wir jammern um die Wette und die Minuten werden zu langen Stunden. Ich wälze mich in den weißen Tüchern, krampfe und kann nicht durchatmen. Ich japse wie ein Fisch an Land und verfluche die Welt, Adam, Eva und die fleischliche Lust. Die Wehen gönnen mir keine Pause. Ich bin wie im Wahn: „Merke dir die Situation, präge dir alles genau ein, nie wieder!", denke ich und kotze mir die

Seele aus dem Leib. Ich liege so ganz allein in meinem Schmerz. Ab und zu kommt die Hebamme vorbei und dann piekst sie mir zur Beruhigung eine „Faustan" in meinen Po. Das ist das blödeste, was sie machen kann. Ich werde müde und schlapp und meine Kraft, die ich brauche, um das Kind in die Welt zu schupsen, verläßt mich. Spontan setzen die Presswehen ein. „Es kommt, es kooommt," schreie ich. „Den Kopf auf die Brust und pressen, pressen", höre ich sie wie einen Geist aus einer anderen Welt und dann ist es einfach da, dieses kleine, große Wunder um 6.40 Uhr am Morgen. „Es ist ein Junge, gesund und alles dran", sagt die Geisterstimme im Hintergrund. Dann ist alles wie weggeblasen, kein Schmerz, kein nichts. Ich weine und lache vor Freude. Meine Hände und Beine zittern wie Espenlaub. Der wimmernde Schrei klingt wie Musik in meinen Ohren und dann wird mir der kleine nasse, zappelnde Frosch auf den Bauch gelegt. „Wie soll er denn heißen?", werde ich gefragt. Für einen Jungen habe ich keinen Namen parat. Ich habe Angst, daß mir mein Kind vom Bauch gleitet, festhalten kann ich es nicht, dazu bin ich zu schwach. Schnelle Hände nehmen mir mein Kind weg und dann komme ich in den OP zum Nähen.

Um 7.30 Uhr erwache ich aus der Narkose in einem langen Flur. Es zieht wie Hechtsuppe und ich habe einen fürchterlichen Schüttelfrost. Meine Zunge klebt mir am Gaumen und ich verlange nach Trinken. Aus einer Schnabeltasse wird mir Muckefuck gereicht und dann bitte ich die Schwester, mein Kind sehen zu dürfen. Nach einer Weile bringt sie mir ein kleines Bündel und ich küsse die kleine eingewickelte Mumie. Ganz rosig sieht er aus, der Kleine. Es ist ein sonniger Morgen, mein Glück hat keine Grenzen. Ich werde auf die Station gefahren und werde von 5 anderen Müttern freundlich begrüßt. Auf dem Zimmer gibt es nur ein Thema, wie was gelaufen sei. So langsam kommen meine Lebensgeister wieder zurück, obwohl ich mich nicht rühren kann.

Wir liegen in altmodischen Eisenbetten, die angerostet sind. Das Essen kann man auch nicht gerade das nennen, was einen wieder zu Kräften bringen soll. Malzkaffee und Pfefferminztee sind unsere abwechselnden Erfrischungen. In großen Kannen stehen sie auf dem Flur. Neben mir liegt die Wöchnerin, die mit mir gejammert hatte. Sie ist mit ihren 32 Jahren für uns uralt und wird, wenn sie nicht im Zimmer ist, Oma genannt. Die Jugend hat eben das Recht, arrogant zu sein.

Die Kinder der anderen Mütter haben alle Namen. Mit Julia hat das ja nun nicht geklappt. Nun bekomme ich „gute" Vorschläge für mein kleines Problem. Marcel und Niko findet eine lustige Dicke ganz schau. Sie arbeitet als Näherin in einem Textilkombinat. „Ach ne", sage ich diplomatisch, „so heißen doch schon so viele Jungen in meiner Umgebung. „Ludwig" finde ich natürlich sehr schön und das erzeugt wiederum Gelächter.

Am Nachmittag, zur Besuchszeit, kommt mein Mann mit einem großen Blumenstrauß. Woher er ihn aufgegabelt hat ist mir ein Rätsel. Den hat er mit einer bittenden Mine und unter Angabe des Grundes als Bückware unter dem Ladentisch von der Blumenfrau um die Ecke erstanden. Er zaubert aus seiner Tasche ein kleines Päckchen hervor. Ich ahne schon was das sein könnte. Ein echter Goldring mit einem echten synthetischen Spinell, wird mir unter Küssen an meinen Finger gesteckt. Für einen Augenblick halten die anderen Frauen den Atem an und ich bin verlegen. Dann bekommt er von mir einen Berechtigungsschein, den ich vorher schon ausfüllen mußte, um einmalig seinen Sohn sehen zu dürfen. Im Parterre gibt es ein Fenster mit einem Vorhang. Daneben befindet sich eine Klingel, mit der er sich bemerkbar machen muß. Der Vorhang wird beiseite geschoben und eine Schwester zeigt ihm sein Prachtexemplar für einige Sekunden. „Ganz süß sieht er aus, wie seine Mama", sagt er mir stolz und dann überlegen wir uns, wie der Kleine nun heißen soll. Sebastian oder Sascha überlegen wir hin und her. Ich soll als Mutter das letzte Wort haben und so trägt die Standesbeamtin, die nach drei Tagen zu mir ans Bett kommt, den Namen in die Geburtsurkunde ein.

Wenn wir zum Stillen in den ersten Stock gehen, ist das für mich einen Tortur. Ich kann das nur mit Unterstützung einer Zimmergenossin. Die Dicke, deren Tochter Mandy heißt, ist ein richtiger Kumpel. Sie faßt mich unter den Arm und trägt mich fast in den Stillraum. Da liegen auch schon die kleinen Babys, wie Mumien fest eingewickelt in weißen Tüchern. Alle Kinder brüllen wie am Spieß, nur mein Sascha liegt ganz entspannt in seinen schönsten Träumen und ich habe Mühe, ihn wach zu bekommen. Die Nahrung, die er mir mit kräftigem Saugen aus den vollen Brüsten zieht, kommt mir wie ein Wunder vor. Nach dem Stillen werden die Kinder in den Glaswagen weggerollt.

Am zweiten Tag kommen meine Eltern vorbei. Sie kommen mir wie eine Riesenwalze vor, die immer näher heran kommt. Sie stehen etwas versteinert und unbeholfen an meinem Bett. Gregor ist auch da. Meine Mutter hat mir ein Glas Hühnersuppe mitgebracht, auch einen Vanillepudding mit polnischen Erdbeeren aus der Konserve. Die hat sie aus dem polnischen Hortexladen in der Frankfurter Allee erstanden. Ich will keine Suppe, auch keinen Pudding. Ich will einfach nur mit meinem Mann allein mein Glück genießen. Ich bin nicht diplomatisch und plump lehne ich ihre Anwesenheit ab. Gekränkt und enttäuscht ziehen sie von dannen.

Nach fünf Tagen werde ich entlassen. Ich habe Angst vor der neuen Situation. Ich weiß nicht, wie man ein Baby wickelt und überhaupt. Die Ratschläge der Säuglingsschwestern sind so spärlich, daß ich ganz nach meinen eigenen Instinkten entscheiden muß. Der Entlassungstag ist sonnendurchflutet, der Himmel blau. Man kann den herannahenden Frühling schon riechen. Die vier Etagen zu unserer Wohnung erklimme ich wie eine schnaufende Lokomotive. Auf jedem

Treppenabsatz muß ich mich ausruhen. Gregor hat die letzte Treppe gebohnert und frische Blumen begrüßen die kleine Familie. Wir legen das kleine Schiffchen mit dem Winzling auf den Tisch in der Babyecke. Das Kinderzimmer haben wir mit einem Schrank geteilt. Wir wohnen nun zu viert in eineinhalb Zimmern. Das Wohnzimmer ist auch gleichzeitig Schlaf- und Übungsraum. Wir versuchen so gut es eben geht, Rücksicht aufeinander zu nehmen. Mein großer Sohn hat die Aufnahmeprüfung an der Spezialschule in Halle bestanden und wohnt dort im Internat. Das erleichtert unsere Wohnverhältnisse, denn er kommt nur am Wochenende und in den Ferien nach Hause. Wenn Gregor früh um 7.00 Uhr nach Potsdam fährt, habe ich den halben Tag für mich und mein Kind. Ich kann mich gemütlich ins Bett kuscheln, mich von den Strapazen erholen. Sascha ist im Schlafen Weltmeister und schont meine Nerven. Auf den Kauf eines Kinderwagens freue ich mich besonders. Viel Auswahl gibt es nicht. Modern sind die Modelle mit einem Sichtfenster an den Seiten. Experten streiten sich, ob dies für die Entwicklung eines Kindes förderlich sei. Ich entscheide mich für einen Kombiwagen in braun-orange, den man ins Auto mitnehmen kann. Nach dem Einkauf gehen Gregor und ich Mittag essen. Auf die Rechnung schreibt er: „Heute für Sascha einen Kinderwagen gekauft. Wie meine Frau darauf gejiepert hat, muß man erlebt haben. Viel Glück."

Stolz fahre ich mit dem schönen Kinderwagen in zu meinen Eltern, mein Baby zeigen. Schon im Korridor überreicht mir meine Mutter das Geschenk zur Geburt, eine Babydecke, ein Badethermometer und eine Quitschgiraffe aus Gummi. Ich bedanke mich artig, ob der „großzügigen" Zuwendung. Mein Vater fordert mich auf, das kleine Bündel zu öffnen und ich habe das subjektive Gefühl, als wolle er entscheiden, wem das Kind eher ähnelt, der schönen Mutter oder dem liliputanischen Gorilla, der ihm seine Tochter gestohlen hat. Ich beobachte genau seine Züge und interpretiere seine scheußlichsten Gedanken. Meine Mutter nimmt etwas unbeholfen mein Kind in den Arm und stottert gut gemeinte Ratschläge. Nach viel zu kurzer Zeit befinde ich mich wieder auf der Heimfahrt, in Richtung Pankow. Zu Hause angekommen, nimmt mich G. in den Arm und sieht, daß ich weine... „Ich kann mir schon denken", sagt er leise und streichelt mich und zwischen uns gluckst im Schlaf das Geschenk unserer Liebe.

Ich habe schon vor der Schwangerschaft Horrorgeschichten gehört, daß das mit der Sexualität nach einer Geburt Schwierigkeiten geben könnte. Alles sei dann nicht mehr so, wie vorher. Ich lasse mir nichts einreden, auch nicht von meinem eigenen Mann, der da schon Erfahrungen mit der ersten Frau hat. Ich vertraue meinem Körper, habe keine Komplexe und nach vier Wochen ist alles so, wie es immer war. Ich gebe mich der Liebe hin, wir schaukeln im Gleichklang unserer Körper, nur der Alltag wird noch sein erbarmungsloses Recht fordern.

Meine Freundin Carola kommt mich oft besuchen. Die Schwärmerei zu dem katholischen Priester ist beendet. Sie ist jetzt mit einem jüdischen, auch wieder älteren Mann befreundet. Sie schwärmt von seiner Ausstrahlung, seinen Augen und der Art, wie er sie zu nehmen weiß. Reich ist er auch. Er hat ein schickes Haus und wenn er sie mit seinem schnittigen Auto zu einer Fahrt abholt, dann liegen für sie Köstlichkeiten vom Kapitalisten auf dem Beifahrersitz. Ich bin dann auch Nutznießerin dieser Gaumenfreuden und wir lassen es uns richtig gut gehen.

Am Nachmittag, gegen 15.00 Uhr kommt Gregor nach Hause. Dann ist Carola manchmal da und erzählt von ihrem Engagement am Theater. Dort singt sie eine Hauptrolle, zeigt Fotos und erzählt interessante und lustige Geschichten vom Theaterleben. Das kann sie zu gut. Ich hingegen kann, wenn mich Gregor nach meinem Tag fragt, nicht viel berichten.

Mein Tagesablauf wird in der Regel von meinem Kind bestimmt und ob Sascha festen Stuhlgang oder nicht hatte, ist für ihn auch nicht so spannend. Rein äußerlich lasse ich mich nicht gehen, schminke mich, auch wenn ich das Haus nicht verlasse. Lange habe ich keinen Gesang geübt. Meine schöne Stimme ist eingerostet. Wofür auch, denke ich. Ich bin erst einmal Mutter und Sascha noch so klein. Gregor schmiert mir genau das aufs Butterbrot. Er vergleicht mich ständig mit Carola, denkt, er würde einen Stachel in mir wachrufen, mein Leben künstlerisch wieder in den Griff zu bekommen.

Mit dem Kochen hapert es bei mir auch noch. Nudeln mit Tomatensoße und süß - saure Eier kriege ich so einigermaßen hin, doch einen Braten schmackhaft zuzubereiten, daran fehlt es einfach noch an Erfahrung, zumal die Auswahl in den Fleischereien einem Lottospiel anmutet, sie bestimmen den Speiseplan der Bevölkerung, so auch meinen. Der Vitaminbasar in der Kaufhalle hat außer Äpfeln, die meistens auch noch verschrumpelt in einer Holzkiste rumliegen, und Möhren, nicht viel zu bieten. Zum Abendbrot schneide ich Zwiebelringe, die werden auf die Stulle gelegt, damit man was „Frisches" hat oder die Käsebrote beschmieren wir mit Ketchup, da hat man ein wenig Geschmack im Mund. Cola oder Brause gibt es in unserem Haushalt nicht. Tee oder Malzkaffee stehen immer neben dem Herd. Im Sommer koche ich aus Paprika, Pflaumen und Zwiebeln einen dicken Brei, so eine Art Chutney. Unsere Wohnung ist sehr übersichtlich, für Schnickschnack ist nicht viel Platz, auch für die anfallende Bügelwäsche, die sich hinter einer Schranktür zu einem Berg anhäuft. Öffne ich diese, kommt mir der blöde Haufen entgegen, den ich mit leichter Wut wieder zurück stopfe.

Unsere Wäsche wasche ich in der Wanne unserer Dusche „Ahlbeck", das kleine Einquadratwunder. Ich lege die Wäsche sortiert ein und lasse das Wasser einlaufen. An einem Nachmittag klingelt es an der Wohnungstür und ich öffne.

Meine Oma steht unangemeldet davor und ich freue mich auf die willkommene Abwechslung. „Komm rein", bitte ich sie, „setz dich doch, ich mache uns einen Kaffee". Kuchen habe ich zufällig auch und wir sitzen und plaudern über Gott und die Welt. Dann klingelt es wieder. Ich öffne die Wohnungstür und mein Nachbar, der unter mir wohnt, sagt mit ruhigem Ton: „Bitte kommen sie mal zu mir runter, meine Wohnung sieht wie eine Tropfsteinhöhle aus". Es durchzuckt mich wie ein Blitz, ich habe das Wasser vergessen abzustellen. Ich betrete seine Wohnung, und es tropft von den Decken und Wänden. Die Tapeten haben sich zum Teil im Korridor von den Wänden gelöst und hängen wie schlappe Flügel herunter. Ich stehe wie ein begossener Pudel und stottere Entschuldigungen. Mein Nachbar sieht es ziemlich gelassen, von Vorwurf keine Spur. „Das kann alles nicht wahr sein", denke ich, „warum brüllt der mich nicht an"? Wieder habe ich einen Minuspunkt auf meinem Hausfrauenkonto. Zum Glück regelt die Wohnungsverwaltung die Renovierungskosten. Ob wir damals überhaupt eine Hausratsversicherung abgeschlossen hatten, kann ich nicht mehr mit Bestimmtheit sagen. Jedenfalls wurde die Angelegenheit unbürokratisch geregelt und tat der guten Nachbarschaft keinen Abbruch.

Ich habe seit einiger Zeit eine halbautomatische Waschmaschine, die WM 66. Auch die macht mir manchmal Kopfzerbrechen. Wenn sich dann eine rote Socke in die weiße Kochwäsche bei 90 Grad verirrt hat, sind die Unterhemden meines Mannes rosa gefärbt, werden aber brav von ihm getragen und das macht mir wiederum einen roten Kopf. Ständig werde ich korrigiert, meine Zeiteinteilung ist eben eine andere, als die eines Mannes, der 15 Jahre an Erfahrungen mir voraus ist. Viele meiner Handgriffe sind eben noch ungeübt, natürlich könnte ich vieles besser machen. Oft höre ich auch, wie toll meine verstorbene Schwiegermutter früher den Haushalt geführt hat. Wenn sie mit ihrem Mann und den zwei Kindern in den Urlaub fuhr, mussten alle die Wohnung verlassen und im Trepppenflur mit den Koffern warten. Dann ging sie noch einmal zurück und bohnerte das Linoleum im Korridor blank. Mein Schwiegervater erzählt mir später ganz vertraulich, daß sie keinen Spaß am Sex hatte und er darunter in Treue sehr gelitten habe...

Ich fühle mich wie ein gehetztes Tier, das im Käfig auf und ab läuft, bin immer in Anspannung, ob ich den Anforderungen genüge und manchmal zittern meine Finger.

Eine größere Wohnung muß her. Ich annonciere in der „Berliner Zeitung" unter „Wohnungstausch". Die einzige Lösung unseres Wohnungsproblems scheint die, daß wir die Wohnung meines Schwiegervaters und unsere Wohnung gegen eine größere zu tauschen suchen. Ein Angebot in Pankow, am Klausthaler Platz, ergibt sich schnell. Die 4-Zimmerwohnung trifft genau unseren Geschmack. Sie ist gut geschnitten, alle Zimmer separat, mit Parkett, Bad und großer Wohnküche. Der Zustand ist katastrophal. Die elektrischen Leitungen alle auf Putz, die Wände zum Teil mit Ölsockel, die Fenster haben vor dem Krieg den letzten Anstrich erhalten. Uns ist klar, daß wir nun für 5 Räume werden Kohlen schleppen müssen und das auch noch in die vierte Etage. Dennoch lassen wir uns auf dieses Abenteuer ein. Mir ist in meiner ersten Begeisterung noch gar nicht bewußt, daß da noch ein alter Mann ist, der sich in meine haushälterische Obhut begeben wird.

Der Umzug wird zu einem großen Kraftakt. Zwei komplette Haushalte vereinigen sich in einer unrenovierten, desolaten Wohnung, in der es noch nicht einmal warmes Wasser gibt. Ein uralter Badekohleofen im Bad ist die einzige Möglichkeit. Ein älterer Herr, der uns beim Umzug geholfen hat, wohnt ganz in unserer Nähe. Ich erkundige mich gleich bei ihm, wo es einen vernünftigen Bäcker und Fleischer gäbe. Er schwärmt sofort vom Metzger, nur hundert Meter entfernt.

Den will ich auch gleich in den nächsten Tagen aufsuchen. Seine Wurst, besonders die Salami sei sehr schmackhaft, erfahre ich auch von meinen neuen Nachbarn. Die Warteschlange vor dem Geschäft hält sich auch in Grenzen, weil der Laden sich versteckt in unserer ruhigen, kleinen Straße befindet. Ich bin vom Angebot angenehm überrascht. Die Würste hängen wie Soldaten dicht nebeneinander an Stangen. Der Aufschnitt ist appetitlich in der Wursttheke angerichtet und verbreitet einen angenehmen Geruch. Das Fleischangebot ist für die Verhältnisse reichlich und nach meinen häufigen Besuchen erhalte ich auch manchmal auf Anfrage unter dem Ladentisch, ein Filet, das man fast mit Gold aufwiegen könnte. Eine Angestellte mit Berliner Herz und Schnauze flüstert mir manchmal zu, daß sie für mich ein gutes Stück Fleisch beiseite gelegt habe. Sie hat ihre spärlichen Haare zu einer Zwiebel aufgesteckt. Manchmal kommt ihr Mann in den Laden. Der trägt eine abgewetzte Lederjacke und ist tätowiert. Beide sehen aus, als wäre der Alkohol ihr bester Freund. Eines Tages erfahre ich von der Chefin, daß sie in den Westen ausgereist sind.

Zeitsprung 1990: Ich bin in einem schönen Städtchen im Hessischen im Urlaub. Bei EDEKA treffe ich eben diese Frau mit dem Zwiebeldutt. Besser sieht sie aus. Wir begrüßen uns sehr herzlich und reden von alten Zeiten. Sie erzählt mir Schauergeschichten von der Fleischerei, wie unhygienisch der Laden doch geführt wurde. Wenn das Fleisch angegammelt war, wurde es abgekocht, mit viel Gewürzen versehen und daraus Fleischsalat gemacht, der übrigens recht gut schmeckte. Die Maden in den großen Schinken wurden mit Wasser abgespült und in die gute Salami kam eben der Abfall, der sich so ansammelte, alles durch den Fleischwolf und gut geräuchert, eine Delikatesse...

In jedem Wohngebiet gibt es einen sogenannten „Reparaturstützpunkt", eine Anlaufstelle für die Verteilung von Materialien, die man für die Herstellung von annehmbaren Wohnverhältnissen erbitten kann. Dafür stellt die Kommunale Wohnungsgesellschaft, Bezugsscheine aus. Das ist der Beginn eines Horrortrips. Zum Glück liegt unser Stützpunkt gegenüber unserer Wohnung in einem Kellerverlies. Der Mangelverwalter nutzt seine Macht gehörig aus und so werde ich als junge Frau vorgeschickt, jeden Zementsack zu organisieren. Das kann ich mit meinem Augenaufschlag gut und es gelingt mir, 450 Meter Elektrokabel zu erbetteln. Unsere Wohnung gleicht einer Großbaustelle. Wir hacken mit Hammer und Meißel Wände auf, das nennt man Eigeninitiative und ein Elektriker, von der Wohnungsverwaltung gestellt, verlegt den Kabelsalat. Verputzen müssen wir dann wieder selbst und unsere Handgelenke schwellen zu dicken Klumpen an. Wir sind am Ende unserer Kräfte und dann mache ich eine rettende Entdeckung.

Im Haus gegenüber wird auch gewerkelt. Ich höre Geräusche von Maschinen, die den ganzen Tag aufjaulen. Hämmern von Eisen und schweren Geschützen dringen über den Platz. Es ist ein warmer Sommertag und mit einem luftig, geblümten Kleid betrete ich neugierig dieses Haus, das so ganz anders ist. In einer Wohnung im vierten Stockwerk, wo dieser unerklärbare Fleiß mir entgegen springt, öffnet mir ein muskulöser Mann. Sein Körper ist mit Staub bedeckt und er sieht nach viel Arbeit aus. Ich stelle mich vor und frage ihn, ob ich im Bedarfsfall auf seine Hilfe rechnen könnte. Er wirkt auf mich etwas schüchtern, zeigt mir aber bereitwillig seine Wohnung, die er sich mit seiner Mutter teilt und herrichtet. Da kommt sie auch schon, seine Mutter, die in Kittelschürze mir freundlich die Hand reicht. Ich erzähle ihnen von meinem abenteuerlichen Vorhaben. Er borgt mir Handwerkzeug und sichert mir Hilfe zu. „Am Samstag macht unsere Hausgemeinschaft unten im Hof eine Fete, kommen sie doch mit ihrem Mann vorbei, dann besprechen wir alles". Ich bin baff und trotte mit den Gerätschaften von dannen.

Erleichtert berichte ich Gregor von meiner Bekanntschaft und neugierig erwarten wir das kommende Wochenende. Mit Blumen und einer großen Schüssel Kartoffelsalat betreten wir das Hoffest. Freundlich werden wir begrüßt. An einer großen Tafel, die übervoll mit Essen gedeckt ist, nehmen wir Platz. Wir stellen uns gegenseitig vor und sind gleich mittendrin. Bier und Schnaps fließen reichlich, gegrillt wird am offenen Feuer und die Kinder rennen ausgelassen zwischen den Stühlen hin und her. Mir gegenüber sitzt ein älterer Mann, der sich als Roman Grünspahn vorstellt. Er erinnert mich sofort an Bertolt Brecht. Er hat kein Alltagsgesicht, eine große, gebogene Nase, graue Haare, die nach vorn gekämmt sind, blaue, ausdrucksstarke Augen, die mich sofort fixieren. Als er hört, daß ich Sängerin sei, nimmt er seine Klampfe in die Hand und beginnt Lieder zu singen, die ich bisher noch nicht kannte. Das seien Wandervogellieder, erklärt er mir und singt mit etwas knarziger Stimme sein Repertoire. Ich beobachte ihn, mein Herz ist unruhig, meine Augen glänzen und ich weiß, daß ich noch viele Fragen an ihn stellen werde. Daß er 80 Jahre ist, haut mich fast vom Sockel. Zwischen uns ist sofort ein Band, ein Knistern, eine kleine Sehnsucht...

Eine korpulente, ältere Frau, schräg gegenüber, ist die Hausbesitzerin. Da wird mir klar, warum dieses Haus nicht so ist, wie die meisten am Platz. Da haben die Kommunisten vergessen jemanden zu enteignen, da hat eine gutbürgerliche Frau noch etwas behalten dürfen, aus der verstaubten, alten Zeit. Sie hat in all den Jahren versucht, Geerbtes nicht ganz verkommen zu lassen.

Eddy und Bettina sind ein junges Ehepaar in meinem Alter. Sie haben eine kleine Tochter, die sich sofort um meinen Sascha liebevoll kümmert und ihn im Kinderwagen über den

Hof karrt. Eddy, mit sächsischem Dialekt, stellt sich uns als Kriminalbeamten vor, seine Frau arbeitet in irgendeiner Verwaltung im Rathaus. Was wir schon im Geheimen vermuten, wird später zur Gewissheit. Er ist Mitarbeiter bei der Staatssicherheit, das wird er uns später angesoffen „beichten". Ein anderes Ehepaar, etwas älter als ich, hat auch seltsam anmutende Berufe. Er ist Pathologe in der Charite und seine Frau ein „hohes Tier" in der Parteihochschule. Manchmal sind wir auch deren Gäste. Ein echter Menschenschädel dient als Lampe und steht als „Prunkstück", mit einer roten Glühbirne versehen in der Anbauwand. Da geht mir ein Schauer über den Rücken. „Die haben wirklich einen erlesenen Geschmack", denke ich und kann mir die Bemerkung nicht verkneifen, daß mich das an irgend etwas erinnert, woran, lasse ich offen...

In der Luft liegt eine eigenartige Spannung. Der Alkohol löst die Zungen und wir diskutieren, wie uns der Schnabel gewachsen ist. Heiße Themen, wie die ökologischen Probleme, die Bevormundung der Menschen und das Reiseverbot fliegen wie Papiertauben über den Tisch. Wir verbrennen uns tüchtig die Schnauze ohne Furcht und Kompromisse. Gregor nimmt kein Blatt vor den Mund und ich bin ganz stolz auf ihn. Von nun an nennen wir es „Das Henkerhaus".

Obwohl wir mit diesen Menschen nicht so recht übereinstimmen, entwickelt sich trotzdem eine gewisse Freundschaft, oder ist es im Nachhinein gesehen doch eher eine Zwangsgemeinschaft, die auf Beziehungen aufbaut, weil man aufeinander angewiesen ist? Auf der einen Seite stehen die Pseudokommunisten, deren Phrasendreschereien von Gregor mit nur einem Hauch von Argumenten ins Wanken geraten müssen. Auf der anderen Seite wir, die Künstler, die Exoten, die neuen Wind in den Alltagsmief bringen und sich trauen, Dinge anzusprechen, vor denen die meisten normalerweise Angst haben. Wir respektieren einander und helfen, wo wir können. Die Kinder unserer Familien spielen miteinander und die Leute werden auch unsere Gäste. Oft sitzen wir mal hier und da, essen und trinken und die Abende sind spannungsgeladen.

Mit unserer Wohnung geht es nun auch voran. Die Männer helfen uns bei den schwierigsten Arbeiten gegen Bezahlung, aber das ist in Ordnung. Schwarzarbeit ist ein Fremdwort für uns. Die Hauptsache ist, daß der Wolf satt und die Schafherde vollständig ist.

Das Zimmer meines Schwiegervaters ist das erste, was wohnbar gemacht wird. Der alte Herr braucht seine Ruhe und Ordnung. Wir ziehen von Raum zu Raum und kämpfen uns durch den Dreck. Die Wände und Decken werden mühselig abgewaschen und gekalkt. Die Fenster tragen unzählige Farbschichten, einen Farbabbrenner gibt es noch nicht und so kleistern wir die nächste Schicht drauf und können nur hoffen, daß die Fenster auch dann noch schließen.

Es ist Sonntag, ein warmer, schwüler Spätnachmittag. Gregor und ich stehen auf der Leiter und kalken die Wände. Ein Gewitter zieht auf und mitten in diesem Chaos haben wir Lust, uns zu lieben. Wir sind von der Arbeit verschwitzt und fallen übereinander her. Der pralle Regen und die Donnerblitze begleiten unser Liebesspiel und kurz vor der Erlösung klingelt es an der Wohnungstür. Scheiße, denke ich und spüre ein Ziehen in meinem Unterleib. Ich bin stinkesauer. Oma steht durchnäßt vor unserer Wohnungstür: „Ich wollte mal gucken, wie es euch geht oder ist es euch nicht recht"?, fragt sie unsicher. „Och doch", brumme ich etwas mürrisch, „wir haben gerade etwas geruht". Oma setzt sich in die Küche an den runden Tisch und erzählt aus ihrer kleinen Welt, daß Frau Muenow, ihre Nachbarin, einen neuen Freund habe und das mit 79 Jahren! Ich mache Kaffee und ein paar Brote. Es regnet immer noch und ich sitze wie auf Kohlen, denn der Besuch paßt jetzt wirklich nicht und ich denke immerzu ans Vögeln.

"Na da werd ich mal nach Hause gehen", sagt Oma, als kein richtiges Gespräch aufkommt". „Ich begleite dich mit der Straßenbahn", sage ich erlöst und wir tuckern mit der „49-ger" von Pankow zur Ecke Bornholmer Straße. Ich habe ein schlechtes Gewissen, die kleine Omi tut mir leid und ich verspreche, sie am Montag oder Dienstag zu besuchen, mit ganz viel Zeit, bestimmt. Ich drücke ihr einen Abschiedskuss auf die faltige Wange und weiß noch nicht, daß das der letzte sein wird.

Ich fahre mit Hummeln im Hintern nach Hause und finde die Wohnung mit Besuch vom Henkerhaus vor. Die Bierflaschen sind schon geöffnet und die Stullen aufgegessen. „Na mit der Liebe ist es nun erst einmal vorbei", denke ich ernüchtert und hole Essbares aus dem Kühlschrank hervor. Das wird dann noch ein langer Abend mit heißen Diskussionen. Wer sich mit Gregor darauf einläßt, kommt nicht so schnell davon. Ein brennendes Thema sind die Ausreiseanträge von Kollegen und Freunden. Eddy bekommt immer einen roten Kopf, als hätte er einen Sonnenbrand und seine Augen zappeln fanatisch hin und her. „Auf die kann unser Staat getrost verzichten", plappert er und dabei überschlägt sich seine Stimme wie im Stimmbruch. Jeden Tag hören wir, daß wieder Bekannte einen Ausreiseantrag gestellt oder das Land bereits verlassen haben. Wir verschweigen Eddy, auch schon über diese Möglichkeit nachgedacht zu haben. Statt dessen erzählen wir, unsere Aufgabe darin zu sehen, hier etwas verändern zu wollen, mit unserer Kunst und unserer Liebe zur Heimat. Damit kriegen wir wieder die Kurve und der Abend ist ideologisch gerettet.

Es ist Montag und wir ackern in unserer Wohnung, verschmieren die riesengroßen Kabelschlitze mit Gips und am späten Abend fällt mir ein, daß ich doch Oma besuchen wollte. Ich kann sie nicht anrufen, denn sie hat kein Telefon. Morgen, am Dienstag werde ich sie bestimmt besuchen und das mit meinem neuen Kinderwagen. Der ist ein kleines, zusammenfaltbares Ding mit kleinen Rädern. Ich habe mit etwas Spickgeld in der Schönhauser Allee mir ein solches Modell zurücklegen lassen - unter dem Ladentisch, versteht sich. Am Dienstag also hole ich den Sportwagen ab, bummle noch durch die Schönhauser Allee und vor dem Kinderbekleidungsgeschäft, daß sich „Pünktchen" nennt, hat sich eine große Schlange wartender Menschen gebildet. „Was gibs'n hier?", frage ich eine junge Frau. „Weiß ich auch nicht", gibt sie mir zur Antwort und ich stelle mich einfach an. Im Geschäft sehe ich einen Riesenhaufen Cordlatzhosen aus China. Alle greifen sich zwei oder drei Stück in unterschiedlichen Größen, so auch ich. Zum Hineinwachsen hat Sascha nun mindestens drei Jahre Zeit.

Neben dem S-Bahnhof Schönhauser Allee gibt es einen großen Fischladen. Heute stehen die Leute auch da in einer Riesenschlange an. Die Letzte in der Reihe sagt mir ganz aufgeregt, daß es frischen Aal gäbe. Den ißt Gregor doch so gern, denke ich. Ich will ihn damit überraschen. Während ich so stehe, überlege ich mir schon, wie ich ihn zubereiten werde. Als ich an der Reihe bin, hält mir die Verkäuferin ein zappelndes Exemplar vor die Nase. „Wolln se den oder nen Kleineren"? Ich schüttle angeekelt den Kopf. Die Leute starren mich entsetzt an. „Verstehste das", fragt die Verkäuferin ihre Kollegin und hält den armen Fisch noch immer hoch. „Nö", sagt die Andere und mit rotem Kopf verlasse ich fluchtartig die Fischhalle. Vollbepackt fahre ich nach Pankow, klingle an der Wohnungstür und mein Schwiegervater öffnet mir. Stolz zeige ich meine erbeuteten Sachen, für die ich lange auf der Lauer gelegen habe. „Deine Oma ist tot. Vorhin waren deine Eltern kurz hier und haben Bescheid gegeben", sagt er kurz. Ich stehe wie versteinert im Korridor, immer noch mit den Sachen behangen. „Die genaueren Umstände haben sie nicht genannt". Ich rufe bei meinen Eltern an. „Oma hat sich mit Tabletten und Gas das

Leben genommen", wimmert meine Mutter. In diesem Augenblick steht für mich die Zeit still. Ich möchte weinen, kann aber nicht. Meine Hände sind eiskalt und der Selbstvorwurf bohrt sich wie ein elender Wurm in meinen Leib. Am nächsten Tag fahre ich nach Schöneweide, zu meinen Eltern. Wir sitzen in der Wohnstube, mein Vater holt den „Goldbrand" hervor und ich kippe ihn mit einem Zug herunter, „Noch einen", sage ich und bin danach besoffen. „Iß mal was, wenigstens eine Kleinigkeit", sagt meine Mutter und ich würge ein Stück Brot hinunter und danach fließen meine Tränen, als hätte man einen Staudamm aufgebrochen.

Nach einer Weile, als ich mich beruhigt habe, sagt mir mein Vater, er hätte außer dem Sparbuch nichts aus der Wohnung mitgenommen. Er würde mir die Auflösung der Wohnung überlassen und das Geld könne ich dann behalten, auch die Dinge mitnehmen, die ich haben wolle. Ich habe keine Kraft, auf ihn wütend zu sein, bin wie leer gefegt, verabschiede mich und in der nächsten Ausgabe der „Berliner Zeitung", steht von mir eine aufgegebene Anzeige unter „Wohnungsauflösung in der Bornholmer Straße 9 A".

Mit dem Wohnungsschlüssel betrete ich am nächsten Tag allein die Wohnung. Sie befindet sich auf dem Hinterhof im dritten Stock. Dort haben meine Großeltern mit meinem Vater fast vierzig Jahre in einem Raum gelebt, gegessen, geschlafen, geliebt und Fernsehen geguckt. Die Küche ist winzig mit einer kleinen Speisekammer. Der Luxus war ein Innenklo. Im Sommer wusch man sich im Ausgußbecken der Küche und im Winter wurde eine Schüssel auf einem Stuhl neben dem Kachelofen gestellt. Als Kind habe ich einige Tage im Jahr bei Oma und Opa verbracht, wenn ich krank war und meine Mutter arbeiten mußte.

Das Wohnzimmer, mit einem kleinen Erker, war spartanisch und praktisch eingerichtet, im Stil der Dreißiger Jahre, denn 1932 sind meine Großeltern aus Pommern nach Berlin gezogen, um in der großen Stadt das große Glück zu finden. Jetzt, 1979, ist alles immer noch so eingerichtet, Veränderungen waren nicht ihr Ding. Die Miete konstant unter 30 Mark. Ich habe nie verstanden, daß drei Menschen auf so engem Raum haben leben können.

Jetzt sitze ich allein auf dem Sofa und sehe meinen Großvater sitzen, wie er im Winter Äpfel und Birnen schneidet. Er hat eine Tabakspfeife im Mund und der Rauch tanzt unter der runden Stofflampe mit Bommeln. Auf dem großen Tisch hat Oma mich als kleines Kind gewaschen. Einmal hatte ich einen vereiterten Finger. Sie hat Kernseifenschnipsel in einer Waschschüssel mit Wasser aufgelöst und ich mußte meinen kranken Finger so lange hin und her bewegen, bis die Haut weich wurde und die Eiterblase aufplatzte, dann war alles wieder gut. Alle Dinge hier im Raum haben eine Geschichte. Vorsichtig öffne ich den Wohnzimmerschrank. Er ist aufgeräumt und riecht nach Westschokolade. In einem Schubfach finde ich, säuberlich gestapelt, Nylonstrümpfe, die man mit Haltern trägt. In einer anderen Schublade Briefpapier in einem Pappkarton, wo der Deckel mit einer roten Rose geschmückt ist, einige Kugelschreiber, eine Lupe und die Zigarettenspitze, die verstopft ist. Daran ziehe ich und kalter Teergeschmack liegt auf meiner Zunge. Ich schaue in eine kleine Seifenschachtel, wo Oma ihren Schmuck aufbewahrt hat. Eine Strassbrosche und eine Kette aus Trompetengold waren das einzig schmückende Beiwerk zu ihrer Garderobe. Der Ehering aus 900-er Gold ist von meinem Vater nicht übersehen worden und fehlt. Der große Wäscheschrank ist sehr übersichtlich. Handtücher, Bettwäsche und Kleidungsstücke, die nach Wäschestärke riechen, sind sorgsam aufgestapelt. Vier Mäntel hängen auf Bügeln. Zwei für den Sommer, zwei für den Winter, jeweils für den Alltag und für „gut". Die Wohnung scheint vor ihrem Weggang noch einmal von ihr durchgesehen und sortiert worden zu sein, nichts Überflüssiges, keine alten Briefe. Mir wird nun klar, daß das keine spontane Entscheidung war. Lange hat sie den Abgang geplant und für die Nachkommen geordnet, damit die nicht so viel aufräumen müssen. Es gibt auch keinen Abschiedsbrief, der für mich so wichtig gewesen wäre, nur ein kleiner Zettel liegt auf dem Wohnzimmertisch, den hatte sie draußen an die Wohnungstür mit einer Reißzwecke befestigt: „Nicht klingeln", steht darauf, um zu verhindern, daß durch den elektrischen Funken das Haus in die Luft fliegt. Das Glas mit den aufgeweichten Tabletten steht auf dem Küchentisch. Es ist ganz blind von dem weißen Belag des Schlafmittels. Als meine Eltern Oma auffinden, liegt sie in der Küche auf einem Kopfkissen vor dem Gasherd, als würde sie schlafen. Der Arzt, der den Totenschein ausstellen muß, sagt, daß ihr Tod in aller Frühe eingetreten sein müsse, so gegen 5.00 Uhr. Das Bett ist gemacht, nur der Basteiroman, wo der gut aussehende Arzt die kleine Krankenschwester doch noch heiratet, liegt aufgeschlagen auf dem Nachttisch. Er ist ein kleiner, stiller Zeuge nach einer durchwachten Nacht.

Die Speisekammer hat Oma außer Acht gelassen. Der abgedeckte Teller mit verschimmelter Leberwurst ist für mich die Anklage. Das harte Brot und all die Reste, von denen sie noch genommen hat, fühlen sich in meinen Händen wie etwas an, daß man schnell loswerden möchte. Im Eiltempo entledige ich mich dieser Last und werfe auch die Kompottgläser vom Obst aus unserem Garten in die Mülltonne.

Da ist die alte Wanduhr, die geduldig getickt hat, und man bei jedem Gongschlag zusammenfuhr. Als Kind habe ich sie in der Nacht zum Ärger meines Großvaters immer angehalten. Der mußte sie dann jeden Morgen neu einstellen und den Halb- und Ganzgong durchlaufen lassen. Ich nehme mir auch die schöne signierte, bauchige Vase aus Keramik mit. Sie war im Frühjahr mit Pfingstrosen, meiner Lieblingsblume, gefüllt und thronte wie eine Königin auf dem Tisch. Der schöne schwarze Pelzmantel aus Kanin und eine Rotfuchsstola, die meine Oma auf alten Fotos trug, sind heute noch meine lieben, stillen Genossen in meinem Schrank.

Einige Tage später, an einem Dienstag um 14.00 Uhr ist die Wohnungsauflösung. Eine Stunde zuvor sitzen die Menschen schon in Trauben auf den Treppen im Hausflur. Die Menschenschlange zieht sich bis über den Hof hin. Punkt 14.00 Uhr öffne ich die Wohnungstür und wie eine Lawine werde ich von den Menschenmassen überrollt. In Panik öffnen die Menschen Kästen und Schranktüren und dann lasse ich die Wahnsinnigen nur noch grüppchenweise in die Wohnung. Zwei Frauen setzen ausgelassen den grünen Hut auf, posieren im Türschrankspiegel und lachen sich kaputt. Mir sitzt ein Kloß im Hals und ich will ihnen auch am liebsten an den Hals und schreie sie an, daß ich nicht irgendein Nachlaßverwalter bin, sondern die Enkelin. Da verstummt für ein paar Sekunden das Gejaule und es wird erträglicher.

Innerhalb weniger Stunden ist die Wohnung leer, ich verschließe die kleine Behausung, in der ich oft glücklich war, wenn Oma mir den warmen Kakao vor die Nase setzte und Opa in der gut geheizten Stube sein Pfeifchen rauchte. Der kleine Schrebergarten im Grenzgebiet an der Bornholmer Straße, war unsere Oase mit schönen, alten Obstbäumen. Zu meinem Geburtstag schenkte mir meine Großmutter Flieder mit Tulpen, die sind heute am 6. Juni schon lange verblüht. Die Jahreszeiten scheinen im Laufe der Zeit etwas vorgerutscht zu sein. Wenn die Rente knapp war, stellte Oma sich an die Straße und verkaufte kleine Sträuße. Wenn ich heute eine alte Frau sehe, die Blumen verkauft, trage ich eine Hand voll mit nach Hause. Nun ist wieder ein Kapitel beendet. Nur die Alpträume wollen mich ein Leben lang nicht in Ruhe lassen: Ich fahre mit der Straßenbahn Nr. 49, will meine Oma besuchen und die Bahn hält nicht an. Ich muß immer weiter und weiter, bin nicht in der Lage auszusteigen. Ich wache schweißüberströmt auf und bin froh, daß das nur ein Traum war.

1979 – Der SALT II-Vertrag wird in Wien von dem amerikanischen Präsidenten Carter und dem sowjetischen Generalsekretär Breschnew unterzeichnet. Er beschränkt die Anzahl der Interkontinentalwaffen beider Seiten. Der Bundestag beschließt die Unverjährbarkeit von Völkermord und Mord. Der sowjetische Staats- und Parteichef, Leonid Breschnew besucht Ostberlin anläßlich des dreißigjährigen Jahrestages der Gründung der DDR. In seiner Ansprache am 6. Oktober kündigt er den Abzug von 20000 sowjetischen Soldaten und 1000 Panzern an. Mehrere sowjetische Divisionen fliegen in Afghanistan ein. Mit ihrer Hilfe wird Präsident Amin gestürzt. Karmal kehrt aus dem Exil zurück und übernimmt die Führung des Revolutionsrates.

Mein Sohn ist jetzt ein Jahr alt und ich denke wieder über ein Engagement nach, muß auch nicht lange suchen, denn in der Zeitschrift „Theater und Musik", reagiere ich sofort auf eine Annonce des „Staatlichen Tanzensembles der DDR". Sie suchen eine Altistin für das Gesangsquartett. Eigentlich bin ich eher eine Sopranistin, aber egal. Wichtig ist für mich meine Selbstständigkeit, ich will nicht nur Hausfrau sein, muß hinaus zu anderen Menschen. Dieses Ensemble ist fast einmalig in der Welt und nur im Sozialismus zu begreifen. Ein Orchester von 30 Musikern begleitet 30 Tänzer und vier Gesangssolisten im Folklorestil. Proberäume, eine eigene Schneiderei und eine üppige Technik, mit allem was dazu gehört, befinden sich in den Hackeschen Höfen in Berlin Mitte. Drei Dirigenten, die auch für die Arrangements verantwortlich sind, leiten die Proben. Abgesehen vom Intendanten, der Kaderleiterin und den Dramaturgen, verfügt dieses Ensemble über Techniker, Schneider und einem Beleuchtungskollektiv. Folklore ist eigentlich nicht so mein Ding, aber hier bin ich Solistin und die Gage ist auch nicht klein. Ich singe vor, in meiner ungarisch angehauchten, bestickten Bluse, habe mein langes Haar, das bis zum Po reicht, zu einem Zopf geflochten und trällere mit tief gefärbter Stimme Volkslieder. Noch am gleichen Tag unterschreibe ich meinen Vertrag mit einem Monatshonorar von 810,20 Mark netto. Ob Gregor sich darüber gefreut hat, kann ich nicht so genau beurteilen. Jedenfalls hätte er es wohl lieber gesehen, wenn ich als freischaffende Künstlerin mit seinem Streichquartett gearbeitet hätte. „Das eine schließt doch das andere nicht aus", so mein Argument und ich entscheide hier und jetzt nur für mich.

Ich treffe eine Regiekommilitonin wieder. Mit ihr habe ich während meiner Studienzeit im Dramatischen Unterricht gearbeitet. Wir mochten uns von Anfang an. Sie erkannte sofort mein schauspielerisches Talent und machte mir den Vorschlag, mich mit ihrer Freundin und Schauspielerin, Ursula Karrusseit bekannt zu machen. Die Karrusseit war schon immer mein großes Vorbild. In dem Film „Wege übers Land", hat sie sich einen großen Namen gemacht. Auch als Theaterschauspielerin zeigte sie großartige Ausstrahlung. Gregor ist gerade mit Dreharbeiten zu dem Film „Frühlingssonate", beschäftigt. Nastassja Kinski spielt an der Seite von Herbert Grönemeyer, die Gattin von Robert Schumann. Ich überlege, ob ich die Schauspielerei für mich ausprobieren sollte und spreche mit meinem Mann über mein Vorhaben, eine Ausbildung zu machen. Gregor schwärmt von der Kinski und vergleicht mich rein äußerlich mit ihr. Er meint, ich hätte nicht diese Qualitäten. Gefragt seien die großen, schlanken Frauen mit Idealmaßen. Und außerdem sei ich auch schon viel zu alt. Ich bin einfach zu doof und könnte mich dafür ohrfeigen, meinen Willen nicht durchgesetzt zu haben. Das bohrt ein Leben lang...

Gregor ist sich treu geblieben. Bis auf wenige Handreichungen lebe ich mit meinem Kind allein. Ich bin jetzt in einem Reiseensemble engagiert, das für Tage in die entlegensten und elendsten Orte fahren wird, mit Übernachtungen in Hotels. Sascha geht noch nicht in den Kindergarten und so muß ich mir etwas einfallen lassen. Von einer Kinderfrau erzählt mir eine ehemalige Kommilitonin, die auch Sängerin ist. Sie gibt mir die Adresse und ich fahre mit der Straßenbahn in die Schönhauser Allee. Meinen Sohn habe ich zum Kennenlernen gleich mitgenommen. Uns öffnet eine dicke Frau. Sie hat fettige, halblange Haare und trägt die berühmte Kittelschürze aus Dederon. Die Wohnung ist riesig und es riecht nach Mittagessen. Sie führt mich auch gleich in die Küche, wo es aus einem Kochtopf mächtig dampft. Wir setzen uns an den Küchentisch und besprechen das Nötige. Dabei wappelt ihr Doppelkinn wie Pudding auf und ab. Sascha weicht mir in Vorahnung nicht vom Schoß. Schnell sind wir uns über den Preis einig. Tagespflege 10, mit Übernachtung, 15 Mark. Ich habe ein zwiegespaltenes Gefühl, aber mir bleibt keine andere Wahl.

Unsere Wohnung ist einigermaßen bewohnbar. Ich muß mich daran gewöhnen, eine kleine Großfamilie zu versorgen und bin den Anforderungen, die man an mich stellt, nicht so richtig gewachsen. Der Alltag liegt schwer auf meinen Schultern. Meine Fehltritte in den häuslichen Arbeiten werden kritisiert. Gregor kommt von der Arbeit nach Hause und ertappt mich, wie ich eine heiße Suppe in den Kühlschrank stelle. „Davon geht der Thermostat kaputt", liegt er mir in den Ohren. Er hat ja recht, denke ich, alles kostet viel Geld und damit kann ich auch nicht so gut umgehen. Die Frühstücksbrettchen aus Holz biegen sich zu kleinen Booten, weil ich sie zu lange im Abwaschwasser liegen lasse. Das Lieblingsmesser mit Holzgriff, nicht rostfrei aus einer Haushaltsauflösung, setzt permanent Rost an, weil ich es nach Benutzung nicht gleich trocken reibe. Der Lieblingspullover, der viel zu heiß in der Waschmaschine gewaschen wurde, paßt nur noch einem dicken Mops. Jeden Tag irgendwas, irgendein

Vergehen. Fehler und Kritik nagen an unserer Liebe. Den Rest meiner Erziehung hat Gregor an mir vollenden wollen. Er will der Prometheus sein und ist es doch so wenig.

...Mußt mir meine Erde doch lassen stehn, und meine Hütte, die du nicht gebaut, und meinen Herd, um dessen Glut du mich beneidest. Hier sitz ich, forme Menschen nach meinem Bilde. Mein Gatte, der Vorausdenkende...

Wenn wir uns doch zanken würden, wäre wie vielleicht nach einem Gewitter alles frischer, erholter. Zanken ist eine gute Form der Auseinandersetzung, aber dann muß es auch wieder gut sein. Gregors Art, Probleme lösen zu wollen, besteht in der zermürbenden Diskussion, stundenlang, nächtelang. Er versucht, mich so in die Enge zu treiben, bis ich wehrlos in der Ecke hocke und mich klein fühle. Noch bin ich ihm unterlegen, finde keine Argumente, mich zu rechtfertigen. Obwohl ich mir mit der Bewältigung des Alltags große Mühe gebe, überwiegt der ständige Kampf, wie man was besser machen könnte. Da ich jetzt mein eigenes Geld verdiene, schlage ich die Haushaltstrennung vor. Gregor soll für seinen Familienteil sorgen und ich für Sascha und mich. Das ist schon der vorgezogene Anfang vom Ende. Das funktioniert auch nicht, jeder hat seinen Kühlschrank und wurschtelt vor sich hin. Und außerdem ist zwischen uns der alte Herr, der über unser Familienheil wacht. Dann will ich doch wieder die Regie übernehmen und das scheitert auch, weil jeder von uns andere Bedürfnisse und Wünsche hat. Mit mehr Geduld hätten wir eine Chance gehabt, unser Leben in den Griff zu bekommen, aber Geduld ist eben nicht bis zum letzten geduldig und strapazierbar. Der Graben zwischen uns wird schleichend tiefer.

An einem Abend, ich werde sicherlich von einem Konzert gekommen sein, liegt wieder ein Brief auf meinem Schreibtisch:

Liebe geliebte Ehefrau!

Einen kurzen Brief schreibe ich an Dich, weil Du jetzt nicht zu Hause bist. Später, abends wenn wir wieder zusammen sein werden, möchte ich nicht wieder über Nachfolgendes sprechen müssen. Da sollten wir dann Schöneres tun.

Gegen Mittag bin ich aufgestanden. Für ein Mittagessen war es Zeit. Ich fand jedoch nicht die Schnitzel, denn die froren weiter vor sich hin. Ein Ei braten, fand ich dann die Lösung. Aber auch dies ging nicht, denn es fehlte noch immer die Margarine. Ich schaute in die Fleischbevorratung des Kühlschrankes und fand noch ein Glas mit eßfertigem Fleisch (Hammel). Ein Rest von Kartoffeln, die wohl noch vom letzten Freitag stammten, habe ich mir dann von der Süßen Soße vom Kasseler gebraten. Hammelfleisch und der Süßgeschmack passen nur zusammen, wenn man es nicht ständig essen muß.

Nun hattest Du mir eine Küche hinterlassen, die für eine hausfrauliche Gattin nicht typisch sein sollte!? Obgleich ich mit einer Verpflichtung nicht beladen bin, machte ich mich widerstrebend an die Arbeit. Hierbei sah ich, daß dieses nur noch einmal gehen würde, denn das Spülmittel ging zu Ende. Sollte die Küche bis zum Abend etwa so stehenbleiben? Wir sind doch noch mehrere im Haushalt.

Kein Haushalt, keine Wirtschaft existiert ohne Vorrat und das ständige Bedachtsein, Verbrauchtes aufzufüllen. Man denke dabei an unerwartete Situationen oder die Vergeßlichkeit. Doch seit reichlich einer Woche schrumpfen die Vorräte und haben einen bedenklichen Stand erreicht.

Wenn etwa in dieser Art unsere künftige Lebensweise, so von Dir gedacht sein sollte, werde ich auch im Notfall nicht in der Lage sein, mal eine Küchenarbeit zu leisten. Dabei dachte ich, Du wolltest mit der Übernahme der Verantwortung es für die ganze Familie besser machen, als es vorher war. Vielleicht sehe ich alles falsch, dann ver-

zeih bitte. Doch liebe ich Dich zu sehr, als daß ich Dir die möglich größere Gefahr für uns verschweigen könnte. Wir sind eine Familie, spätestens seit Sascha.
Wir lieben Dich alle, aber am meisten Dein G.

Da hab ich nun wieder mein Fett weg. Anfang April 1980: Am frühen Morgen gibt es wieder Diskussionen über irgendeinen desolaten Zustand. Vielleicht fehlte ja wieder die Butter zum Frühstück oder es mußte das weiße Hemd mit dem Speckkragen angezogen werden, weil ich es vergessen hatte zu waschen. Jedenfalls gehen wir am Morgen böse auseinander. Gregor hat rote Flecken am Hals, die hat er immer, wenn er sich über etwas ärgert. Ich stehe nicht wie sonst am Fenster, um ihm zu winken, wie ich es tue, wenn er vor der Tür in sein Auto steigt, um nach Babelsberg zu fahren. Ich habe eine Stinkwut, mir ist schlecht vom Kämpfen, habe Bauchschmerzen und verkrieche mich in meinem Bett. Gott sei Dank ist Sascha ein Langschläfer. Mein Schwiegervater versorgt sich morgens selber. Gegen neun Uhr geht er aus der Wohnung und fährt mit Harke und Gießkanne nach Bernau zum Grab seiner Frau, jeden Tag. Dann erst fällt bei mir die Verkrampfung ab und die wenigen Stunden gehören mir ganz allein.

Am Nachmittag klingelt es an der Wohnungstür. Ein Kollege meines Mannes steht vor der Tür und hält mir einen Geigenkasten vor die Nase. Mein Herz bleibt vor Schreck fast stehen, ich befürchte das Schlimmste, einen Autounfall oder so was. Daß man mit 39 Jahren einen Herzinfarkt bekommen kann, haut mich um. „Während der Fahrt ist ihm schlecht geworden, hat sich, als wir anhielten, ins Gras gelegt. Es wurde nicht besser und so haben wir ihn ins Krankenhaus gebracht, nach Potsdam", stottert der Kollege und ich muß mich erstmal setzen. Sogleich schießen mir Selbstvorwürfe durch den Kopf. Ich bin schuld, ich bin schuld, hämmert es. Meine Hände sind klitschnaß und ich vergesse, einen Kaffee anzubieten. Nach kurzer Zeit trottet der Hiob von dannen und ich sitze wie angewurzelt auf meinem Schemel.

Am nächsten Tag fahre ich den umständlichen Weg ins Krankenhaus nach Potsdam, zunächst allein. Die Menschen im Henkerhaus helfen mir. Sascha wird versorgt und viele Genesungsgrüße begleiten meine Fahrt. Angekommen, klopfe ich leise an die Zimmertür. Gregor liegt blass und klein in seinem Krankenbett. Ich setze mich kleinlaut auf die Kante und halte seine Hand. Ich erwarte meine Vorwürfe und Strafe, doch das Gericht schweigt. „Wir dürfen uns nicht mehr so wegen jeder Kleinigkeit zanken", kommt es aus mir heraus. „Bitte rege dich doch nicht wegen jeder Kleinigkeit auf", so mein unbeholfener Draufsetzer. Nur der liebe Gott weiß, warum er jetzt hier liegt, es gibt für Fehlhandlungen und deren Folgen keine Beweise. Die Beschuldigte fährt ohne Anklage nach Hause. Die Häuser und Landschaften huschen wie Gespenster und streifen die Kummerfalten, erst am Bahnhof Karlshorst werde ich aus meiner Lethargie herausgerissen.

Gründonnerstag, Potsdam 80:

Meine geliebte Frau!

Zwei Wochen bin ich jetzt im Krankenhaus und verbringe im Augenblick nur noch mit einem anderen Patienten meine Zeit. Meine Gedanken und mein krankes Herz sind bei Dir. Auch ein wenig Zwiesprache halten schafft ein bisschen Erleichterung. Wenn vielleicht die Worte über die Zukunft noch recht zurückhaltend und gedämpft sind, so bereitet mir all dies größten Kummer. Verzeih, wenn ich davon spreche, aber mein Innerstes tobt gegen den Gedanken, daß der angefangene und nun endlich Resultate zeigende Weg, ungenügender Gesundheit wegen abgebrochen werden muß. Zuweilen hoffe ich, daß die Messdaten alle Irrtümer sind, oder versüße mir

das Gefühl des Abdankens ohne den bitteren Geschmack zu kosten, der sich danach einstellen muß. Es ist so unendlich beschwerlich, aus der Zukunft vollwertigen Ersatz zu erhoffen. Des weiteren, nicht aber auf Platz zwei, bin ich Dein Mann, möchte doch ein Vollwertiger sein und nicht nur Verschnitt. Mein Herz ist voll von Liebe zu Dir, meine geliebte Frau! Auch all dieses engt mein Gemüt ein, war doch bis hierher unsere Ehe eine glückliche.
Nun soll aus dem Gesagten nicht vermutet werden, daß ich eine Endzeitstimmung hätte. Nein, nur ist mir alles in der Zukunft liegende so wenig griffig und klar. Aber Du wirst mir, ich bin sicher, auch hierin helfen, Tritt und Sicherheit zu finden. Deine Besuche sind für mich immer Etappenziele, auf die ich hinfiebere. Erfahre ich dann immer Neues und Schönes von und über unseren kleinen „Bolli". Es ist nicht einfach, wenn einem das alles fehlt, was sonst das Leben ausmacht. Meine Hoffnung geht dennoch auf eine rasche Genesung, mit hoffentlich nicht zu argem Gesundheitsverlust?! So, meine Frau, bleib Du mir gut, gesund und sei mit Dir nicht so leichtsinnig. Ich habe große Sehnsucht nach Dir und liebe Dich ganz inniglich.

Dein G.

So sieht also meine Anklageschrift aus!
Bei einem meiner nächsten Besuche habe ich unseren Sohn dabei. Er plappert tüchtig mit seinen zwei Jahren und erheitert das Krankenzimmer. Gregor erzählt mir, daß er jede Nacht aus dem Zimmer gekarrt werde, weil er so schnarche. Das kommt mir irgendwie bekannt vor und ich zwinkere dem Zimmergenossen zu. Einen kleinen Spaziergang ums Eck haben wir auch schon unternommen, nur befürchte ich, daß wir den FDGB-Urlaub, den wir im Juli antreten wollten, nicht gemeinsam verbringen werden, weil eine

Rehabilitation vom Stationsarzt in Aussicht gestellt wird. Nach vier Wochen wird Gregor entlassen. Er ist noch schwach und nach wenigen Schritten muß er schweißüberströmt eine Pause einlegen. Die vier Treppen zu unserer Wohnung werden zu einem schweren Anstieg. Die Leute aus dem Haus von gegenüber veranstalten zu seinem Willkommen ein Fest. Das Leben hat uns wieder, vorsichtig werden Pläne geschmiedet und ich nehme mir vor, keinen Anlaß für Ärgernissen zu geben, bedachter zu sein, alles besser zu machen.

Die Reise nach Tabarz, die wir gemeinsam geplant hatten, muß ins Wasser fallen, da Gregor zur Kur fahren wird. Mit Bettina, der Frau von Stasi-Eddy und deren Tochter, die auf dem Hoffest Sascha über den Hof gekarrt hatte, will ich die Reise antreten. Sie ist ja schon bezahlt und wurde von anderen Mitbewerbern heiß umkämpft. Die Reise ist für mich eine Herausforderung. Die blonde Stasigattin mit den blauen Augen und dem leichten Sachsenakzent ist ganz nett und unterhaltsam. Wir fahren mit dem Zug in ein FDGB-Heim des DEFA-Sinfonieorchesters. Die Reise mit Kinderwagen und Gepäck ist beschwerlich, zumal das Abteil übervoll mit Menschen ist. Es ist heiß und unser Proviant und die warme Limonade neigen sich dem Ende. Die Kinder sind einigermaßen artig, wir halten sie mit Spielen und Malbüchern bei Laune. Bettina erträgt den stundenlangen Stress viel besser als ich. Mitten auf der Strecke in der glühenden Hitze bleibt der Zug ohne ersichtlichen Grund stehen. Das kennen hartprobte DDR-Bürger zur Genüge. Vom Schaffner erhält man auch keine Auskunft und so kommen die Fahrgäste schnell ins Gespräch und denken sich allerlei Gründe aus. Bettina guckt brav aus dem Fenster und lächelt vor sich hin. Sie verzieht keine Mine, obwohl ihr der Schweiß in den Ausschnitt läuft und das Kleid an den Pobacken klebt.

Die Fahrt nach Thüringen hat einen Tag in Anspruch genommen. Mit Koffern und Kindern bepackt humpeln wir mit Blasen an den Füßen in unser Quartier. Unser Zimmer liegt im oberen Stockwerk eines Einfamilienhauses. Im Ehebett schlafen wir Frauen und die Kinder jeweils im Kinderbett in der Ecke des Zimmers. Eng ist es. Innerlich ärgere ich mich über die Entscheidung, nicht allein gefahren zu sein. Andererseits finde ich es spannend, mich solch einer Situation stellen zu müssen.

Der Spaß geht schon beim Essenfassen los. Eine halbe Stunde vor den zeitlich festgelegten Essenszeiten, stehen die Urlauber vor dem Essenssaal und warten, daß die Tür geöffnet wird. Wird sie dann geöffnet, stürmen die Vatis und Muttis mit ihren Kindern an den für sie bestimmten Tisch und dann geht die Schlacht am Buffet los. Die Teller quellen über mit Wurst und Käse. Das frische Obst, meist Äpfel, werden gleich in die kurze Hose von Vati gestopft und mit ausgebeulten Taschen balanciert er durch den Saal. Wir sind immer pünktlich zum Essen und bedienen uns an den kärglichen Resten. Bettina trägt auch das mit Fassung, sie, weil sie sowieso nicht nörgelt, ich, weil es mein Stolz nicht zulässt. So groß können Unterschiede sein.

Wir wandern in die Wälder und ich mache Bettina hier und da auf Baumschäden aufmerksam. Davon will sie nichts wissen. Ihre heile sozialistische Welt ist unantastbar. Wir fahren mit einem kleinen Zug nach Gotha, einer schönen, alten Stadt, bummeln durch die Geschäfte und kaufen schöne Gläser und Töpferwaren. An einer Kreuzung steht ein Volkspolizist. Die Hände hat er auf seinem Rücken verschränkt, der Gummiknüppel hängt an seinem Koppel. Ein paar Meter entfernt, am Bürgersteig sehe ich plötzlich einen blinden Mann mit Schäferhund stehen, der die Straße überqueren will. Unsicher ist er. Der Polizist schaut in seine Richtung und dann wieder weg. Er bewegt sich nicht von der Stelle. Ich stehe mitten drin, es sind nur Sekunden. Der Mann betritt die Fahrbahn, ein Auto kommt von rechts und knallt an den Kopf des

Hundes, der sofort zur Seite kippt. Ich mache mich sofort von Bettina los und bringe den Mann mit dem nun taumelnden Hund auf den Bürgersteig. Gott sei Dank kommt der Hund wieder zu sich. Ich schreie wie eine Furie den Polizisten an, der noch immer teilnahmslos rumsteht, sich nicht von der Stelle bewegt. Erst als ich ihn verbal angreife, reagiert er und kommt auf mich zu. Bettina ist inzwischen auch herbei geeilt und zieht mich aus der Gefahrenquelle. „Bist du verrückt, den Polizisten so anzuschreien", herrscht sie mich an. „Ach", sage ich, „damit kann man dich aus der Reserve locken". Ich zittere am ganzen Körper, bin außer mir vor Wut. Am Ärmel zieht sie mich weg und wir eilen fort, in ein Café. Da trinken wir erst einmal einen Schnaps. Im Zug, auf der Rückfahrt reden wir kein Wort miteinander. Ich lege mir in Gedanken Argumente zurecht, die ich ihr zu einem späteren Zeitpunkt an den Kopf ballern will. Zum Abendbrot kommen wir etwas zu spät. Die exotischen Vögel werden von den Heimbewohnern, in Trainingsanzug und Sandalen, prüfend beobachtet. Die letzten Reste vom Buffet kratzen wir zusammen, unsere Kinder sind von der Fahrt sowieso geschafft und haben keinen Hunger. Wir bringen sie ins Bett und beschließen, Wein trinken zu gehen. Unterwegs kommt auch ein kleines Hungergefühl auf und nach einigem Suchen finden wir eine Gaststätte. Wir öffnen die Tür und auf einem Schild, daß auf einem Stuhl aufgestellt ist, lesen wir: „Sie werden platziert". Eigentlich ist es gar nicht voll, aber wir kennen dieses Ritual. Im Türrahmen stehen wir und warten. Bettina wieder artig und geduldig, ich mit knirschenden Zähnen. „Das ist die reinste Schikane", zische ich und Bettina reagiert mit einem Augenaufschlag, der im Schlafzimmer angebracht wäre. Endlich dürfen wir eintreten und uns setzen. Ich bestelle ein Ragout fin mit Worcestersoße und Bettina einen Goldbroiler, dazu eine Flasche Rosenthaler Kadarka.
Ich bin es, die das Erlebte noch einmal aufgreift. Bettina kommt

mir nicht so schnall davon. Ich will von ihr nur ein kleines Zugeständnis, Zugeständnis wofür? Für Gerechtigkeit, Aufrichtigkeit, Wahrheit? Das alles am Throne leugnen? Unser Essen kommt, der Wein schmeckt vorzüglich und langsam weicht die Anspannung einer angenehmen Unterhaltung. Ich lasse ab von Wahrheitsfindung und Belehrung und begebe mich in die Rolle der Zuhörenden. Bettina hat ein Problem- ein Eheproblem. Eddy, ihr Mann, versteht sie nicht mehr, sie reden aneinander vorbei, haben sich auseinander gelebt. Sie ist da, wo ich noch hinkommen werde. Erst konnten sie nicht schnell genug zueinander kommen und dann war der Graben so tief...

Fast jeden Tag erhalte ich Post von meinem Mann. Er ist zur Kur an der Ostsee, in Graal-Müritz. Wir schreiben uns Briefe und reflektieren einander, was wir durchleben. Gregor: „Heute war ich wieder in der Bücherei. Neben einem Tralow, lieh ich mir einen sehr schönen Bildband „Deutschland, schöne Heimat", mit einem Vorwort von Lion Feuchtwanger aus. In dreihundert Schwarz-weiß-Aufnahmen (1954) zeigt der Band einen Eindruck schönster Landschaften, Bauten, Gegenden des gesamten Deutschlands. Beim Betrachten kann man sehr glückliche Empfindungen haben... Ein Päckchen an Euch ist fertig, doch bekommt man hier keine Schnur zum Verbinden. Sobald dieses Hindernis überwunden ist, schicke ich es ab. Ich habe hier auch einen Wasseranschlußschlauch für unsere Waschmaschine WA 66 bekommen und schicke ihn mit. Mit dem Telefonieren von hier aus wird es kaum klappen, die Post schließt um 18.00 Uhr und vom Sanatorium aus geht es nur in dringenden Fällen". Gregor fragt mich auch, ob ich in der Zwischenzeit mit der Bewilligung unseres Telefonanschlusses voran gekommen sei...

Ach Bettina, Deine schöne, kluge Namensvetterin, die Brentano hieß, war so kämpferisch und mutig. Mit dir kann man nichts in Bewegung bringen. Du redest mit dem Wind,

bist biegsam und ich frage mich heute, fast dreißig Jahre später, wo du bist und was du machst.
Am nächsten Morgen ist nichts mehr so, wie es war. Mein Gesicht ist verquollen, ich bekomme durch die Nase keine Luft, die Augen sind feuerrot. Ich bin irritiert und suche einen Arzt auf. Er erkennt schnell, worunter ich leide - Heuschnupfen. Asthmaanfälle in der Nacht, Albinoaugen und eine Nase, die trieft und das 6 Wochen im schönsten Sommer werden die Plagegeister sein, die ich jedes Jahr zu erwarten habe.

1980 – organisiert ein mutiger polnischer Arbeiter einen gewaltlosen Aufstand der Werftarbeiter in Danzig. Es ist Lech Walesa. 1981 wird über Polen das Kriegsrecht verhängt und die Gewerkschaft Solidarnosc verboten, die über eine Million freiwillige Mitglieder zählt. Nach monatelanger Schutzhaft in einem Schloss kehrt der Arbeiterführer wieder als Arbeiter in seine Werft zurück. 1983 wird ihm der Friedensnobelpreis verliehen.

Gregor und ich sind in der Klausthaler Straße wieder vereint. Unser Alltag hat uns wieder mit den Freuden und Schmerzen des Zusammenseins. Zunächst ist unser Umgang ein vorsichtiger, aber nach einiger Zeit schlängelt sich die Gewohnheit wieder in unser Leben.
Gregor fährt mit unserem großen Sohn nach Stolberg, in den Harz. Ein Brief gibt einen aufschlußreichen Eindruck, wieviel Mühe dieses Unterfangen bereiten kann.

Meine Liebe!

Zwei Tage haben wir nun im Harz verbracht. In dieser kurzen Zeit sind auf uns schon sehr starke Eindrücke ergangen. Gute und schlechte Eindrücke bewegten unsere Gemüter.
      Unsere Reise verlief planvoll. Wir aßen zunächst unseren Proviant, was du so wohlschmeckend bereitet hattest auf. Vor Stolberg, am Auerberg tranken wir Kaffee, schlechten

allerdings und dann war es nur noch ein Katzensprung bis Stolberg... Die Versorgung in den Geschäften ist außerordentlich schlecht, der Service in den Gaststätten entspricht der allgemeinen Lage. Einfach entsetzlich! Heute haben wir die erste warme Mahlzeit an der Talsperre erhalten und diese noch als Wartende in einer Schlange. Wir erhielten nach einer Stunde das Essen, normalerweise nicht genießbar. Alles dies noch für teures Geld. Am heutigen Tag besichtigten wir die Baumannshöhle und fanden, daß das ein Schuß in den Ofen war. So mit einer plebejischen Masse rumzurennen, eine langweilige Führung mit eingebauten Quälwitzen ertragen zu müssen, war schon unangenehm. Doch das Finsterste war, daß wir den größten Teil des Tages mit der Beschaffung von Essbarem waren, damit wir zu Hause ein Abendbrot und morgen früh ein Frühstück nehmen können. Es ist kaum zu glauben, wie ein Urlaub zur reinen Existenzfrage werden kann. Gestern waren wir im Schloss. Wir versuchten, etwas vom Inneren zu sehen, doch vergebens. Nach wie vor ist es dem FDGB-Erholungsheim unterstellt und damit der Verwahrlosung anheim gegeben...

Carola, meine beste Freundin kommt mich oft besuchen. Wir sitzen in meinem Zimmer auf dem großen Bett. Ich muß einen großen Topf Spaghetti kochen, die ißt sie zu gern. Etwas fülliger ist sie geworden. Sie redet viel von Diäten, daß sie abnehmen müsse und verlangt im selben Atemzug nach einer weiteren Portion. Wir lachen infantil und schmeißen uns in die Kissen. Ich erzähle ihr, daß ich mit Gregor nicht mehr so glücklich bin, daß mich die ständigen Diskussionen auffressen würden. Gregor ist nebenan, in seinem Zimmer. Er kommt rein und will wissen, was wir uns zu erzählen hätten, er wolle auch mitlachen. Da steht er, unsicher und fordert uns auf, uns zu küssen. Die Situation ist skurril und unwirklich. Wir lachen noch mehr und er setzt sich auf einen Stuhl und beobachtet uns wie durch

eine Kamera. Dann bleibt uns das Lachen im Hals stecken und Carola verläßt die peinliche Situation. Einige Tage später übergibt sie mir einen Brief, den sie von Gregor erhalten hat:
Liebe Carola!

Die Sache meines Briefes verlangt es, daß ich eine längere Erklärung für mein Schreiben abgebe. Es wäre für mich nicht in wenigen Worten zu umreißen, eher träte mehr als weniger Verwirrung auf. Deshalb beschränke ich mich mit einer fast telegraphischen Knappheit und überlasse es Deinem Befinden, weitere Aufklärungen einzuziehen.

Ich möchte Dich bitten, in Zukunft auf weitere Besuche bei uns verzichten zu wollen. Das gilt nur in den Fällen, daß ich in den Räumen auch meiner Wohnung ein Zusammensein zwischen Dir und meiner Frau nicht mehr wünsche. Selbstredend berührt das nicht Euer gegenseitiges Interesse außerhalb der Wohnung.

Meine Frau strebt entschieden aus dieser Ehe. Anders ausgedrückt, sie beantragt die Ehescheidung!

Nach wochenlangen Problemanhäufungen kristallisierte sich heraus, daß sie ein Leben mit sich selbst leben will. Da es ihr Wille ist, diesen Weg zu gehen, wird sie keiner daran hindern. Was das mit Dir zu tun hat? Meine Frau gewann an Deinem Zustand einen etwas verklärten Gefallen. Deine Art der Ungebundenheit wirkt auf sie wie eine in der Ferne liegende romantische Insel, nach der sie sich sehnt.

Da ich voll und ganz für eine Ehe bin, kann diese Wohnung in der Zukunft nicht Aufladestation für eine eheabwandernde Energie sein.

Wenn es Dir gelingt, in diesen Worten den Selbsthilfevorgang zu sehen, hättest Du mich verstanden. Meine Sympathie für Dich solltest Du nicht bezweifeln! Meine Frau geht ihren Weg, wie sie es für richtig hält und hat logischerweise seine eigene Konsequenz.

Ich rechne mit Deinem Verständnis. Dein Gregor.

Immer wenn wir uns zanken, flüchte ich in das Henkerhaus zu Bert Brecht 2, bei dem ich etwas Trost finde. Seine Wohnung ist einfach göttlich. Bücher und Zeitschriften stapeln sich bis unter die Decke. Zum breiten Bett schlängelt sich lediglich ein schmaler Pfad. Kissen und Decken laden zum gemütlichen Verweilen ein. Die Küche ist das reinste Chaos. Auf dem Küchentisch stehen Tüten und Gläser mit Eßbarem. Der Boden ist mit Flaschen und Kartons gepflastert, aber sauber ist es trotzdem. Witzig ist ein Aquarell mit einem Fisch auf großen dünnen Beinen - ein Laufefisch. Hier und da stehen alte Truhen und Stühle. Auf dem Tisch im Wohnzimmer kann man eigentlich nichts abstellen, hier türmen sich Papierberge und bunter Krimskrams. Immer wenn ich komme, macht Roman mir einen Kakao und holt Kekse, die nach altem Schrank schmecken. In einer Glasschale rührt er mir ein schmackhaftes Müsli und wenn er das auf den Tisch stellt, wird der ganze Kram einfach beiseite geschoben. Er besitzt wertvolle Bücher. Seine Spezialität ist die Geschichte Deutschlands und Berlins. Er hat eine alte Kamera mit Rollfilm. Die Fotos, die er macht sind schwarz-weiß und aus einer sehr altmodischen Welt. An einem Abend habe ich wieder Zuflucht bei ihm gesucht, weil die Endlosdiskussionen mich wieder zu erschlagen drohten. Er bringt mir eine durchsichtige Bluse aus den Dreißigern, die er noch von einer Freundin aus der Wandervogelzeit aufgehoben hat und wirft sie mir zu. Die soll ich anziehen und dann geht das Geknipse los. Frech ist der alte Charmeur auch noch. Er zupft die Bluse zurecht und streichelt aus „Versehen" meinen Busen. Ich liebe ihn auf eine gewisse Art. Er ist so klug und erzählt spannende Geschichten. Dann legt er sich wie ein König auf sein Kanapee und fordert mich auf, zu ihm zu kommen. Ich liege in seinen Armen und seine alten Hände streicheln die junge Honighaut. Er ist über achtzig Jahre, drahtig und ich kann sein junggebliebenes Herz hören, wie schnell und aufgeregt es pocht, meines hingegen schlägt ganz ruhig in der Geborgenheit der Nacht...

Am 22.11.1990 stirbt mein Freund im Alter von 86 Jahren. Ich kann in den letzten Tagen nicht bei ihm sein, weil ich im Krankenhaus liege. Mir haben die Ärzte einen kalten Knoten aus der Schilddrüse geschnippelt. Er wird anonym auf dem Friedhof im Baumschulenweg begraben, obwohl er sich als alter Berliner so sehr gewünscht hatte, in Pankow auf dem Friedhof am Bürgerpark die letzte Ruhestätte zu finden.

Schnell wird seine Wohnung ausgeräumt, wie das meist so üblich ist. Der ganze Kram, auch wertvolle Bücher, fliegen in den Container. Wenn ich abends über den Platz schaue, glotzen nur noch die leeren Fenster zu mir hinüber. Ein gemeinsamer Freund hält am Grab eine Rede, die ich auszugsweise niederschreibe, weil ich ihm ein ehrendes Andenken geben möchte:

Wir verabschieden uns heute für immer von unserem lieben Freund. Er war fast so alt wie unser Jahrhundert, diesem Jahrhundert der Aufklärung und des Fortschritts, das ganz entscheidend geprägt war von drei jüdischen Genies - Marx, Freud und Einstein - und das dennoch zum fürchterlichsten Jahrhundert in der Geschichte der Menschheit wurde, zum Jahrhundert zweier Weltkriege und der Massenvernichtung von Menschen unter Hitler und Stalin... Er erlebte den ersten Weltkrieg als Halbwüchsiger, der noch nicht Soldat werden mußte. Aus einer jüdisch-christlichen Ehe hervorgegangen, besuchte er in Pankow das Gymnasium... Nach einer Banklehre versuchte er sich in den verschiedensten Berufen. Er war u. a. Kohlenfahrer, Filmrequisiteur und Schokoladenverkäufer... Er trieb Sport, war überzeugter „Latscher" in der Wandervogelbewegung... Noch vor dem 2. Weltkrieg verlor er den geliebten Vater und als er der Behörde den Todesfall meldete, mußte er sich anhören, daß es nun „wieder einen Juden weniger" gebe. Als dann der zweite Weltkrieg ausbrach, durfte er wegen seiner halbjüdischen Abstammung nicht Soldat werden. Er galt als wehrunwürdig. (Hier stellt sich mir die ganz persönliche Frage, ob er erleichtert oder frustriert war). 1944 kam er aus demselben Grunde in ein Arbeitslager bei Zerbst, wo er Rollpisten bauen mußte. Kurz vor Kriegsende ergriff er die Flucht und schlug sich nach Berlin durch, wo bald die Rote Armee einmarschierte. Er stellte sich von Anfang an in den Dienst der neuen Ordnung, er war „Aktivist der ersten Stunde", wie es damals hieß. Er baute die Pankower Verwaltung mit auf, gab Lebensmittelkarten aus und wunderte sich, daß unter den Tausenden von Antragstellern kein einziger Nazi war. Mit einer Ausnahme: Ein Besucher gestand, Mitglied der NSDAP gewesen zu sein, und gab sich dem begeisterten Liedersänger und Klampfenspieler L.G. als Schöpfer des Liedes „Hoch auf dem gelben Wagen" zu erkennen...

Katrin, meine Freundin aus Schöneiche lädt uns nach der Sommerpause zu sich ein. Wir probieren wieder ein neues Rezept aus, trinken Wein und musizieren. Sie ist schön und kokett, wie immer, geht barfuß und ihr weiter Kaftan weht bei jeder ihrer Bewegungen. Wenn sie getrunken hat, fängt sie zu tanzen an. Orientalisch mutet das an, obwohl ich gar keine Ahnung habe, welche Kulturkreise sie da jetzt vermischt, aber schön sieht es aus. Ich probiere mich im Vortrag von Liedern und Texten. Hier habe ich ausreichend Gelegenheit, mein Lampenfieber einigermaßen in den Griff zu bekommen.
    Katrin erzählt von einem Schriftsteller, der in einem schönen, alten Haus direkt an der Spree wohne. Er veranstaltet einmal im Monat Jour fixe und möchte uns Musiker gerne kennenlernen. Zu eben solch einem Anlaß werden wir in seine Wohnung eingeladen. Wir sollen auch gleich musizieren und bereiten Lieder, Arien und Instrumentalstücke vor, die Gregor zum Teil arrangiert und komponiert hat. Das Streich-

quartett, Katrin, als die Vermittlerin und ich fahren mit der U-Bahn bis Klosterstraße und betreten nach einigen Metern ein hochherrschaftliches Haus in der Wallstraße, über der Spree gelegen, aus rotem Backstein. Ich schaue mir gleich den Hof an. Im Parterre befinden sich dunkle, große Räume mit riesigen Bogenfenstern. Später erfahre ich vom Hausherrn, daß das früher der Reitstall war. Im ersten Stock des Hauses, rechts, klingeln wir und uns öffnet ein großgewachsener, sehr gepflegt gutaussehender Mann mit vollem, dunklen Haar. Er schmeißt gleich die Arme in die Luft und mit riesiger Empfangsgeste begrüßt er uns mit den Worten: „Hallo, Freunde, kommt rein, fühlt euch wie zu Haus". In der riesigen Wohnung stehen viele Menschen mit einem Glas Rotwein rum. Als die Neuen werden wir vorgestellt. Daß wir Musiker sind, kommentiert man mit Ahh und Ohh....

Während meine Quartettkollegen ihre Instrumente auspacken, schaue ich mir die Wohnung an. Sie ist so wunderbar, so traumhaft, so stilvoll. Die Hausherrin, eine Biedermeierfrau in den besten Jahren, begrüßt mich und führt mich in ihr Biedermeierreich, mit Kamin, Sofa und Schreibsekretär. Wir duzen uns gleich und dann stehe ich auch mit einem Rotweinglas und flaniere durch die großen Hallen. Der Schriftsteller, G. S. zeigt mir seine Bibliothek. Die Raumhöhe ist gigantisch. Die Bücherregale reichen bis unter die Decke und überall gibt es etwas zu bewundern. Die Wohnung füllt sich mit Menschen und ich schüttele Hände und kann mir all die Namen nicht merken, die an mein Ohr vorbei flattern. Es ist 20.00 Uhr, der Hausherr begrüßt offiziell alle Anwesenden, auch uns, das Quartett mit seiner Sängerin. Ich habe großes Herzklopfen, Gregor lächelt mir beruhigend zu und gemeinsam musizieren wir uns in die Herzen der Zuhörer. Der Beifall fordert Zugaben und nach dem Konzert fühle ich mich frei und erleichtert. Heute bin ich ganz der Mittelpunkt.

Das Buffet wird eröffnet. Wir haben großen Hunger, die Anspannung ist vorbei und der Rotwein macht unsere Wangen rot. Alle Anwesenden sind sich einig: das mit der Musik muß ausgebaut werden. In der großen Bibliothek treffen wir uns zu einem Gespräch. Im Kreis sitzen nun die Menschen und G. S. liest aus seinem neuen Roman. Ihn beschäftigen die Renaissance, Luther, Thomas Münzer, der Bauernkrieg. Er rezitiert eigene Gedichte. Seine Augen glühen, seine Gesten sind dramatisch und wir kleben an seinen Lippen und warten auf die Zwischentöne:

„In Münster, dem neuen Jerusalem, herrscht Gotteswort und herrscht Gottesrecht, in Münster, dem neuen Jerusalem, da steht auf das Thor dem geringsten Knecht. In Münster, dem neuen Jerusalem hat jeder Brot und hat jeder Wein. In Münster, dem neuen Jerusalem soll jeder gleich seinem Nächsten sein."

...Soll jeder gleich seinem Nächsten sein? Steht auf dem Tor?, tönt es euphorisch in meinem Ohr. Was für mutige Worte! Ist hier die Wahrheit zu Hause, die Aufrichtigkeit im kleinen privaten Kosmos, denke ich und weiß gleichzeitig, daß auch „Mitarbeiter der Stasi" unter uns weilen, die unter uns „Karl Heinz" genannt werden.

G. S. schlägt uns eine Zusammenarbeit vor. 1983, zum 400. Geburtstag von Martin Luther will er mit uns ein musikalisch-literarisches Programm erarbeiten. Gregor soll seine Texte vertonen, die ich singen soll. Der Vorschlag stößt bei uns auf Begeisterung und wir nehmen das Projekt in Angriff.

Die politische und wirtschaftliche Lage der DDR bessert sich nicht. Wir leben unser Leben in unseren vier Wänden. Der offizielle geistige Käfig ist klein und eng. Die Piefigkeit der Genossen in ihren grauen Anzügen, verschaffen mir Übelkeit. Wir haben zum Glück keinen Fernseher und so bleiben mir die Erfolgsmeldungen der Produktion in den Kombinaten weitgehend erspart.

Wenn ich Dienstags mit meinem Fahrrad zum Pankower Markt fahre, muß ich an der Kirche zu den „Vier Evangelisten" vorbei. Ich stelle mein Fahrrad an der Kirchentür ab und betrete die heilige Halle. Da ist es ruhig und ich sitze auf der Bank und denke nach. Ich komme mit der Pfarrerin ins Gespräch. Sie lädt mich zu einer Veranstaltung ein, es ist der sogenannte Friedenskreis. Gregor will nicht mitkommen, mit der Kirche hat er nicht viel im Sinn. Er läßt sich von mir doch überreden und dann sitzen wir irgendwann zwischen den Leuten, die etwas verändern wollen. Wir wollen das ja auch und Gregor diskutiert in seiner typischen Art. Wenn Stephan Hermlin eingeladen wird und uns von den Segnungen des Sozialismus predigt, wird einem speiübel, dieser Opportunist. Wir erkennen sofort, wer zu uns gehört und wer „Gast" ist. Das sind die Leute mit den Turnschuhen, den Anoraks und dem „besonderen" Haarschnitt – unverkennbar. Sie sitzen in den hinteren Reihen und tun so, als seien sie entspannt. Der Friedenskreis ermöglicht uns die Plattform, mit Texten und Musik, Dinge zu benennen, die man nicht sagen darf, versteckt und im Schutz der alten Mauern.

Die Pfarrerin, gibt uns die Möglichkeit, im Rahmen einer Friedensveranstaltung, in ihrer Kirche aufzutreten. Da ich mich im Schreiben von Gedichten versuche, sehe ich eine gute Möglichkeit. Gregors Kompositionen mit den Texten von G. S. sollen den musikalischen Teil ausmachen. G. S. ist von diesem Vorhaben nicht so sehr begeistert, hat er doch mit der Kirche nur geschichtlich-kulturell etwas am Hut. Das Eisen ist ihm zu heiß. Nach langer Überzeugungsarbeit, läßt er sich jedoch zu dieser „Heldentat" breitschlagen. Aus heutiger Sicht sind meine Texte rührend, will die Träumerin mit ihren Gedanken doch die Welt verändern. Trotzdem kommen meine Gedichte gut beim Publikum an, wenn man gelernt hat, mit Andeutungen umzugehen.

Golgatha

Meinen Golgatha kenne ich nicht
kann ihn nur ahnen
Seh ich mir die Welt an
muß ich immer Hoffnung haben
Hoffnung auf Verstand und Liebe
friedlich miteinander leben
Versuch deinem Feind zu vergeben
Das ist unsere große Lebensaufgabe.

Ich steige in das Labyrinth der Ungewissheit
schließe meine Augen und rede mit mir
Der Wald den ich schaue ist herrlich grün
Die Luft klar, meine Liebe zu dir rein
Ein Schmetterling fliegt in meine Hand
ich kann ihn nur fühlen
denn die Traumwelt ist mein.

Meine Haltung zum Pazifismus drückt sich in folgendem aus:
Eine wahre Begebenheit im Schlosspark Niederschönhausen:

Rotzbubengesicht

Ich gehe durch den Park so für mich hin
plötzlich steht ein Knirps vor mir,
bewaffnet mit einem Stock
Rotzbubengesicht, versteht die Welt noch nicht
so erzähl ich ihm im Plauderton, ohne Zeigefinger
von Krieg, Not und Gewalt.

Ich seh in seinen Lausbubaugen ein AHA
Er bricht den Stock entzwei
und läuft hüpfend davon.

Im Frühjahr verdienen wir mit Jugendweihemuggen ganz gut. Die erste Veranstaltung ist um 9.00 Uhr, die zweite um 11.00 Uhr. In der Regel wird man angerufen und der Veranstalter fragt, ob es möglich sei, diese oder jene Veranstaltung zu übernehmen. Das Honorar wird ausgehandelt und man erscheint pünktlich am vereinbarten Ort. So auch am 21.5.1982.

Ein übliches Kulturhaus in der Nähe von Berlin. In der Regel werden drei Lieder vorgetragen, zwei davon mit politischem Charakter.

„Es lebe das Brot" von Kurt Bartel, der sich KUBA nennt, mit einer Vertonung von Andre Asriel:

> Es lebe das Brot und es lebe der Wein
> Und viel und von allem für alle muß sein
> Und glücklich zu schlafen und froh zu erwachen
> Tag über den Nächten das Bette zu machen
>
> Und furchtloses Volk und ein Volk voll Vertraun
> Wird gläserne Städte für morgen erbaun
> Das will sich beschenken und will sich belohnen
> Baut gläserne Städte und wird drinnen wohnen
>
> Und webt sich das Tuch und das schneidert und näht
> Und freut sich wie alles gelingt und gerät
> Bescheiden und wieder nicht allzu bescheiden
> Gut essen, gut wohnen und schön sich bekleiden
>
> Die Hand am Gewehr und der Friede wird sein
> Es lebe das Brot und es lebe der Wein

Eigentlich muß ich dieses Lied nicht unbedingt singen, wir haben die Freiheit selbst zu entscheiden, was paßt. Gregor arrangiert für das Streichquartett eine wunderbare Fassung. Ich entscheide, eine kleine Textveränderung vorzunehmen: „Die Hand vom Gewehr und der Friede wird sein", dazu kann ich stehen, das ist meine kleine Demonstration. Die erste Jugendweihe läuft reibungslos und mit Spannung erwarte ich die zweite. Die Jugendlichen sitzen in der ersten Reihe, dahinter die Eltern und Verwandten. Die Nationalhymne von Eisler wird nur instrumental gespielt. „Die Hand vom Gewehr" singe ich noch etwas deutlicher als vorher. Ich blicke dabei mit meiner Kurzsichtigkeit, so gut es geht, eine Reaktion aus dem Publikum zu erspüren, aber alle Zuhörer sitzen wacker wie Steine, aufrecht und diszipliniert. „Gut gelaufen, die Veranstaltung", flüstere ich Gregor ins Ohr. Nach der Jugendweihe, die Kollegen packen ihre Instrumente ein, kommt eine Frau auf mich zu, schiebt mich ein wenig bei Seite und fragt mich:
„Können sie sich denken, warum ich sie anspreche?"
„Nö", sage ich mit fester Stimme,
„Ach kommen sie, tun sie doch nicht so"!
„Nein, wirklich nicht".
„Sie haben doch den Text verfälscht. Bei der ersten Vorstellung dachte ich noch, ich hätte mich verhört, aber bei der zweiten Veranstaltung wurde mir klar, daß sie den Text bewußt verändert haben".
„Ach das meinen sie", sage ich, als würde ich aus allen Wolken fallen.
„Mir gefällt dieses Lied ganz gut, es entspricht meinen Vorstellungen vom Leben, nur die eine Aussage geht gegen meinen Standpunkt. Ich bin Pazifistin und kann mich damit nicht identifizieren".
Ich schaue ihr fest in die Augen, als wäre ich ein Fels, den nichts erschüttern kann. Wie es innen aussieht, weiß nur ich.

„Wissen sie eigentlich, vor welchem Publikum sie heute gesungen haben?", fragt sie mich eindringlich. Ich schüttle den Kopf. „Das waren Jugendliche, dessen Eltern beim Ministerium für Staatssicherheit arbeiten!".
„Ach", sage ich und „nun ist es ja auch schon egal."
„Sie können froh sein, wenn ich das nicht an höherer Stelle melde", sagt sie im Oberlehrerton. Ich muß das letzte Wort haben und entgegne ihr: „Tun sie das, was sie mit ihrem Gewissen vereinbaren können". Darauf kann sie nichts erwidern. Sie trottet in Richtung Ausgang und mir zittern unter meinem langen Kleid die Knie.

1999 sehe ich bei der Gauck-Behörde in meine Stasiakte und entdecke folgenden Eintrag: Einleitung weiterer Kontroll- und Aufklärungsmaßnahmen. 21.5.82 Wachregiment: Die M. hat bei einer Jugendweiheveranstaltung ihren Liedtext bewußt verändert. („... die Hand am Gewehr, und der Friede wird sein..." Sie sang „... die Hand vom Gewehr..."(Inf. am HA XX/7). Dabei sind die Worte am und vom fett unterstrichen.

Die Vorbereitungen zum Luther-Jahr laufen auf Hochtouren. Gregor hat Texte von G.S. vertont, die ich auf einem Jour fix in dessen Wohnung vorstellen soll. G. S. liest dazu eigene Texte. Der Abend naht und wir, die Musiker sind sehr angespannt. Das Haus ist brechend voll. Zwischen den vielen Leuten vermute ich auch die, die in den nächsten Tagen dem Ministerium für Staatssicherheit einen ausführlichen Bericht geben werden. Damit muß man leben, daran sind wir gewöhnt.

Im Publikum fällt mir ein Mann auf, der mich mit seinen blauen Augen fixiert. Er sieht sehr gut aus, groß, stattlich und mit seinem grau melierten Haar entspricht er meinem Ideal von einem Mann im besten Alter.
Der Hausherr kündigt mit großer Geste den Abend an. Wir

werden Ausschnitte aus unserem Programm zu Gehör bringen. In der Luft liegt eine unsagbare Spannung. Die große Bibliothek ist mit Kerzen erleuchtet. Gregor hat den Text vom Dichter „In Münster, dem neuen Jerusalem", vertont und ich singe dieses Lied mit besonderer Hingabe. Es ist so still in diesem Raum und nach Ende der Musik traut sich keiner, zu applaudieren. Die Menschen in der DDR sind wahre Weltmeister im Hören zwischen den Zeilen. Mit Blicken, die durch den Raum huschen, verstehen sie sich auch ohne Worte. Nach Ende der Vorstellung wird eifrig diskutiert. Ich bin ganz still und höre zu. In wenigen Minuten habe ich raus, wer „Gast" ist. Als „Gäste" bezeichnen wir die jungen Männer vom Ministerium für Staatssicherheit, die sich ganz „unauffällig" unter uns, das Volk begeben. Die sehen so aus, wie in unserem Friedenskreis. Sie tragen Jeans, Turnschuhe und haben so was Eigenes in Sachen Frisur.

Der graumelierter Herr kommt auf mich zu. Er sagt mir, daß ich ihm sehr gefallen habe und reicht mir ein Glas Rotwein. Er stellt sich mir als Professor vor. Er hat unsere Russischbücher in der Schule entwickelt und ich entgegne ihm mit einem Lachen, daß wir deshalb so schlecht in der Schule Russisch gelernt hätten und heute nicht ein Wort sprechen könnten. Die kleine Frechheit federt er sofort mit einem Charme ab, der mich umhaut. Eine tiefe Stimme hat er und ich bin sofort in ihn verknallt. Seine Frau, eine großgewachsene, etwas verlebt aussehende Frau, unterhält sich auch gerade sehr vertraut mit einem Mann und winkt mir aus einer Ecke lustig zu. Spät, als wir uns verabschieden, bringe ich den Herrn zur Treppe. Wir sind für einen Augenblick allein auf dem Flur. Er reißt mich an sich und wir küssen uns wie in einem heißen Liebesfilm. „Rufe mich an", sagt er mir ins Ohr und schiebt mir einen Zettel in meine Hand. Seine lustige Frau drückt mich herzlich und beide verschwinden in der Nacht. Ich stehe wie angewurzelt. Polternd kommen meine

Musiker und mein Mann. Stumm sitzen wir in der U-Bahn, die uns nach Pankow fährt.

Meine Beziehung zu Gregor ist angekränkelt. Ständig diskutiert er mit mir, weil ich den Alltag nicht nach seinen Vorstellungen bewältige. Ich finde ihn pedantisch und manchmal kleinkariert. Habe ich mal was in der Wohnung liegen gelassen, kommt die Aufforderung: „Ich möchte deinem Aufräumungssinn Nahrung geben". Bei diesem Satz haut es mich fast um. Ich weiß nicht, ob ich lachen oder weinen soll. „Kann er das nicht einfacher sagen", denke ich und habe eine Stinkwut. Wir schlafen auch nicht mehr so oft miteinander. Weil er so entsetzlich schnarcht, haben wir die Zimmer getrennt.

Der graue Herr geht mir nicht aus dem Kopf. Seine Telefonnummer habe ich versteckt und ich schwanke hin und her, ob ich ihn anrufen soll. Er kommt mir zuvor. Seine tiefe, sonore Stimme durchzuckt mich wie ein Pfeil. Gregor ist irgendwo im Hintergrund und ich stammle was von „falsch verbunden" und „macht nichts". Einige Zeit später wieder ein neuer Versuch. Diesmal bin ich allein und stottere, was das Zeug hält. Ich habe rote Flecken am Hals und mein Puls überschlägt sich. „Ich möcht Dich gerne wiedersehen, wann und wo kann das sein"?, seine etwas fordernde Frage. „Ich weiß nicht so recht", stammle ich in den Hörer. „Du willst das doch auch, das hat mir dein Kuß gesagt und überhaupt, dein Körper hat in meinen Armen gebebt, schönes Mädchen". Das hat mir schon lange kein Mann mehr gesagt. Meine Eitelkeit ist angestachelt, die Abenteuerlust in mir geweckt und ich hauche nur: „Wo du willst und recht bald". „Gut, wir treffen uns morgen um 12.00 Uhr im Restaurant „Baikal", am Leninplatz, gleich hinter dem großen Denkmal.

Das kann ich einrichten. Am Vorabend töne ich mir mein langes rotes Haar und flechte es über Nacht zu zwei großen Zöpfen, die mir fast bis zum Po reichen. Vor einiger Zeit habe ich mir ein Kleid genäht. Im Moment sind weite, indische Kleider ganz modern. Ich habe von der Cousine meines Mannes aus dem Westen ein solches geschickt bekommen, Made in India und schneidere mir nach diesem Schnitt meine Kleider in vielen Farben und Variationen. Stoffe und Besätze aus Spitze, sowie Perlen kann man in Kurzwarengeschäften bekommen. Manchmal färbe ich alte Laken und Gardinen und nähe daraus Empirekleider, die unter dem Busen, geschnürt werden. Dazu stecke ich mein Haar mit einem Hornkamm hoch und sehe wie die kleine Bettina Brentano aus. So auch an diesem Mittwoch um zwölf, wo ich von den Pfaden einer bis dahin treuen Ehefrau etwas abweiche.

Gut sieht er aus, der John Wayne im Taschenformat, braun gebrannt, denn schließlich verbringt er seine Freizeit auf einer Datscha bei Berlin. In seinem Anzug aus dem „Exquisit" mit Krawatte macht er eine stattliche Figur. Er wartet schon, ich bin pünktlich und als ich an den Tisch trete, küsst er mir die Hand. „Das ist noch ein Mann der alten Schule", denke ich und bin beeindruckt. Ich setze mich etwas schüchtern an den Tisch. „Was wollen wir trinken?", fragt er mich. Mir ist es egal und er bestellt für uns eine Flasche „Rosenthaler Kadarka". „Suche Dir etwas Schönes zum Essen aus", sagt er fast mit väterlichem Ton. Ich fühle mich so geborgen und seine tiefe Stimme durchströmt mich wie eine warme Welle. Er hat blaue Augen, die mich liebevoll anschauen. Der Mann steckt sich eine Zigarette an. Er hat kräftige Hände, die sicherlich zupacken können, denke ich in meiner Phantasie. Wir sind verlegen und ich bin erleichtert, als das Essen kommt. Er genießt sichtlich seinen Sauerbraten mit Rosinen und Klößen und schwärmt mir vor, wie die in Sachsen schmecken. Der Mann ist in Leipzig geboren und spricht fast akzentfrei Hochdeutsch. Er hat etwas Rührendes in seiner Art, das mein Herz hinschmelzen läßt. Ich stochere an meinem Goldbroiler und überlege, ob ich die Keule in die Hand nehmen und abknabbern soll. Ich lasse es lieber bleiben und pule das Fleisch mit der Gabel vom Knochen.

Ich frage ihn aus, nach seiner Tätigkeit. Bereitwillig gibt er mir Auskunft und dann bemerkt er meinen Blick auf sein Parteiabzeichen. Er entschuldigt sich dafür und sagt, daß er gerade vom Dienst käme. Nun bestellt er für uns einen Kaffee und danach die Rechnung. Einige Minuten später sitzen wir in seinem „Lada" und küssen uns heftig. Seine Küsse sind hart und sein Druck auf meinen Lippen hinterläßt rote Flecken. Ich stemme meine Hände gegen ihn, doch seine Ekstase läßt keinen Widerspruch zu. Seine Umklammerung erdrückt mich fast, sein Herz pocht laut und wild. Das macht mir etwas Angst. Dann müssen wir uns trennen. Ich löse mich aus der Umarmung und wir gestehen uns unsere Zuneigung. Sorgfältig ordne ich meine Kleidung, lege Puder und Lippenstift auf. Er fährt mich noch ein Stück in meine Richtung. Wir verabreden uns in ein paar Tagen und dann stehe ich auf der Straße, sein Auto fährt davon und ich atme die frische Luft, die Erleichterung schafft. Irgendwie taumle ich nach Hause, betrete die eheliche Wohnung und mein Gewissen plagt mich. Ich tröste mich damit, daß Knutschen noch keine Sünde sei, dabei habe ich ja meinen Mann schon längst in Gedanken betrogen.

„Na, wie war dein Tag", werde ich gefragt. „Ganz gut, wir hatten eine gute Probe. Ich habe heute meinen Tourneeplan bekommen", antworte ich etwas unsicher. Dabei schaut mich Gregor anders an, als sonst.

Gregor hat den siebenten Sinn, läßt sich aber nichts anmerken. „Da hat jemand angerufen und als ich dran war, wurde aufgelegt, kannst du dir denken, wer das gewesen sein könnte?" Ich weiche seinen Blicken aus, wie ein Hund, der die Wurst geklaut hat. Dabei schießt mir die Feuerröte ins Gesicht. Sascha kommt irgendwie dazwischen und das Spannungsfeld ist für eine Weile aufgehoben. Ich gehe in die Küche und koche für den nächsten Tag das Essen. „Der Wäschekorb ist bis zum Rand voll und morgen brauche ich ein weißes Hemd fürs Konzert", werde ich ermahnt. „Ja, ja", antworte ich etwas gereizt, rühre in meinem Kochtopf und bin mit den Gedanken ganz woanders. Die Suppe blubbert große Blasen. „Bloß die nicht auch noch anbrennen lassen", denke ich und lege den Kochlöffel neben dem Herd auf den Tisch. Und schon ertönt hinter meinem Rücken die belehrende Stimme. Ich zucke zusammen: „Ich würde dir empfehlen, einen Teller unter den Löffel zu legen, dann bleibt der Tisch sauber und außerdem hast du mein Messer wieder nicht abgewischt und es hat Rost angesetzt".

Sascha rennt zwischen Küche und Kinderzimmer hin und her und wir machen Faxen. Dabei biegt er sich und fällt vor Lachen auf den Fußboden. Dann fordert Gregor auch ihn auf, sein Kinderzimmer aufzuräumen.

Mein Schwiegervater kommt in die Küche und fragt, wann es denn Essen gäbe. Dann sitzen wir am runden Tisch in der Küche und essen Abendbrot. Ich habe gar keinen Hunger, mir ist der Magen wie zugeschnürt. Nach dem Essen diskutieren die beiden Männer über Politik. Das kann Stunden dauern. Ich mache derweil den Abwasch und fülle die Waschmaschine mit Wäsche. Sascha bringe ich gegen 20.00 Uhr ins Bett. Ich sitze auf der Bettkante und erzähle die Geschichte von dem Mann, der sieben Söhne hat. Die sieben Söhne fordern den Vater auf, eine Geschichte zu erzählen und der fängt an: Es war einmal ein Mann, der hatte sieben Söhne und die sieben Söhne sagten, Vater, erzähl uns mal eine Geschichte. Da fing der Vater an... Sascha kann kein Ende finden. Wie hypnotisiert lauscht er der Endlosgeschichte, nimmt seinen Daumen in den Mund und schläft ein. Manchmal beobachte ich ihn dabei. Vor dem Tiefschlaf schaukelt er mit seinem Kopf hin und her und ich überlege, was die Ursache sein könnte, ob ich etwas falsch gemacht habe. Immer dieses schlechte Gewissen, das wird mich mein Leben verfolgen... Wenn alle im Bett liegen, gehört mir der Rest des Tages. Wie jeden Abend bin ich die Letzte und putze das Waschbecken, weil mein Schwiegervater sein künstliches Gebiss gebürstet hat und die Essensreste überall sichtbar kleben. Jeden Abend die selbe Prozedur, ist das eklig.

Sascha kommt von der Schule nicht pünktlich nach Hause. Dabei wäre es gerade heute wichtig, denn wir haben am Abend ein Konzert in der Kirche. Ich singe zwei Kantaten von Johann Sebastian Bach. Die Anspielprobe ist um 18.00 Uhr. Am Nachmittag rufe ich bei den Familien an, bei denen Sascha manchmal mit Kindern spielt, ohne Erfolg. Draußen ist es schon ganz dunkel und es regnet. Gegen 17.00 Uhr rufe ich bei der Polizei an. Die ist auch nach wenigen Minuten zur Stelle. Ein netter Kommissar in zivil nimmt das Protokoll mit der Beschreibung der Bekleidung auf. Mir versagt fast die Stimme. Minuten später fährt ein Polizeiauto die Straßen ab und aus dem Vibraphon ertönt die Suchmeldung. Ich stehe am Fenster und wünsche mir flehentlich das Erwachen aus einem bösen Traum. Das geschieht auch prompt mit der Klingel an der Wohnungstür. Pitschenaß steht der kleine Bube vor der Tür und plappert, daß er einen schönen Spielnachmittag bei seinem neuen Freund hatte, auf den ich nie gekommen wäre. Ich müßte schon längst in der Probe sein und anstatt mich zu freuen, gehen mit mir die Nerven durch. Ich lege ihn übers Knie versemmle ihn mit der Hand. Dann bin auch ich pitschenaß. Gregor kommt mit einem Kleiderbügel und dann gibts die zweite Abreibung. Der nette Kommissar sieht noch mal vorbei und nimmt den verstörten Ausreißer zwischen die Knie ins Gebet. Heute muß Opa ihn ins Bett bringen. Ich greife irgendeinen festlichen Fummel und wir stürzen aus dem Haus. Um 19.00 Uhr kommen aus meiner Kehle Wimmertöne, die nach Bach klingen sollen. Das war Profidilettantismus im Höchstformat. Der Angstschweiß rinnt mir den

Rücken runter. Die Zuhörer im Gemeindesaal merken nichts und bedanken sich artig für das gelungene Konzert.

Mit dem Tanzensemble der DDR fahre ich auf die entlegendsten Klitschen. Wenn wir mit dem großen Reisebus in Richtung Leipzig fahren, bekomme ich immer Beklemmung. Die Luft ist von den Chemiebuden gelb-braun gefärbt, besonders bei Espenhain stinkt es erbärmlich nach faulen Eiern. Trotzdem bauen die LPG-Bauern Kohl und anderes Gemüse an. Ich frag mich nur, wer das Zeug fressen soll. Im Sommer finden unsere Folklorekonzerte im Freien, meist auf Waldbühnen statt. Bei Brot und Bockwurst, mit der Pulle Bier in der Hand, steht die werktätige Bevölkerung auf dem Rasen und freut sich, daß endlich mal was los ist. Eine zahnlose Gestalt, dessen Alter ich nicht festmachen kann, winkt uns schwankend zu und grölt mit.

Meine Kollegen sind eigentlich ganz nett. Unser Tenor ist stockschwul und wir biegen uns vor Lachen, wenn er meint, daß er heute so „hochleibig" sei, was immer das auch ist. Manchmal kommt er schlecht gelaunt in die Probe und dann sind wir so frech und fragen ihn, ob er wieder seine „Periode" habe. Das nimmt er uns nicht übel, irgendwie hat er so eine Art Selbstironie, die ihn souverän macht. Obwohl er tierisch knödelt, wird er geachtet. Er hat gute Manieren und kann sich vor Lachen ausschütten. Er wohnt in einer Neubauwohnung, gegenüber dem Tierpark Friedrichsfelde und meint, er fühle sich im oberen Stockwerk ein bisschen wie in Manhattan, wenn er abends aus dem Fenster schaue und die Lichter der Großstadt „fluten". New York kenne ich ja auch nur vom feindlichen Fernsehsender, aber ich bin mir sicher, das er da etwas untertreibt.

Vor einiger Zeit hat sich bei uns ein Bassist beworben. Ich bin schon gespannt, wie der wohl aussieht. An einem Montag wird der Neue zur Probe erwartet. In der Regel sehen

Bassisten sich ähnlich, haben einen Bauch, schütteres Haar und eine sonore Sprechstimme. Wenn sie einen Raum betreten, so meint man, sie erschienen gleich im Doppelpack. Ich bin die Erste im Probenraum. Nach einigen Minuten steckt ein bärtiger Mann seinen Kopf in die Tür. Das muß er sein, denke ich. Er hat in der Tat schwarzes, schütteres Haar, lustige blaue Augen, und einen kleinen Bauch. Er trägt schwarze Klamotten und unter seinem Arm eine abgeratzte Ledertasche. Der gefällt mir sofort. Schnell wird mir klar, daß das der Beginn einer Beziehung werden wird, die mich nicht so schnell losläßt.

Es ist Hochsommer 1982. Gregor hat schon Betriebsferien und fährt mit Sascha in den Urlaub voraus. Ich habe noch eine Tournee in den Süden unserer Republik und werde in zwei Tagen nachfahren. Der Graumelierte ruft mich an und lädt mich zu sich in seine Wohnung ein. Seine Frau ist ebenfalls für einige Tage mit den Kindern weggefahren. Das trifft sich gut, stellen wir gemeinsam fest. Ich soll in seiner Wohnung für ihn kochen, so sein Wunsch. Das kann ich schon einigermaßen gut, was sich in der Zwischenzeit bereits bis zu ihm herumgesprochen hat. Mit den Zutaten in einem Weidenkorb betrete ich einen Nobelwohnblock in der Leipziger Straße. Ich habe Mühe, den Namen an den Klingelknöpfen ausfindig zu machen, zu viele Menschen wohnen hier. Ganz aufgeregt betrete ich die Luxusbehausung für Privilegierte. Die Wohnung ist riesig. Mittelpunkt sind zwei große Zimmer, die man mittels einer Schiebetür zum Riesenzimmer umfunktionieren kann. Die Anbauwand aus Rumänien ist das Prachtstück dieses Zimmers. Nur die ollen Ossis wissen noch, wie schwer es war, eine solche zu ergattern, auch das wieder nach dem Bück-dich-Prinzip und dem Extraschein, der in den Kittel des Möbelverkäufers diskret verschwand. Die Essecke ist auch „rustikal" aus Rumänien. Der Professor hat eben einen „erlesenen" Geschmack und freut sich, daß es mir gefällt, jedenfalls gebe ich ihm das Gefühl. Die Wohnung verfügt über zwei Bäder und einer Gästetoilette. Dieser Komfort beeindruckt mich. Die Küche hat kein Fenster und schließt sich an das Wohnzimmer an. Eine Durchreiche aus braunem Glas trennt die Räumlichkeiten und ahmt Butzenscheiben nach, das amüsiert mich wiederum sehr. Das passt zusammen, das hat sozialistischen Charme.

Wir essen in der rumänischen Ecke. Ich weiß, das ich heute so richtig fremdgehen werde. Ich will das auch. Der Mann gefällt mir, er beschützt mich in seinen starken und dominanten Armen. Ich will heute mit aller Macht genommen werden. Nach dem Essen schlägt er mir ein Schaumbad in dem schönen Bad vor. Ich schmücke die Badewanne mit Kerzen und die gefüllten Sektgläser perlen im flackernden Schein. Mein langes Haar schlängelt sich an der Wasseroberfläche und er findet, daß ich wie eine kleine Nixe aussehe. Das hat Poesie und ich kuschle mich rücklings in seinen Schoß. Seine starken Hände gleiten über meine Brüste und er küßt meinen Nacken. Er überschüttet mich mit Komplimenten, die ich von einem Mann schon lange nicht mehr gehört habe. Es schmeichelt und tönt in meinen Ohren. Ich bin leichtsinnig, auf einer kleinen Glücksinsel.

Wir trocknen uns gegenseitig die Körper und ich stutze, weil bei ihm noch alles im Verborgenen bleibt. Dann zieht er mich in sein Bett, überschüttet mich mit Küssen und mir ist, als hätte er tausend Hände, die mich verwöhnen. Noch immer regt sich bei ihm nicht das Geringste, obwohl ich mit meinen Künsten auch nicht gerade einfallsarm bin. Dann bittet er mich, den kleinen Schrank neben seinem Bett zu öffnen. Artig folge ich seiner Aufforderung. Ich öffne die Tür und entdecke ein Sammelsurium an Gegenständen, die ich nur aus meiner Kindheit kenne. Eine Peitsche und einen Lederriemen kann ich bei dem Licht wage ausmachen. Mit einem Schlag, als würde man einen Eimer kalten Wassers über den Kopf geschüttet bekommen, kippt mein Glücksgefühl um. Schläge habe ich von meinem Vater bekommen, austeilen kann ich sie nicht, auch wenn sie einem ganz anderen Zweck dienen sollen. Schnell greife ich meine Sachen zusammen und wenige Augenblicke später verlasse ich fluchtartig diese Hölle. Ich stehe einige Augenblicke später im neonbeleuchteten Fahrstuhl und bin froh, eigentlich meinem Mann treu geblieben zu sein.

Der Urlaub mit meiner kleinen Familie belohnt mich. Der Sommer ist warm und für einige Tage bin ich unbeschwert, wenngleich mein Verhältnis zu Gregor getrübt ist. Wir reden viel über uns und er sagt mir auf den Kopf zu, was er schon lange gespürt hat. Groß abstreiten bringt auch nichts, aber ich versichere ihm, nicht mit dem anderen Mann geschlafen zu haben. Im eigentlichen Sinne habe ich das ja auch nicht. Mein Heiligenschein hat nur eine kleine Blessur, rede ich mir ein. „Wenn eine Porzellanschüssel auch nur einen kleinen Sprung hat, ist sie nicht mehr das, was sie einmal war", konsterniert mein Mann. Darauf habe ich einfach nichts entgegen zu setzen.

    Ein paar Monate werden vergehen und ich entdecke in seiner Brieftasche ein Paßfoto. Irene heißt die junge, 18 jährige Dame und somit steht es für uns 1 : 1. Da hat er es mir aber gegeben. Sie ist schön und will Kunstmalerin werden. Der Eifersuchtsstachel sticht mir bis ins Mark. Hochmut kommt eben vor dem Fall. In meiner Verzweiflung fange ich wieder an, Gedichte zu schreiben. Ich heule mir die Augen aus und gefalle mir in meinem Leid. Jetzt schlafen wir auch wieder miteinander. Ich will zeigen, daß ich die Stärkere bin. Ich gewinne den Kampf und für einige Zeit beginnen wir da, wo wir geendet hatten.

Ich sitze am Schreibtisch, bin vom Rotwein benebelt. Eine Wachskerze flackert und mit schöner Tintenschrift schreibe ich:

Für Gregor

Jahre der Zweisamkeit
entstanden aus dem Absoluten
den rosa-roten Illusionen
Du wolltest aus mir das machen
was deinem Ideal entsprach
Jung und noch biegsam
ergab ich mich dir
ohne Vorbehalt, ohne Zweifel
Schaute auf dich, den Unbeirrbaren
Der Sockel deiner Lebenserfahrung
war meine Religion
Ich war ein Stück von dir
ohne dich konnte ich nicht sein
Mit den Jahren lernte ich
das Selbstartikulieren
mein Erlebniskreis gab mir dazu Gelegenheit
Da steht die Frage nach Anpassung
oder Eigenständigkeit
Losgelöst nun von Unselbstständigkeit
gelangte ich zu neuen Dimensionen
gezeichnet von Erfahrungen und gereift,
nicht mehr orientierungslos,
begebe ich mich in eine neue Zeitenwende

Sascha ist häufig krank. Er hat entzündete Ohren. Sein Kopfkissen hat nach dem Schlafen gelbe Flecken. Ich sage ihm, daß das Hühnersuppe sei und dann lacht er sich kaputt. Oft sitzen wir in der HNO-Ambulanz der Charité und warten bis zu drei Stunden, bis wir gnädig aufgerufen werden. Ich habe Glück, denn der behandelnde Professor, der auch Phoniater ist, betreut die Sänger der ganzen Republik. Alle Berühmtheiten kommen zu ihm und lassen sich behandeln. Zu meiner Studienzeit hat er bei uns Gesangsstudenten Vorlesungen in Stimmphysiologie gehalten. Nur dieser Beziehung ist es zu verdanken, daß Sascha bei ihm in den besten Händen ist. Der Halbgott in weiß ist sich seiner Position sehr bewußt. Er mag nur schöne Frauen und sucht sich seine Patienten persönlich aus. Ich habe unfreiwillig Glück. Er operiert Sascha an den Ohren und entfernt gleichzeitig die Rachenmandeln. Jeden Tag gehe ich Sascha besuchen. Er sitzt auf dem Fensterbrett und wartet auf mich. Die Süßigkeiten, die ich für ein paar Forumschecks im Intershop erstehe, werden von den Krankenschwestern ohne zu fragen weggenommen. Angeblich werden sie an die anderen Kinder verteilt, so berichtet Sascha. Ich vermute, daß die in die Taschen der Krankenschwestern verschwinden und stelle die Schenkung wieder ein. „Warte, bald bist du ja wieder zu Hause und dann ist alles für dich", tröste ich meinen kleinen Jungen. Er klammert sich an mich und weint. Ich habe Mühe, loszukommen und verspreche, morgen wieder pünktlich zu sein.

Zu Hause angekommen, berichte ich Gregor von meinem Besuch und frage ihn, wann er denn gedenke, Sascha zu besuchen. Er wehrt mit der Hand ab und meint, daß es genügen würde, wenn seine Mama ihn besuche. Schließlich wäre er durch meine Berichte voll informiert. Ich fühle mich so allein gelassen und habe eine Stinkwut auf ihn. Diese Kälte schlägt mir ins Gesicht.

Am schlimmsten ist für mich die Zeit, wo Sascha mit Verdacht auf einen Hirntumor im Bucher Krankenhaus zwei Wochen verbringen muß. An einem Abend im November habe ich die größte Angst in meinem Leben. Sascha hat hohes Fieber und verliert das Bewußtsein. Ich rufe den Krankenwagen, der nach 5 Minuten erscheint. Es regnet unaufhörlich. Ich sitze mit meinem Kindbündel im Auto und die Fahrt dauert eine Ewigkeit. Das EEG am nächsten Tag ist nicht gut und so werde ich mit dem grausigen Verdacht konfrontiert. Auf der Heimfahrt mit der S-Bahn zittre ich wie Espenlaub und die Landschaft huscht wie ein Gespenst an mir vorbei. Manchmal fahre ich mit meinem Fahrrad von Pankow nach Berlin - Buch. Der Schneeregen peitscht mir ins Gesicht und wenn ich bei der Glätte in den Matsch falle, habe ich Gregor gegenüber böse Gedanken, schließlich könnte er mich mit dem Auto zu unserem Sohn fahren. „Ich muß so schnell wie möglich meine Fahrerlaubnis machen, hämmert es in meinem Kopf. Gregor bleibt sich seinem Versprechen treu, „Betrachte dich als alleinerziehende Mutter"!

Herr Scherz, im ersten Stock, ist Fahrschullehrer und gleichzeitig unser HGL-er (Hausgemeinschaftsleitung). Bei der nächsten Versammlung bittet er mich, doch ein Amt übernehmen zu wollen. Da sich sonst keiner findet, bin ich bereit, eines zu übernehmen, natürlich nicht ohne Hintergedanken, denn eine Hand wäscht im Sozialismus die andere. Mein Plan geht auf. Da man sich für die Fahrschule in der Milastraße anmelden und Jahre warten muß, gelingt es mir, in wenigen Wochen, meine Fahrprüfung zu absolvieren. Herr Scherz schwärmt ein wenig für mich und legt manchmal seine Hand beim Fahren auf mein Knie. „Na ja", denke ich, „ wenns hilft und wenn er das braucht". Ich halte ansonsten Distanz, bleibe aber für ihn die unerreichte Begierde. Da Gregor sich einen Dacia zulegen will, überläßt er mir unseren Trabbi. Jetzt bin ich beweglich und fühle mich etwas freier, denn das ist mein erster Schritt, unabhängiger zu werden.

Der Verdacht auf eine teuflische Krankheit bestätigt sich nicht. Der Oberarzt hat sich Gott sei Dank geirrt. Den vierten Geburtstag von Sascha können wir nun unbeschwert feiern. Wie anstrengend das sein kann, weiß jede Mutter. Topfschlagen macht einen höllischen Lärm und auf meinem Kleid klebt ein Sammelsurium an Essensresten, die mir die vielen Patschehändchen aufgestempelt haben. Meine Eltern sind auch gekommen und sind eingeschnappt, weil sie in dem Durcheinander nicht so recht zum Zuge kommen. „Nehmt euch doch wenigstens an diesem Tage mal nicht so wichtig", fauche ich sie an. Bald darauf gehen sie und das schöne Kinderchaos nimmt seinen weiteren Verlauf. Gregor hat sich auch nur im Hintergrund bewegt und hat seine Nerven tüchtig geschont. Es ist später Abend, ich sitze in meinem Zimmer und greife zur Feder:

Geschehener Kindergeburtstag

Da liegst du nun, mein Kind
Bist erschöpft von Spaß und Spiel
Und schläfst ruhige Kinderträume
Der Lampionmond schaukelt grinsend
Am Girlandenband, als wollte er sagen
Siehst du, hast an so viele Kleinigkeiten gedacht
Deine Hände fanden keine Ruh
Hast deine Mutterträume in den Tag gewebt
Und jetzt ist alles leer
Leere Flaschen, leere Schüsseln
Leere Räume, leerer Kopf
Die Uhren ticken plötzlich lauter
Eine Zigarette verschafft Kurzweil
In der Ecke buntes, zerknülltes Papier
Und darüber hinweg geworfen ungeduldig
Aufgezerrtes Geschenkband in blau

Was wird die Zeit noch für Jahrestage bringen
Eh du groß und stark bist
Allein dich in die Welt zu schwingen

Das Tanzensemble unterhält einen Freundschaftsvertrag mit der Flottille der Nationalen Volksarmee. In Abständen besucht uns ein Genosse, hält Diavorträge und schildert uns mit glühenden Augen in Hochsächsisch, daß die Genossen zu Wasser immer auf der Hut seien, den Anfeindungen des imperialistischen Gegners entgegen zu treten und unsere Heimat zu schützen. Da wird mir speiübel und ich verlasse demonstrativ den Saal. Am nächsten Tag werde ich zu meinem Intendanten bestellt. „Frau Buntrock was haben sie sich eigentlich dabei gedacht, den Diavortrag zu stören?",fragt er mich und nestelt nervös an seinem Dederonschlips. Ich antworte wieder mit meinem Standartsatz, daß ich Pazifistin sei und ergänze, daß mir meine Zeit zu schade sei, mich mit so einem Schwachsinn zu befassen. Ich bitte ihn, mich in Zukunft von diesen Veranstaltungen befreien zu wollen. Er sieht mir nicht in die Augen und stammelt was von: „Da muß ich ihnen aber eine Tagesgage von ihrem Gehalt abziehen." „Das ist in Ordnung", antworte ich nur, stehe auf, gebe ihm die Hand und bitte ihn nochmals, mich in Zukunft von solchen Veranstaltungen verschonen zu wollen und verlasse kurz und bündig meinen verdatterten Vorgesetzten.

Das Tanzensemble der DDR fährt nach Rathenow. Dort gibt es ein ziemlich großes Kulturhaus. Ich freue mich riesig auf diese Tournee. Mein neuer Kollege, sitzt im Reisebus neben mir. Die Fahrten vergehen schnell, weil wir immer am Reden sind, über unsere kleine Welt ganz tief drinnen in uns und den ideologischen Scheiß um uns. Die Kollegen und die Leitung des Ensembles sehen unserer Verbindung mit Argwohn zu. Die ideologisch angepassten Kollegen entwickeln eine eigenartige Beziehung zu uns. Mathias und ich zeigen, was wir von der sozialistischen Gesellschaftsordnung halten. Über alles machen wir uns lustig und das verunsichert unser Kollektiv. Schon unsere schwarze Kleidung muß auf unsere Umgebung provozierend wirken. Wir kommen uns ziemlich albern vor, wenn wir im Folklorekostüm über die Bühne hopsen müssen. Ich im Dirndl und er in Pluderhosen und Lederschürze.

In Rathenow angekommen, betreten wir unsere Garderobe, stellen die Taschen ab und gehen erst mal in die Stadt, denn bis zur Vorstellung, bzw. Anspielprobe ist noch genug Zeit. Wir haben Hunger und entdecken eine Kneipe, über deren Schwelle die anderen Kollegen nie einen Fuß setzen würden. Hier sitzen abgewrackte Gestalten, die mit dem Leben schon irgendwie abgeschlossen haben. Die deformierten, vom Alkohol gezeichneten Gesichter starren durch das Bierglas hindurch, als suchten sie in der Glaskugel einer Wahrsagerin das verlorene Glück. Der beißende Qualm der Zigaretten tanzt im Schein der Neonröhren einen Totentanz und verfängt sich stinkend in unseren Klamotten. Eine zahnlose Gestalt glotzt zu uns herüber, als seien wir Wesen aus einer anderen Welt. Wir setzen uns in eine Ecke und warten, bis eine Küchenfrau mit schmieriger Schürze aus einer Futterluke guckend meint, daß man sich das Essen per Selbstbedienung zu bestellen habe. Hier gibt es sowieso nur Bockwurst mit Brot und Brot mit Bockwurst und so fällt die Entscheidung nicht schwer. Ein schales Pilsator ohne Schaum löscht halbwegs den Durst. Vor lauter Verzweiflung schütten wir uns einen Goldbrand in die Birne. „Wo kommt´n ihr her?", fragt uns lallend die zahnlose Gestalt. „Aus Berlin", antwortet Mathias. Der Mann winkt ab, als wäre dies das Letzte, was er jetzt hören will. Wir wissen, daß die Berliner zu den Privilegierten gehören. In der Hauptstadt kann man eben Sachen kaufen, die es anderswo nicht gibt, wie zum Beispiel Kukoreis (Kurzkochreis) und Tempolinsen, die man nicht mehr einweichen muß.

Die fettige Wurst liegt wie ein Stein im Magen und muß mit einem Schnaps neutralisiert werden. Die Kaschemme dreht sich wie ein Karussell und wir fangen zu lachen an. Das ist jenes Lachen, wenn man nicht mehr weiß, warum man eigentlich lacht. Wir zahlen, verlassen dieses Panoptikum und gehen schweigend zu unserer Probe. Ich hake mich bei Mathias ein und alles ist plötzlich so leicht. Die verrotteten Fassaden der Häuser schreien nach Farbe, irgendwo huscht eine Katze über den rissigen Asphalt. Eine traurige Gestalt, die eher einem Pinscher ähnelt, guckt aus dem Fenster, deren Scheiben schon lange keinen Putzlappen gesehen haben. Wir fassen uns an den Händen, laufen, albern und lachen. Die Welt kann uns mal gerne haben. Außer Puste, kommen wir auf die Bühne, noch rechtzeitig zur Anspielprobe. Wir haben rote Gesichter und die Kollegen denken sich wieder ihren Teil, zu gerne wüßten sie, was wir wieder im Schilde geführt hatten.

Während der Vorstellung haben wir Mühe, ernst zu bleiben. Die Bühne ist hell, die schwarze Masse unten klatscht nach jedem Lied. „Heimat, du meine Heimat". Monika, unsere Ansagerin, kommt hoheitsvoll mit einem Ährenstrauß aus Plaste auf die Bühne und rezitiert mit hoher Sprechstimme ein Gedicht. Wir stehen in der Gasse, das ist der Bereich links und rechts hinter der Bühne. Maria, eine Sängerin im gesetzten Alter, ermahnt uns, etwas leiser zu sein, denn schließlich müßten wir uns vor unserem bevorstehenden Auftritt konzentrieren. Dabei fällt ihr in diesem Moment auf, daß Mathias eine falsche Hose angezogen hat, die nun wirklich nicht zum übrigen Kostüm paßt. Hinter der Bühne gibt es nun Stress. Eine Garderobiere bringt eilig die passende Hose und auf einem Bein hüpfend, steigt Mathias hektisch in das eine und andere Hosenbein und mir läuft vor Lachen die Schminke übers Gesicht. Jetzt sind wir auch schon dran. Der Dirigent hat einige Sekunden zu lange den Taktstock hochgehalten und auf uns gewartet. Unser Quartettgesang wird zu einem Duettgesang. Weil uns vor Lachen die Stimme wegbleibt, müssen sich der Tenor und die Sopranistin allein durch das sozialistische Heimatlied kämpfen. Eine witzige Bratscherin aus dem Orchester fragt uns am Ende der Vorstellung, warum es auf der Bühne heute so „mager" geklungen habe...

Nach der Vorstellung beziehen wir unser Hotel. Im Hotelrestaurant ist Tanz. Da müssen wir unbedingt hin. Nicht so sehr um zu tanzen, Leute beobachten, das bereitet uns stilles Vergnügen. Wir werden auch nicht enttäuscht. Die Frauen und Männer aus Rathenow und Umgebung, haben sich schick gemacht. Die Männer tragen Anzüge aus Polyester, die Frauen Kleider, aus ebensolchem Material. Blusen aus Lurex in Gold oder Silber sind ganz modern. Bei diesem Garngemisch versagt das Deodorant garantiert. Auch die Frisuren, besonders der Damen, haben ihren spezifischen Schick. Oben Dauerwelle und die Haare im Nacken länger und glatt, sind der Renner. Die Männer tragen die Haare nach hinten gekämmt, etwas fettig, die Koteletten lang und aus der Gesäßtasche lugt der Kamm hervor, der die Pracht in Abständen korrigiert.

Die Tische sind weiß eingedeckt mit Servietten und Porzellan. Auf jedem Tisch steht eine Vase mit kleinen Nelken. Die Kellnerin trägt eine weiße Dederonbluse, einen schwarzen, engen Rock und das berühmte Spitzenschürzchen. Sie reicht uns die Speise- und Getränkekarte. Wir bestellen Steak mit Bratkartoffeln und Letscho, zuvor ein Ragout fin mit Toast. Heute besaufen wir uns mit Cottano, einem süßen Gesöff mit einem Spritzer Zitrone. Die Combo spielt West- und Ostmusik und hält sich nicht so sehr daran, daß das Verhältnis 60 zu 40 Prozent eingehalten wird. Mathias fragt mich, ob ich Lust hätte, zu tanzen. Ich habe sogar große Lust und eng umschlungen vergessen wir das Drumherum. Ich sauge mich an seinen Lippen fest, als hätte ich Angst, auf einem Schiff unterzugehen. Sein schwarzer Vollbart riecht holzig und ledern, seine Hände lassen mich nicht mehr los. Wir tanzen immer weiter und erst als die Musik gegen 1.00 Uhr verstummt und die Kellner die Stühle auf die Tische stellen, merken wir, daß wir allein auf der Tanzfläche sind. Wir tanzen ohne Musik, nach unserem eigenen Rhythmus. Erst als uns eine freundliche Stimme auffordert, daß die Veranstaltung zu Ende sei, gehen wir auf unsere Zimmer. Wir nehmen uns eine Flasche Wein mit und gehen in die obere Etage. Unsere Zimmer sind spartanisch eingerichtet. Die Duschen befinden sich auf dem Gang. Mit Seife und Handtuch bewaffnet, wollen wir uns erfrischen. Die Türen der Duschräume sind ausgehängt. Auf einem Schild lesen wir: „Liebe Hotelgäste! Wir bitten Sie um Verständnis, daß die Türen ausgehängt sind. Der desolate Zustand machte es leider erforderlich, daß die Türen sich einer Reparatur unterziehen müssen. Die Hotelleitung." Andere Gäste haben nach diesem Tanzabend auch das Bedürfnis und trotten mit dem Handtuch über dem Arm enttäuscht von dannen. Uns hingegen reizt die Situation. Wir machen daraus eine Performance und duschen splitterfasernackt, seifen uns gegenseitig den Rücken, pfeifen und singen, wie man das unter einer „ordentlichen" Dusche so macht.

Mathias wohnt in einer sogenannten Kochstube in der Alten Schönhauser Allee. In den Kochstuben haben vor und nach dem Krieg ganze Familien gehaust. Das Zimmer ist etwa 18 Quadratmeter groß mit einem Kochherd in der Ecke. Die Toilette befindet sich eine halbe Treppe höher auf dem Treppenflur. Das Zimmer ist sehr gemütlich. Auf dem Fußboden liegt eine große Matratze und überall verteilt Bücher. Bücher, die schwer zu haben sind, vor allen Dingen russischer Autoren, wie Aitmatow, Bulgakow und Jewtuschenko. Rotweinflaschen, Gläser und Lebensmittel liegen irgendwo in den Regalen. Eine weibliche Schaufensterpuppe, die eine Gasmaske trägt, guckt mit traurig-starren Augen in die Weltgeschichte. Manchmal gehen wir zwischen zwei Proben hinauf in den vierten Stock. Ich setze mich auf die Matratze und Mathias geht an sein schwarzes, etwas verstimmtes Klavier, deren Tasten er mit Reißzwecken gespickt hat und spielt mir seine Kompositionen vor. Er schreibt auch Gedichte und beim Schein der Kerzen, die er auf dem Fußboden verteilt hat, lesen wir uns gegenseitig vor. „Ich hab Lust auf dich, will mit dir schlafen", er zieht die Aufforderung etwas weich in die Länge, wie die Dresdner das so tun und schon liege ich unter ihm. Er reibt seinen Körper gegen meinen und sein Kratzebart macht mein Gesicht feuerrot. Der Beischlaf ist heftig und kurz. Er muß nicht lang auf mich warten. Wir kommen meistens zusammen und lachen nach der Erlösung. Das macht so frei. Mathias findet meinen Bauch schön und verwöhnt mich mit Küssen und Liebkosungen. Dann steht er auf, um eine Zigarette zu holen. Ich schaue ihm nach. Er hat einen schönen Knackarsch, dessen Backen sich auf und ab bewegen. Mit einem Weinglas kommt er zurück, füllt seinen Mund mit Rotwein und presst seine Lippen auf die meinen. Ich sauge den Wein in mich hinein. Wir liegen eng umschlungen, gucken an die weiß gekalkte Decke und fühlen uns wie Gestrandete, die nur sich haben. Irgendwie ist das alles nicht von dieser Welt. Von weitem hört man die Straßenbahn quietschen und ich versinke in einen schweren Schlaf. Als ich wieder aufwache, sehen mich zwei Augen an, sie haben mich die ganze Zeit angeschaut.

„Ich muß gehen", sage ich etwas verlegen und er bittet mich, doch noch da zu bleiben. Übrigens ist er einer der wenigen Männer, die sich nicht gleich auf die Seite drehen und schnarchen. Ich winde mich aus seiner Umarmung und ziehe mich an. Ich bin so glücklich und leicht, weil ich jemanden habe, dem ich alles anvertrauen kann. Mathias bringt mich zur Tür. Ich drehe mich auf halber Treppe um. Da steht der nackte Mann und winkt mir durch den Türschlitz zu. Ich bin ganz ruhig, denn ich weiß, daß ich ihn schon morgen wiedersehe, bei den Proben und später auf den Tourneen.

Ich habe einen Freund, der immer für mich da ist.
Unsere nächste Tournee führt uns nach Schwedt, in ein großes Kulturhaus. Dort sollen wir vor Angehörigen der NVA uns wieder zum „Löffel" machen. Unser Intendant, der gleichzeitig Regie führt, rennt ganz aufgeregt auf der Bühne hin und her. Wir singen heute wieder Volkslieder im Dirndl. Tanzen werden wir auch - „Heissa Kathreinerle schnür dir die Schuh, schürz dir dein Röckele, gönn dir kein Ruh...". Die Vorstellung ist um 19.00 Uhr. Unten sitzen die Herrn Offiziere und die jungen Gefreiten. Während der Vorstellung ist es ziemlich laut. Als wir Sänger die Bühne betreten, ist es etwas ruhiger. Wir singen drei Lieder, Folklore aus der Börde, dem Erzgebirge und ein stolzes Heimatlied unserer sowjetischen Freunde. Wir geben unser Bestes. Unser Tenor schreit sich die Seele aus dem Leib, daß die Adern an seinem Hals hervortreten. Dann geschieht was unglaubliches. Einige Soldaten fangen zu pfeifen an, buhen uns aus. Ein Mutiger steht auf und geht. Nach und nach verlassen die Genossen den Zuschauerraum. Mathias braucht mich bloß von der Seite anzuschauen und schon bibbert mein Zwerchfell und ich steige aus, auch er steigt aus. Wie auf einem untergehenden Schiff wurschteln sich die anderen Zwei durch das Druschbalied. Mathias und ich stehen nur noch im Scheinwerferlicht und schütteln uns vor Lachen. Unsere Gesichter zucken verzerrt und der Schweiß fließt nur so runter. Als der Spuk vorbei ist, rennen wir hinter die Bühne und legen uns fast hin. Maria, die brave Künstlerin und Kollegin, redet auf uns ein, daß ein wahrer Künstler das auszuhalten hätte und ich entgegne ihr, ob sie auch weiter singen würde, wenn man ihr ein Ei an den Kopf schmeißen würde und das Eigelb über das Gesicht liefe. „Ja", meint sie sicher, „das gehöre zum Künstlerdasein dazu." Uns fällt nichts mehr ein. Am Ende der Vorstellung rennt der Intendant um uns herum, wie die Katze um den heißen Brei. Ich kann mir denken, was er am liebsten möchte. Er will uns

verwarnen, doch seine angekränkelte Autorität hält ihn davon ab. Außerdem weiß er genau, daß die sozialistisch, schmierige Folklore nur im Suff zu ertragen ist. Bei einer anderen Gelegenheit kommt er aber zum Zuge. In der Vorweihnachtszeit fahren wir mit unserem Ensemble über die Dörfer, in die abgelegensten Klitschen. Die Volkssolidarität meint es mit unseren Rentnern gut und spendiert ihnen ein Weihnachtskonzert bei Kaffee und Kuchen. Die Veranstaltungsorte sind meist die alten Tanzsäle der Dorfgaststätten aus der sogenannten guten alten Zeit. Die Lieder, die wir singen, sind eher weltlich. So wird aus heiligem Klang, seliger Klang und Christ und Gott kommen erst gar nicht vor. „Morgen kommt der Weihnachtsmann" und „Morgen Kinder wirds was geben" sollen die Weihnachtsbotschaften für die Alten sein. Auf ihre Lieder warten die Rentner vergebens. Mitten im Quartett „Süßer die Glocken nie klingen..." bekommt Mathias einen Niesanfall. Das war nicht beabsichtigt und wird als pure Provokation gewertet. Nun ist die Verwarnung fällig, für uns beide, weil ich mich wieder vor Lachen fast aufgelöst habe, die Autorität des Intendanten ist somit wieder hergestellt. Unsere Sopranistin hat eine schöne, helle Stimme und singt das Kinderlied „Die Blümelein sie schlafen schon längst im Mondenschein", dann muß ich heimlich hinterm Vorhang weinen, weil ich große Sehnsucht nach meinem kleinen Sohn habe. Ich mache mir Sorgen, ob er gut von der Kinderfrau versorgt wird.

Das kleine Glück mit Mathias dauert nur eine kurze Zeit. Er wird zur Reserve bei der NVA eingezogen. Er soll mit der Waffe in der Hand unsere Republik verteidigen und mir schwimmen die Felle weg. Meine dicke Haut bekommt Löcher vom Frust. Ich fühle mich einsam und verlassen und weiß nicht, wie ich das durchstehen soll...

Mein Mann und ich engagieren uns zunehmend im Friedenskreis in Pankow. Die jungen Frauen tragen indische

Baumwollkleider und die Babys trägt man in Tüchern am Bauch. Für 9,50 Mark tragen wir die sogenannten Jesuslatschen aus echtem Leder, einfach eine Kultsandale. Am Ärmel eines grünen Parkers ist bei manch Aufmöpfigen ein Aufnäher zu sehen, mit der Aufschrift „Schwerter zu Pflugscharen". Das sieht die Stasi gar nicht gern. Ich erlebe leibhaftig eine Festnahme unter der U-Bahnbrücke Dimitroffstraße, unweit der Currywurstbude „Konnopke", wie zwei Stasibeamte einen jungen Mann in eben diesen Parker in das kleine, verwahrloste, runde Häuschen, das noch heute so verwaist dasteht, reinprügeln. Was sich unter dem Krach der darüber befindlichen Hochbahn abspielt, kann ich mir nur wage vorstellen.

Durch die couragierte Mithilfe der Pfarrerin aus Pankow finden wir mit unserer Musik und mit meinen Texten eine gute Plattform zur Aufführung in der Kirche zu den „Vier Evangelisten". In unseren Wohnungen, vollgestopft mit Büchern und den Teetassen in den Händen, werden so manche Eier ausgebrütet, die der Stasi in den Nasen stinken. Unsere Mitmenschen können gut zwischen den Zeilen lesen und hören, jeder kleine Zwischenton wird sofort verstanden. Der Beifall bestärkt unsere Arbeit. Es ist der Balanceakt zwischen Andeutung und Direktheit, das Seil ist schmal und wackelt. Mit einem Bein steht man immer da, wo man eigentlich nicht hin möchte und dennoch: „Die Wahrheit, auch am Throne nicht verleugnen..."

Mein Sohn besucht den Kinderchor der Friedenskirche in Niederschönhausen. Der Kantor ist ein engagierter Mann, der die Menschen groß und klein, in seinen Bann zieht. Alle essen ihm aus der Hand. Er gibt Gregor und mir die Möglichkeit, bei ihm zu musizieren. Nach und nach spielen nun die Kollegen aus dem DEFA-Sinfonieorchester in Babelsberg bei kirchlichen Veranstaltungen.

Der Friedenskreis in Pankow trifft sich jede Woche. Gregor

und ich besuchen den Kreis oft, aber nicht regelmäßig. Stephan Hermlin ist in einer der nächsten Zusammenkünfte Gast. Gäste sind auch die Herren in den weißen Turnschuhen. Wie Gregor den staatstreuen Hermlin an die Wand redet, macht den kleinen Veranstaltungsraum, der brechend mit Menschen gefüllt ist, zu einer knisternden Hölle. Zwar verstehe ich nicht alles, aber ich spüre das Ticken einer Zeitbombe, die über uns lauert. Wera Wollenberg, eine junge, schlanke Frau, hat meine stille Bewunderung. Sie spricht zwar nicht sehr fließend, was ich ihrer Aufregung zuschreibe, aber sehr engagiert. Was sie sagt ist doch sehr mutig und couragiert.

Immer wieder hören wir von Menschen aus unserer unmittelbaren Umgebung, daß sie einen Ausreiseantrag gestellt haben. Das bohrt in unseren Köpfen. Meine Ehe mit Gregor hat die berühmte Einbahnstraße erreicht. In nächtelangen Gesprächen kommen wir zu dem Entschluß, eben durch so einen Ausreiseantrag einen Neuanfang und eine Chance für unsere Ehe zu finden. In den nächsten Nächten klappert Gregors alte Olympia-Schreibmaschine unseren Antrag auf Ausreise und Entlassung aus der Staatsbürgerschaft. Per Einschreiben wird der Brief zur Post gebracht und dann haben wir das Gefühl, daß es sich gänzlich ungeniert lebt...

Sascha kommt in die Schule. Die Schultüte ist fast größer als er und zentnerschwer. Alle Muttis und Vatis haben sich fein gemacht, denn schließlich will man einen guten Eindruck machen. Die Feierstunde in der Aula wird von älteren Schülern ausgerichtet. Lieder wechseln sich ab mit Gedichten, da hat sich seit meiner Einschulung nicht viel geändert. Danach gehen die Schüler in ihr Klassenzimmer und wir Eltern sollen auf dem Schulhof warten. Schon nach einigen Minuten kommt Sascha die große Treppe hinunter gerannt, bleibt auf halber Höhe stehen und sagt, daß es ihm so langweilig wurde und er nach Hause möchte. Mir steigt die Schamröte ins Gesicht und ich weiß nicht, ob ich darüber lachen oder weinen soll. Einige der Eltern amüsieren sich und dabei wollte ich doch nicht gleich am ersten Tag unangenehm auffallen. Das paßte wieder mal zu den Unangepaßten! Die Schule wird für uns zur Qual, die Zensuren bewegen sich im Mittelfeld. In Zukunft werde ich des Öfteren zur Lehrerin bestellt werden. Ich muß dann mit meinem Charme Dinge wieder in Ordnung bringen, die mein Sohn in Unordnung gebracht hat. Eigentlich ist er ein Kind, das vernünftig ist, wenn man mit ihm redet. Die Schule ist eine sozialistische Einrichtung, die wenig Freiraum für Individualisten bereit hält. Disziplin ist alles, Gehorsam die erste Pflicht. Sascha plappert immer im Unterricht dazwischen und wenn die Lehrerin ihn ermahnt, schneidet er Grimassen. Das kann sie gar nicht leiden. Der Apfel fällt eben nicht weit vom Stamm... Seit einiger Zeit besucht Sascha die Musikschule in Pankow. Auf einer winzigen 1/8 Geige spielt er mit seinen knubbeligen Fingern kleine Stückchen. Die Lehrerin ist sehr geduldig und nicht allzu streng. Das wird sich im Laufe seiner Ausbildung ändern.

Einige Zeit später treten wir mit unserem „Friedensprogramm" in der Kirche bei dem Kantor der Friedenskirche in Niederschönhausen auf. Nach dem Konzert werden alle Mitwirkenden beim Kantor und dessen Frau in das schöne, alte Pfarrhaus eingeladen. Die Wohnung ist so, wie man sich eine Wohnung in Kirchenkreisen vorstellt, mit alten Möbeln, Bildern und getöpferten Gegenständen. Es ist ein offenes Haus. Wir sitzen in großer Runde am großen Tisch und es duftet nach Knoblauch und frischem Brot. Nach dem Essen wird diskutiert. Hier können wir frei und offen reden, wie uns der Schnabel gewachsen ist. Hier haben wir keine Angst, hier sind keine unliebsamen Gäste. In der Runde sitzt ein junger, blonder Mann mit wachen, blauen Augen und sprühendem

Geist. Er hat mich im Konzert gehört und ist ein enger Freund der Gastgeber. Er sitzt neben mir auf dem bequemem Sofa und schaut mich von der Seite an, das kann ich, auch ohne hinzugucken, spüren. Seine Augen fixieren mich von der Seite und ich bin wie hypnotisiert. Manchmal berührt er mich, flüchtig mit seinem Bein oder seiner Hand, wenn er den Wein einschenkt. Etwas hilflos fragt er mich, was ich sonst so mache und daß das Konzert ihm sehr gefallen habe. Ich erzähle ihm, daß ich mich auf meine Ausreise vorbereite und einen Kurs an der Volkshochschule im Schreibmaschineschreiben belege, denn man wisse ja nicht, ob man das in der neuen Welt noch brauchen könne. Mein Gesicht glüht vom Wein und seinen Komplimenten. Gregor diskutiert mir gegenüber wieder über Gott und die Welt und merkt nicht, daß ich mich in einen Mann verliebt habe, der drei Jahre jünger ist als ich. Der Blonde reicht mir zum Abschied die Hand, länger als man es üblich tut und ich liege die ganze Nacht wach...

Dienstag, ein verregneter Nachmittag im Oktober 1984, der Schreibmaschinenkurs: Die Volkshochschule im Prenzlberg ist ein abgetakeltes, schönes Gebäude der Jahrhundertwende. Die Tür zum Unterrichtsraum ist weit geöffnet. Einige Frauen sitzen schon vor den schwarzen Kolossen aus Metall. Ich schleiche mich irgendwo in die zweite Reihe und setze mich ehrfurchtsvoll vor meine „Olympia". Meine Hände sind schon jetzt ganz feucht. Wenn eine Neue den Raum betritt, wird sie von den schon Anwesenden begutachtet. Dann betritt ein älterer, groß gewachsener Mann, unser Lehrer, den neonbeleuchteten Raum. Er hat Geheimratsecken und der Rest des schütteren Haares ist mit Pomade sorgfältig nach hinten gekämmt. Er stellt seine alte, lederne Aktentasche auf den Lehrertisch und beginnt pünktlich die erste Unterrichtsstunde. Wir müssen uns nacheinander vorstellen und als ich an die Reihe komme, muß ich fast darüber nachdenken, wie ich heiße. Er fragt uns auch nach unseren Beweggründen und dann schießt es mir heiß den Rücken runter. „Ich schreibe Gedichte", sage ich mit etwas zitternder Stimme. Daß ich vorhabe, in den Westen zu gehen und vielleicht meine Brötchen als Schreibkraft dort zu verdienen, ist mir zu blöd.

Im Takt klappern unsere noch ungeschickten Finger die Tastenkombinationen, die er uns mit seiner sonoren Stimme vorgibt. Es geht ziemlich gut und ich werde immer schneller und mutiger. Es macht einen irren Spaß. Er feuert uns an, geht durch die Reihen und lobt unseren Eifer. „Bitte den Papierlöser lösen", lispelt er am Ende des Kurses. Wir stülpen eine Kunststoffhülle über die Maschinen und das „Stühlehochstellen" macht einen höllischen Lärm. Nach dem Unterricht bittet er mich, noch einen Moment dazubleiben. Da geht wieder der Ruck durch meinen Körper und die heiße Welle zieht über meinen Rücken. Alle Frauen verlassen den Raum und ich stehe wie ein Zinnsoldat, die Hände an der Hosennaht. „Würden sie mich ein wenig in der organisatorischen Arbeit unterstützen?", fragt er mich. „Fünf Minuten vor Beginn des Unterrichts verteilen sie bitte die Papierbögen und wenn es irgendwelche Sorgen gibt, teilen sie es mir mit, ich würde mich sehr freuen". Auf die Harmlosigkeit war ich nicht eingestellt. Ich sage sofort zu, denn ich fühle mich sehr geschmeichelt, aber in meinem Hinterkopf pocht das ewige Misstrauen, die Vorsicht, die uns fast schon angeboren zu sein scheint...

Ich renne die Treppen hinunter. Auf der Straße schließe ich für einen Augenblick die Augen und atme die frische, feuchte Herbstluft ein. Ich öffne die Augen und sehe den blonden Kerl auf der anderen Straßenseite. Da steht er einfach unter einem schwarzen, altmodischen Regenschirm mit Holzgriff. Mir wabbern plötzlich die Knie und wie in einem amerikanischen Schwarz-weiß-Film gehen wir in Zeitlupe aufeinander zu und umarmen uns.

Herbst am Warteort
Die Gezeiten sind über uns gezogen
Der graue Asphalt reflektiert regennass
Sonnenkringel auf deine Haut
Vom Herbstlaub fallen schwere Tropfen auf uns
Die reife Kastanie knallt wollüstig aufs Pflaster
Liegt nackt glänzend, ganz ungeniert

Schon spüre ich das erste Ziehen in den Fingern
Vom Windgetöse, dein rotes Ohr
Die kleine Bude lädt ein zu heißem Trank
Und dann stehen wir mit unseren kleinen Öfen
in den Händen und warten auf irgend was...

Der etwas schüchterne Blonde lädt mich in ein kleines, gemütliches Café ein. Wie sitzen uns verlegen gegenüber, trinken einen „Kaffee-Holländisch", mit Eierlikör und Sahnehaube. Er erzählt mir, daß er ein kleines, altes Haus besäße, in Niederschönhausen. Er wisse nicht, was er damit anfangen solle. Es sei so armselig und fast unbewohnbar. Der Beschreibung nach vermute ich ein Haus, das Mitte des 19. Jahrhunderts gebaut ist. Ich möchte das Haus am liebsten gleich anschauen und überrede ihn, kurz hin zu fahren. Mit der Straßenbahn sind wir in 10 Minuten da. Gegenüber der schönen, alten Kirche steht es wie ein Waisenkind und meine Vermutung gibt mir recht. Die Fassade hat seit ewigen Zeiten keine Farbe gesehen. Fünf Fenster im Parterre und dem darüber liegenden Stockwerk blicken traurig in die Weltgeschichte. Zwei Tannen stehen wie Wachsoldaten davor, stolz wie die „großen Kerls". Der Hof ist mit meinen geliebten Katzenköpfen gepflastert. Der Blonde schämt sich etwas und schließt die alte Eingangstür auf dem Hof auf. Der Geruch eines alten, leerstehenden Hauses ist etwas ganz Besonderes. Es riecht nach Äpfeln, modrigem Holz und Möbeln, die Geschichten erzählen könnten, von Menschen, deren Amme die Armut gewesen ist, die sich zeitlebens nicht davon gemacht hat, hartnäckig, ohne Erbarmen.

Wir gehen durch alle Räume, bis unters Dach, wo die Schrägen sind. Mein Herz holpert, meine Wangen sind glühend heiß. „Was soll ich nur damit anfangen?", fragt mich dieser große Junge. „restaurieren", antwortet die kleine Frau und steckt ihre Hände in den Wollmantel, damit man das Zittern nicht sieht. Dann zeigt er mir das große Zimmer im Erdgeschoss. Es ist mit dunklen Herrenzimmermöbeln ausgestattet. Ein großer Bücherschrank steht an der rechten Wand. Vor den Fenstern thront ein Schreibtisch, auf dem Papiere durcheinander liegen, ein schwarzes Telefon, eine Kostbarkeit mit Wählscheibe, die sogar funktioniert und eine Nummer hat. Auf den Fensterbänken stehen verkalkte Blumentöpfe, deren Uraltpflanzen nach Wasser schreien. An den Wänden hängen Bilder in wuchtigen, dunklen Rahmen. Aus ihnen schauen seine Urahnen mit ernster Mine auf uns herab. Herab schaut auf mich auch er, er, der große Hände hat und Augen, die man liebkosen möchte. Er nimmt mich ganz weich und warm in den Arm. Wir küssen uns lange und seine Großmutter guckt aus dem Bilderrahmen zu. Wir lassen unsere Hüllen fallen, lieben uns auf dem Teppich und der Herbstwind fegt ums Haus...

Das Telefon wird von nun an unser stiller Beichtstuhl, geduldig im Ertragen von Liebesgeflüster und heimlichen Verabredungen. Nur manchmal hört man ein Knacken und weiß, daß es noch ein Ohr gibt, das mithört. Daran hat man sich längst gewöhnt.

Mein Gewissen plagt mich sehr, um so mehr, weil ich eigentlich mit meinem Mann ein neues Leben beginnen wollte. Ich frage mich, ob das gehen kann, mit so einem gewaltigen Schritt eine schon angekränkelte Ehe zu kitten. Und gerade jetzt, kommt mir der Blonde in die Quere, hüllt mich in warme Decken, hört mit mir bei Kerzenschein Mahlers Fünfte, den langsamen Satz und Chopin und will mir weismachen, daß es besser sei, hier zu bleiben, wenn man an diesem System was verändern wolle. Das sagt gerade er, der neun Monate wegen Republikflucht im Knast gesessen hat und trotz seiner Intelligenz darunter leidet, als Schlosser arbeiten zu müssen, weil er nicht studieren durfte, weil sein Vater einer Schicht angehörte, die Immobilien und Ländereien besaß und von der DDR enteignet wurde. Ein Liebesnest hat er gebaut, oben in der Mansarde mit Plattenspieler, Kerzen und Blumen aus dem altmodischen Garten in Kristallvasen. Immer wieder hören wir das Adagietto aus Mahlers Fünfter. Dabei hält er mich fest in seinen starken Armen, als müßte ich schon morgen fort. Mein Mann bekommt ziemlich schnell mit, daß ich ein Verhältnis habe, ich kann mich ja auch nicht mehr verstellen.

Ich erhalte eine schriftliche Vorladung vom Ministerium des Innern im Rathaus Pankow. An einem trüben Nachmittag sitze ich im Flur und warte, daß ich aufgerufen werde. Die Minuten werden zu Stunden und ich zucke zusammen, als ich meinen Namen wie durch Geisterstimme wahrnehme. Eine Mitarbeiterin bittet mich, Platz zu nehmen. Ich sitze ihr wie in einem Verhör gegenüber. Sie fragt mich nach meinen Beweggründen und ich kann immer nur das wiederholen, was ich schriftlich eingereicht habe. „Ich sehe in diesem Land keine Zukunft, ich möchte frei entscheiden, wie ich zu leben habe, möchte die Welt sehen und sagen, was ich denke." Das ist der Standardsatz, den ich mir zurecht gelegt habe und den ein jeder hier in diesem Land wie aus der Pistole geschossen aufsagen kann. Sie mimt die Verständnisvolle und bittet mich, meinen Schritt noch einmal überlegen zu wollen. Das habe ich, auch ohne ihre Aufforderung schon längst getan, kann es nur hier an dieser Stelle nicht eingestehen. Halbherzig gehe ich wenig später in die BRD-Botschaft. Hinter der Tür sitzen auf dem Fußboden viele Menschen, darunter Kinder, die die Botschaft besetzt halten. Ich steige über die Ausharrenden hinweg und übergebe meinen Ausreiseantrag an einen Mitarbeiter der Botschaft. Es ist ein dicker Briefumschlag mit einer Kopie und unseren Personalien an den Innenminister Lummer. Ich erhoffe mir dadurch einen gewissen Schutz. Die Prozedur ist in Sekunden erledigt. Gegenüber steht mein Trabbi auf einem Parkplatz und ich bin nicht überrascht, als mich zwei Stasileute in Empfang nehmen. „Bitte ihren Ausweis", werde ich höflich aufgefordert. Was ich wohl hier gewollt habe, brauche ich erst gar nicht erklären. Mir wird kein Haar gekrümmt, aber das weiß ich erst, als ich wohlbehalten in meiner Wohnung in Pankow eintreffe und mir einen Doppelten hinter die Binde kippe.

Mein Intendant lädt mich zu einem Gespräch ein. Neben ihm der Chefdirigent und unsere Kaderleiterin, eine „Zweihundertprozentige". Ich habe immer das Gefühl, als habe sie Angst vor mir. Sie wird übrigens nach der Wende einen gut situierten Beamtenposten bekleiden. Die Fragen nach meinen Gründen zur Ausreise werden von mir immer mit denselben Sätzen beantwortet. Mein Chef verspricht, mich zur nächsten Auslandsreise mitzunehmen, aber ich antworte ihm, daß ich das nicht glauben kann, nachdem er mich noch nicht einmal nach Ungarn hat reisen lassen.

Es ist schon möglich, daß die Stasi meinen Zerriss wittert, denn plötzlich bekommen Gregor und ich vermehrt musikalische Aufträge, die interessant und lukrativ sind. Im Schloss-Friedrichsfelde lädt der Ministerrat zu einem Essen für verdienstvolle Mitarbeiter ein. Wir sollen die musikalische Umrahmung übernehmen. Meine Quartettkollegen und ich proben eifrig festliche Musik, die der Veranstaltung einen würdigen Rahmen geben. Schön sehe ich aus an jenem Tag, im Kleid mit gewagtem Ausschnitt. Danach gibt es ein Buffet, zu dem wir Musiker auch eingeladen sind. Die Genossen scharwenzeln um mich wie Pfaue, die den Balztanz zelebrieren. Ein „ranghohes Tier" steht mit einem Teller in der Hand neben mir. „Ihre musikalische Darbietung hat uns sehr gefallen. Könnten sie sich vorstellen, bei ähnlichen Veranstaltungen die musikalische Umrahmung zu übernehmen?" Hilfesuchend schaue ich mich nach meinem Mann um. Der ist auch gleich wie „Superman" zur Stelle. In diesem Augenblick fällt dem Genossen das Schweinefilet vom Teller, das ich geschickt mit meinem Fuß unter den Tisch kicke. Wir lachen etwas gekünstelt und ich entgegne ihm kokett: „Ach sie meinen so etwas wie die Musiker, früher am Hof"! „Ja, so in der Art", erwidert er. „Ich werds mir durch den Kopf gehen lassen", sage ich mit vollem Mund und bekomme von ihm eine Telefonnummer in die Hand gedrückt.

Der „ranghohe Genosse" kommt mir telefonisch zuvor und lädt mich in ein schickes Lokal ein, wo man mal nicht platziert wird. Gut sieht er aus, der staatstreue Diener, graumelierte Schläfen, tadelloser Anzug aus dem „Ex" und überhaupt hat er gute Manieren. Er ist, glaube ich, ein bisschen verliebt. Er erzählt mir, daß seine Frau, die Chemikerin ist, einen schweren Arbeitsunfall erlitten hat, bei dem ihr Gesicht entstellt wurde. Eine traurige Geschichte, denke ich, aber warum sagt er das gleich am ersten Abend? Er macht Komplimente und küsst meine Hand. Die Aussicht, gut musikalisch ins Geschäft zu kommen, will er mir schmackhaft machen. Meine Reaktion ist etwas zurückhaltend und als ich das ganze Theater nicht mehr ertragen kann, platzt es aus mir heraus: „Ich muß sie enttäuschen, wir haben einen Ausreiseantrag gestellt". Ich kann mir nicht vorstellen, daß er diese Information nicht schon vorweg hatte. Er versucht, auf elegante Weise uns von diesem Vorhaben abzuhalten. Jedenfalls endet hier abrupt das Gespräch und sein Interesse ist plötzlich bei Null angelangt: „Wahrheit, auch am Throne nicht verleugnen..."

Einige Tage später klingelt bei uns zu Hause das Telefon. Ein mir unbekannter Mann stellt sich als Doktor der Biologe eines Instituts vor, das seinen Sitz in Berlin -Lichtenberg haben soll. Der Mann mit der sympathischen Stimme sagt mir, er sei für die Kulturarbeit verantwortlich und würde sich gern mit mir im Forum-Hotel am Alexanderplatz verabreden, um Terminabsprachen für Konzerte zu bereden. Irgendwie habe ich gleich ein ungutes Gefühl und schlage ihm vor, mich doch in meiner Wohnung besuchen zu wollen. Er besteht jedoch auf das Hotel, ich wiederum auf meinen Vorschlag. Nach langem hin und her willigt er ein. Er sieht ganz gut aus, gepflegt im Anzug und Krawatte. Mein Mann bringt Tee und Gebäck und läßt uns, wie wir es vorher verabredet hatten, allein. Doch der Herr kommt mit seinen Konzertwünschen nicht so recht zum Zuge. Er hat, so fühle ich, was anderes vor. Als ich ihm etwas auf den Zahn fühle, was Musik anbelangt, wird er nervös und unsicher. Nach ziemlich kurzer Zeit verabschiedet er sich und eilt davon. Gregor und ich haben wieder die roten Flecken am Hals, das kommt von der Anspannung. In diesen Situationen sind wir ein eingespieltes Team und unser Instinkt verläßt uns nicht.

Im Dezember ruft der Biologe wieder an, 6 Monate sind vergangen. Er beharrt wieder auf das Forum-Hotel und ich dieses mal auf das Wiener-Café, gegenüber der Weltzeituhr am Alexanderplatz. Meinem blonden Freund erzähle ich, daß ich mich in diesem Café verabrede. Er solle sich ein paar Tische weiter setzen, uns unauffällig beobachten und dem Mann folgen, wenn er geht. Wieder sitze ich mit dem Herrn am Tisch bei Kaffee und er kommt einfach nicht auf den Punkt. Schließlich fragt er mich, ob ich nicht doch noch auf einen Moment mitkommen wolle, eben ins Forum-Hotel. Ich danke höflich, wir verabschieden uns und mein Freund geht ihm nach. An der großen Tanne des Weihnachtsmarktes werden wir uns treffen und da berichtet mir mein Freund, daß er diesen Herrn hinter einer schweren Eisentür neben der Garderobe des Hotels hat verschwinden sehen. Jahre später, nach der Wende erfahre ich aus einem Bericht des Fernsehens, daß es da Verhörräume gegeben haben soll.

Carola, meine treue Freundin, hat eine neue, komplizierte Liebe. Dieses Mal ist es kein katholischer Priester, auch kein Ich-weiß-nicht-was, nein, ein protestantischer Pfarrer, aus Amerika. Den will sie nun heiraten. Fort nach New York. Den Antrag hat sie schon gestellt und ich weine bittere Tränen...

Carola ruft mich eines Abends aufgeregt an. Ich solle doch jetzt, gleich auf der Stelle, nach Treptow kommen, ins Restaurant „Parkidyll". Ich frage nicht viel und setze mich in meinen Trabbi und bin in Kürze da. Sie wartet schon auf mich und ich ahne nichts Gutes. „Heute war die Stasi bei mir", sagt sie mit bedeckter Stimme. Ich schaue in die Runde, kann aber keinen Herrn entdecken, der „unauffällig" Zeitung liest oder vor einem Bier sitzt.

Also, zwei Männer vom geheimen Dienst haben in Carolas Wohnung um Einlass gebeten. Sie kommen auch gleich zur Sache. Sie wollen nähere Auskunft, mit wem ihre Freundin verkehre, vor allen Dingen zu wem sie aus der BRD, der besonderen politischen Einheit Westberlin, Beziehungen pflegt. Carola weiß von einem guten Bekannten aus Westberlin, der freundschaftlichen Kontakt zur Familie hält, aber davon erwähnt sie kein Wort. Sie nimmt ohnehin an, daß die geheime Firma das längst schon weiß. „Sie wollen doch nach Amerika ausreisen und da wäre es doch schön, wenn sie etwas konspirativ mit uns zusammenarbeiten würden". Carola schießt es heiß den Rücken runter. Sie ist schlagfertig und klug. Schnell hat sie eine Antwort parat, die seines gleichen sucht. „Ja wissen sie, ich würde gerne mit ihnen zusammen arbeiten, aber da gibt es ein Problem. Ich bin Alkoholikerin. Immer wenn ich zu viel getrunken habe, weiß ich nicht, was ich rede, und ich rede viel, da kann ich für nichts garantieren. Ich plappere einfach drauf los. Glauben sie mir, ich bin für diese Dienste völlig ungeeignet."

Mir bleibt jeder Kommentar dazu völlig im Hals stecken. Zwar habe ich zu meiner Freundin das Gottvertrauen, aber ein Rest an Skepsis war dennoch vorhanden. Erst viele Jahre später, als ich 1995 in der Gauck-Behörde sitze und meine Stasiakte durchblättere, bestätigt mir diese, daß sie das der Stasi Gesagte, die volle Wahrheit war und nichts als die reine Wahrheit...

Einige Monate später heiratet Carola und lebt fortan in New York. Zurück bleiben Erinnerungen schöner Jugendjahre. Ich gebe ihr all meine guten Wünsche mit auf den Weg in das Land der unbegrenzten Möglichkeiten, über den großen Teich.

Wir wurschteln uns als Eheleute durch, mehr schlecht, als recht. Die Kluft ist unerträglich groß. Mein junger blonder Freund liebt mich. Er will sein Haus für mich und meinen Sohn herrichten. Rührend plant er die Aufteilung der Räume in seinem schönen, alten Haus. Mein Herz sagt ja, der Verstand ist mit zu vielen Zweifeln beladen. Mein Mann hat eine neue Freundin. Sie ist 18 Jahre, ein kleines, zartes Wesen mit langen Haaren. Alle, die sie sehen, sagen, sie sehe mir enorm ähnlich. Sie hat kleine Brüste und Haar, das ihr bis zum Po reicht. Die kleine Jungfer schaut zu ihm empor und vergöttert ihn. Ich kann sie gut leiden und sehe in ihr mein Ebenbild vor zehn Jahren...

Ich weiß nicht, wohin mein Weg führen wird und möchte meinem Sohn die Sicherheit geben, die ein Kind mit 6 Jahren braucht. Alles scheint aus den Fugen zu geraten. Ob ich meinen Mann noch liebe, kann ich nicht einmal mehr beantworten. Mein Kopf gleicht einem hohlen Polypen. Das Leben, in seinem Fluss, hält manchmal Entscheidungen bereit, auf die man selbst nicht kommen würde.

Die Frau unseres Kantors hat Geburtstag. Anna ist eine typische Kantorenfrau. Sie trägt ihr Haar züchtig zu einem Zopf gebunden hat eine weiche Stimme und Augen, die haften, wenn man ihr etwas erzählt. Sie kann gut kochen, hat drei propere Söhne und lebt in ihrer schönen, heilen Welt, die sie behütet, komme was da wolle. Sie fordert nie, gibt unendlich und hält das kleine Universum zusammen. Die Geburtstage werden traditionell groß gefeiert und die Menschenrunde sitzt dicht beieinander, redet sich wund, weil unser Leben eben Wunden hat. Das Buffet biegt sich unter den selbstgemachten Köstlichkeiten, Wein und Bier gibt es reichlich. Im Feiern sind DDR-Bürger nicht zu schlagen.

Anna hat Geburtstag. Gregor und ich sind als Eheleute eingeladen, obwohl alle schon wissen, daß wir außereheliche Beziehungen haben. Mit Blumen und einem Geschenk betreten wir die Wohnung, sind ein bißchen spät und die Letzten. Ich begrüße zunächst die Freunde in der Runde und schließe die kleine, zarte Geburtstagsfrau in meine Arme, gratuliere und überreiche das Geschenk. Die Anwesenden rücken für uns noch enger zusammen. Gregor sitzt mir gegenüber. Was mir sofort auffällt ist, daß er mich nicht anschaut, den ganzen Abend ignoriert er mich und ich weiß, daß ich wieder etwas falsch gemacht haben muß. Ich habe keinen Appetit, mir ist der Magen wie zugeschnürt. Mein armer Magen ist sowieso meine Messlatte für Probleme. Schon seit der Kindheit reagiert er auf alles was meine kleine Seele ihm signalisiert, das wird sich nie ändern. Ich ahne, daß ich heute wieder mein Fett wegkriege und das nicht zu knapp. Gregor verträgt keinen Alkohol und stänkert, das habe ich schon oft zu spüren bekommen. Mir graut vor der Heimfahrt und es kommt schlimmer, als ich gedacht hatte.

Gregor spricht mit mir kein Wort, antwortet auch nicht auf meine Frage, was denn los sei. Erst durch längeres Nachhaken fragt er mich, ob ich denn nicht von selbst darauf kommen würde. Ich weiß es beim besten Willen nicht, habe nicht die leiseste Ahnung. Die Blumen waren schön, das Geschenk, eine Keramik vom Pankower Stadtfest hat die Beschenkte hoch erfreut. Gregor hält mich wie im Verhör in der Küche fest. Er will mich in die Enge treiben. Es ist schon sehr spät, mir fallen die Augen zu und ich will nur noch ins Bett. „Das könnte dir so passen, du machst es dir ja sehr leicht, deine Rücksichtslosigkeit nimmt Formen an, die ich nicht akzeptieren kann", sagt er im Oberlehrerton. „Dann gib mir doch eine Hilfestellung", entgegne ich etwas müde. Er sagt mir, daß ich alt genug sei und mein Gehirn etwas mehr anstrengen sollte, um das selber heraus zu finden. Ich bin hohl wie ein Polyp, überlege krampfhaft, gehe die Stationen des Abends noch mal durch und finde nicht die Antwort für mein Fehlverhalten. Mir ist schlecht, ich zittere am ganzen Leibe und flehe ihn an, mir doch zu sagen, was ich denn „Schlimmes" begangen habe. „Hast du nicht bemerkt, daß du die Reihenfolge missachtest hast? Man gratuliert doch wohl zuerst demjenigen, der Geburtstag hat und begrüßt dann die anderen Gäste". „Ach so", sage ich, „natürlich hätte ich das machen können, aber ich habe mir dabei einfach nichts gedacht". „Das ist für dich wieder ganz typisch, rücksichtslos und ohne Stil", das sind die Kanonaden, die über mich geschüttet werden. „Na gut, du magst ja recht haben", lalle ich und will nur weg. „Entschuldige bitte, daß ich das übersehen habe". Ich lasse ihn in der Küche stehen und gehe in mein Bett. Kaum liege ich eingemummelt unter meiner Bettdecke, geht lauthals die Tür auf und das Oberlicht blendet meine Augen. Gregor setzt sich auf die Bettkante und will das Thema noch mal von vorn aufrollen. „Es gibt doch nichts mehr zu sagen, als daß es mir leid tut", fiepse ich mit Mausestimme. „Du denkst wohl, du kommst mit einer Entschuldigung so einfach davon", raunzt er mich an. Ich will mich auf die Seite drehen, es ist mittlerweile gegen drei Uhr morgens, da steht er auf und hebt das Fußende meines Bettes an und ich stehe Kopf. Diese Erniedrigung ist kaum zu beschreiben und im Zeitraffer gehen mir die fürchterlichsten Dinge durch den Kopf. Er setzt das Bett ab, beugt sich über mich und drückt seinen Unterarm gegen meinen Hals. „Wenn du nicht sofort losläßt, beiße ich", röchle ich. Er läßt nicht los und mit der Kraft einer Löwin beiße ich ihm eine tiefe Fleischwunde. Er läßt von mir ab, ist sichtlich geschockt, auch ich, und mir wird schlagartig klar, daß das, das Ende unserer Ehe ist. So tief gesunken, ich schäme mich für uns und hatte doch keine andere Wahl. Blitzartig wird mir klar, daß ich weg muß. Viel zu lange quälen wir uns von Krise zu Krise, aber mein junger Freund ist für mich auch keine Alternative und schon gar nicht Vater für mein Kind.

Der 24. April 1986 ist für die Welt die Apokalypse: Tschernobyl. Ich begreife gar nicht so schnell, was ich im Westfernsehen sehe und höre. Man kann die Katastrophe nicht schmecken oder fühlen. Ich schicke meinen Sohn am nächsten Tag nicht in die Schule. Als es zu regnen beginnt, habe ich das Gefühl, als fiele schwarzes Pech auf unsere schöne Erde. Der Friedenskreis Pankow informiert uns, daß wir den Kindern Gummijacken und Gummistiefel anziehen sollen. Nach dem Ausziehen sollen wir dann die Klamotten in der Waschmaschine waschen. Anschließend sind die Kinder unter der Dusche sorgfältigst zu duschen. Ich stehe jeden Morgen am Fenster, wenn Sascha die Wohnung verläßt und winke, bis ich ihn nicht mehr sehe. Dieser Morgen ist so ganz anders als sonst...

Die Sommerferien 1986 sind da. Sascha freut sich so sehr darauf. Gregor hat ein kleines Zelt und ein Gummiboot gekauft und hofft, mich damit zu begeistern. Er will kitten, hat ein schlechtes Gewissen. Mir ist mulmig bei dem Gedanken, mit ihm so eng in dieser stickigen Gummikapsel unseren Urlaub verbringen zu müssen. Unser Kind ist außer Rand und Band. Das Federballspiel steht schon an der Wohnungstür, damit es ja nicht vergessen wird. Der Kassettenrekorder, der ein Schweinegeld verschluckt hat, wird weich im Koffer verstaut. Unsere große Reise geht nach Beeskow an einen idyllischen See. Wir haben die Bucht mit einem kleinen Bootssteg ganz für uns allein. Gregor kennt die Stelle, denn er war mit seiner Freundin Beate schon einige Male hier. Der Ankunftstag ist sonnig. Wir packen aus und stellen das Zelt auf. Auf dem Spirituskocher wärmen wir uns Mahlzeiten und der Kaffee dampft aus großen Tassen. Unser Kind hüpft hin und her und kann vom Federballspielen nicht genug bekommen. Gregor hat eine Kassette mit Herbert Grönemeyer eingelegt und die „Flugzeuge im Bauch" dudeln den ganzen Tag. Unausgesprochen zieht sich jeder seinen Teil für sich heraus, „kann nichts mehr essen, kann dich nicht vergessen, aber auch das gelingt mir noch..."...

Sascha schläft auf der Hinterbank im Auto. Am späten Abend sitzen die noch Eheleute mit einer Flasche Rotwein im Zelteingang und gucken auf den großen Vollmond, der eine Sondervorstellung gibt, glutrot und magisch. Sie reden über sich und die Porzellanschüssel, die Sprünge hat und dann sage ich ihm, daß ich die Ausreise nicht mehr will, aber das hat er schon geahnt. Vor der Abreise mußte ich meinem blonden Liebhaber ein Treueversprechen abgeben. Vom Rotwein bin ich ganz betäubt. Gregor tut mir leid, alles tut mir leid und am meisten ich mir selber. Die Karre ist im Dreck, das Kind in den Brunnen gefallen. In tiefer Nacht liegt mein Mann zum letzten Mal über mir, kurz und hart. Ich weine, ziehe den Schlafsack über beide Ohren. Er sitzt draußen vor dem Zelt mit dem Rest der Flasche bis zum Morgen...

Ich bin froh, daß die drei Tage vorbei sind. Das Einzige, was ich für mich entschieden habe ist, daß ein Ende mit

Schrecken besser ist, als ein Schrecken ohne Ende und daß ich den Ausreiseantrag für meinen Teil zurückziehe. Gregor wertet meine Entscheidung als Verrat für unsere Familie. Wieder habe ich ein schlechtes Gewissen.
Als wir unsere Wohnung betreten spüre ich, das irgendwie was anders ist. Das Balkonfenster steht halb offen. Es riecht nach Zigarettenrauch und Asche liegt auf dem Fußboden. Vor der Reise hatte ich unter dem großen Teppich im Wohnzimmer Durchschlagpapier gelegt und tatsächlich sind Fußabtritte sichtbar. Es war also unschwer erkennbar, daß Stasileute während unsrer Abwesenheit in der Wohnung waren. Nur ein Freund unserer Familie, der Bratscher und Kollege ist, hatte einen Schlüssel...

Mein junger Freund wartet in seinem alten Haus auf seine verheiratete Freundin. Er ist eifersüchtig und in seinen Blicken lauern Fragen, denen ich ausweiche. Wenn wir um die Häuser ziehen und in einer Kneipe sitzen, schaut er auf andere Frauen, das Katz-und-Maus-Spiel nimmt seinen Lauf. Ich möchte einen Mann für mich, zuverlässig und bodenständig und einen guten Ersatzvater für meinen Jungen. Der Glücksstern fällt für mich auch bald vom Himmel.

Im Oktober ruft mich ein langjähriger Freund aus Westberlin an. Er arbeitet als wissenschaftlicher Mitarbeiter. Vor einigen Jahren war das eine kleine, heftige Liebelei. Keiner von uns hatte jemals Forderungen an den anderen gestellt. Die Beziehung leicht, aber anfänglich leidenschaftlich. Wir wollen uns in Prag treffen. Die Stasi hat natürlich davon Wind bekommen. In Berlin Schönefeld will er zu mir in den Zug steigen. An der Grenze wird er von den Genossen festgehalten. Ab in die Kabine zur Leibesvisitation. Die Zeit ist knapp. „Hose runter, Beine breit", herrscht ihn der Uniformierte an. Er findet nichts und läßt ihn gehen. Mit der S-Bahn wird er den D-Zug nach Prag nicht schaffen. Er rennt zum Taxistand, steckt dem Fahrer einen „Hunni" West in die Hand und der fährt wie eine gesengte Sau nach Schönefeld, auch bei rot über die Kreuzung, wenns sein muß. Ich sitze schon im Zugabteil, meine Hände, zitternd zwischen die Beine geklemmt. Der Zug rollt an, er kommt nicht. Nach wenigen Minuten aber doch, Blut überströmt. Er muß die Treppe zum Zug hoch rasen, zwei Stufen auf einmal. Er hat eine Plastetüte mit einer Flasche Metaxa in der Hand. Er stürzt auf die Treppen und die Flasche geht zu Bruch. Die Narben sind noch heute sichtbar. Alles gut gegangen. Das schöne, alte Hotel Europa am Wenzelsplatz gibt dem heimlichen Paar auf Zeit Unterschlupf. Ich kann die Liebesstunden gar nicht so richtig genießen. Schaue auch unter dem Bett, ob das Zimmer „verwanzt" ist. In der Nacht liege ich in seinen Armen. Er streichelt mich und mit seiner schönen, tiefen Stimme rezitiert er mir Sonette in altenglischer Sprache von Shakespeare...

1986: Jener Metaxamann von damals will in ein paar Tagen mit Kollegen eine Tagesfahrt nach Ostberlin unternehmen und ich soll den Herren den Teil zeigen, den sie noch nicht kennen.
Grenzübergang Friedrichstaße, im Oktober 1986: Ich stehe in der zugigen Empfangshalle, an der Absperrung. Die quietschegelben Kacheln und der Geruch nach dem typischen Desinfektionsmittel, der von den Toiletten aus dem Keller nach oben steigt, hat so was schön tristes. Die schwere Eisentür kracht auf und zu, wenn die Besucher aus der „besonderen politischen Einheit Westberlin" das sozialistische Territorium, voll bepackt mit Taschen und Koffern, betreten. Die Gruppe, die ich erwarte, kommt fröhlich lärmend auf mich zu. Da stehe ich nun, umringt von zehn Männern im besten Alter. Die meisten tragen lange Mäntel, sind braun gebrannt und mit Schirmen bewaffnet, eben Touris aus einer an-

deren Welt. Ich bin etwas verlegen, das legt sich aber recht bald. Am Fahrkartenschalter kaufe ich die Fahrausweise für 0,30 Pfennige das Stück. Zunächst soll es in den Norden, Richtung Oranienburg gehen. In der S-Bahn sitzt mir ein Mann gegenüber, den ich schon gleich zu Beginn der Fahrt in mein weibliches Visier genommen habe. Er hat so was Französisches, graumeliert mit wachen, blauen Augen. Er fragt auch gleich ohne Umschweife, was ich beruflich mache. Als er hört, daß ich Sängerin sei, wird er munter. „Wie finden sie Pavarotti"?, fragt er mich und ich bekomme einen roten Kopf, weil ich ihn enttäuschen muß, ihn nicht zu kennen. Peter Schreier und Theo Adam sind mir ein Begriff, die kennt er nun wieder nicht. So holpern Fragen und Antworten hin und her, bis mir spontan einfällt, daß es in Birkenwerder eine Gaststätte gibt, idyllisch an einem See gelegen. Da kann man gut Mittag essen, ohne platziert zu werden. Wir haben auch Glück. Ein freundlicher Ober stellt einen großen Tisch zusammen. Der Graumelierte setzt sich neben mich und hat einen guten Appetit. Meinen Eisbecher isst er auch noch zu Ende und für mich wird sekundenschnell klar, daß er mein gutes Schicksal werden wird.

Der Herbsttag ist warm und sanft, die Bäume tragen goldene Blätter. Wir laufen um den See und unsere Füße rascheln durch das Laub. Wir sind ausgelassen und ich muß wieder eine gute Idee haben, um die Gruppe bei Laune zu halten. Wir fahren zurück und steigen an der Schönhauser Allee aus. Gegenüber der Hochbahn gibt es ein kleines Café, etwas plüschig, wo der Kaffee gut ist. Schon beim Betreten schauen sich die Leute nach uns um und checken ab, ob das Rudel von hier oder fremd ist. Die Herren stellen auch gleich ungefragt Tische und Stühle zusammen und schon kommt ein Kellner angeschossen. Er ranzt uns an, weil wir nicht um Erlaubnis gefragt haben. Ich stehe wie versteinert, trete aber mutig vor den Kellner und stammle was von Mündigkeit und Gastfreundschaft, werde aber wie ein kleines Kind zurechtgewiesen. Wir setzen uns brav an die Tische, einzeln verteilt und trinken hastig den Kaffee komplett, mit Milch und Zucker. Die Männer trösten mich, weil sie wissen, wie peinlich mir das ist. „Wir gehen zu Konnopke, der Currywurstbude unter dem Viadukt der Hochbahn, auch Magistratsschirm genannt", sage ich schon wieder versöhnlicher. „Da wird man nicht platziert und muß auch keine Stühle rücken." Alle finden die Idee gut. Einige der Herren verabschieden sich und der harte Kern steht einige Minuten später an dem Kiosk mit einer Bierpulle in der Hand und der herrlichsten Currywurst von Ostberlin.

Nun will ich der munteren Truppe noch den „Oderkahn" in der Oderberger Straße zeigen, eine echt altberliner Kneipe mit Flair. Wir sind jetzt sechs Übriggebliebene, sitzen beim Bier in altmodischem Ambiente. Ein Erinnerungsfoto soll gemacht werden und als der Blitz der Kamera den Gastraum für eine Sekunde erhellt, schießt der Besitzer der Kneipe hinter seinem Tresen hervor und schreit uns an, weil wir nicht um Erlaubnis gefragt haben. Das wird mir dann doch zu bunt. Fluchtartig verlassen wir die Kneipe. Wir stehen draußen und nur dem Alkohol ist es zu verdanken, daß wir es leichter hinnehmen. Ich hab eine Stinkwut, die Faust in der Tasche und mir wird klar, daß ich in diesem „Saftladen DDR" nicht bis zum Ende meines Lebens versauern will.

Es ist 21.00 Uhr und noch immer wollen wir uns nicht trennen. Ich rufe Gregor an und sage ihm, daß ich mit einem kleinen Haufen illustrer Gäste bei uns den Abend beenden will. Gregor ist in guter Laune. Er will in der Spätverkaufsstelle Bier besorgen. Eine halbe Stunde später sitzen alle in unserem großen Wohnzimmer bei Schnaps und Bier. Die Männer haben einen wahnsinnigen Appetit auf meinen improvisierten Imbiß und wir sind ausgelassen lustig.

Der Graumelierte sitzt neben mir. Unsere Beine berühren sich unter dem Tisch und dann steckt er mir eine kleine Karte zu, mit Namen und Telefonnummer. JMO steht da. „Kennst du nicht Josef Maria Olbrich, der Architekt der Wiener Secession"?, fragt er von der Seite. Den kenne ich nun auch wieder nicht. Genau so heißt er.

Der Vizepräsident der FU, der auch bis fast zum Schluß durchgehalten hat, liegt etwas angeschlagen in meinem Bett nebenan und schnarcht. Um 24.00 Uhr müssen die Herren an der Grenze sein und ich bestelle per Telefon ein Taxi.

Der Graumelierte, der Jossi heißt, ruft mich schon am nächsten Tag an. Wir verabreden uns im „Papillon", einem Nachtcafé mit Bar in der Nähe der Schönhauser. Verwegen sieht er aus, mit Mantel und Hut. Mir fällt sofort Humphrey Bogart ein, der verwegene Kerl, der seiner Liebsten „Schau mir in die Augen, Kleines", ins Ohr flüstert. Wir sitzen bei Schummerlicht und er hält wie im Film meine Hand und küßt sie. Ich bin ja nicht nur verheiratet, habe auch noch einen jungen Freund. Er ist auch noch verheiratet und hat auch eine Freundin. Sie ist Psychoanalytikerin. „Auch das noch", denke ich obwohl ich mir darunter nur wenig vorstellen kann. Er erklärt mir nur kurz und knapp, was er an der Uni macht, ausführlicher wird er, wenn es um Politik geht. Er kennt die DDR ziemlich gut und das hat seinen Grund. Seine Frau ist auch aus dem Osten, hat nach der Übersiedlung aber gleich wegen eines anderen Mannes das eheliche Territorium verlassen und nun lebt er in Scheidung. Das trifft sich gut und ich erzähle ihm in welcher Haut ich so gerade stecke. Daß mit seiner Freundin scheint auch sehr problematisch zu sein und jeder beschließt, ohne es auszusprechen, daß erst mal aufgeräumt werden muß. Die Zeit vergeht wie im Raffer und das 24.00Uhr-Syndrom steht wieder über uns. Er zahlt, wir gehen hinaus auf die Straße, über die kleine Eselsbrücke hinter der

Gethsemanekirche. Er zieht mich fest an sich und gibt mir einen langen Kuß. Er riecht gut, nach Veilchen, Honig und würzigem Holz. Da ist nicht der große Funke, den ich sonst immer empfunden habe, wenn mir ein Mann gefiel. Dieser Mann will erkämpft sein, das ist was fürs Leben, denke ich. Wir winken einen Trabant heran, das sind die sogenannten Schwarztaxifahrer, die sich ein Zubrot verdienen und offiziell geduldet werden. Der Preis wird an Ort und Stelle ausgehandelt und im Flug ist er davon. Ich stehe auf der Straße in Gedanken versunken und habe so eine leise Ahnung, daß das Leben für mich etwas bereit hält, nachdem ich mich immer gesehnt habe.

Zwei Tage später kommt er die Treppen zu meiner Wohnung hinauf gestürmt, fackelt nicht lange, schmeißt seinen weiten Mantel auf den Fußboden zieht sich aus und nimmt mich schnell und heftig. Ich habe Mühe, diesem Tempo stand zu halten. Das nennt man einen „Quickie". So schnell wie er sich ausgezogen hat ist er auch schon wieder in seinen Klamotten. Er ist überhaupt ein Mann der schnellen Art, wie er ißt oder eine Entscheidung trifft. Er zieht ein Päckchen mit bunter Schleife aus seiner Manteltasche hervor. Ich lasse es ungeöffnet liegen. Als er weg ist, packe ich ein Parfüm aus. Es riecht nach großer, weiter Welt „Beautiful" von Estée Lauder, wie wunderbar. Ich sprühe mich von oben bis unten ein und kuschle mich in die Decken, die nach ihm riechen.

Einige Tage später fahre ich mit der Straßenbahn zu meinem jungen Freund. Ich weiß noch nicht wie ich es ihm sagen soll. Es ist bitter kalt, Schnee liegt aufgetürmt in den Straßen, kaum ein Auto fährt. Ich habe einen Schlüssel für das alte Haus, komme aber nicht rein, weil ein Schlüssel von innen steckt. Im ersten Stock brennt Kerzenlicht und mir wird klar, daß da oben Zwei liegen. Meine Eitelkeit ist angekränkelt. In dieser Nacht telefoniere ich mit Westberlin – drei Stunden lang.

Am nächsten Tag treffen wir uns gleich früh im Foyer des Hotels „Metropol", in der Friedrichstraße. Mit dem Auto ist er gekommen. Ich frage nicht nach dem Typ, vermute BMW oder Mercedes. Wie erleichtert bin ich, daß es ein „Honda Civic" ist, in metallicblau und super verrostet. Innen sieht es auch nicht besser aus. Papierkram, durcheinander gewurschtelte Zeitungen, halb ausgetrunkene Colaflaschen, Zweitbrillen mit nur einem Bügel und eine Tüte mit knochenharten Westbrötchen in Übergröße. Er hat Bier getrunken und hält mir den Autoschlüssel vor die Nase, erklärt mir kurz und knapp die Handhabung der Automatik und daß der Rückwärtsgang etwas hektisch anschlägt. Gut, denke ich, und fahre los.

Sascha kommt heute früher als sonst aus der Schule, weil es kalt ist und die Heizung ihren Plan in den Klassenzimmern nicht gut erfüllt hat. Wir holen ihn von der Schule ab und fahren in den Norden Berlins, tollen im Schnee und kehren am Summter See in eine gemütliche Kneipe ein. Da können wir essen und trinken, wonach uns der Sinn steht. Wie Jossi mit meinem Sohn umgeht, imponiert mir am allermeisten. Sascha plappert von Schule, die er eher langweilig findet und von Musik, die er für sein Alter gut kennt und liebt. Er ist ja erst acht und spielt schon seit vier Jahren Geige. Das gefällt dem Jossi, daß Kinder was Vernünftiges lernen und aus ihrem Leben was Sinnvolles machen. Wenn ich ihn so beobachte, wie er spricht und seinen Arm um mein Kind legt, durchströmt mich ein warmes Gefühl. So nach und nach wird die anfängliche Glut heißer. Die Zeit der Strohfeuer ist nun endlich vorbei ...

Gregors Freundin hat mit ihm Schluß gemacht. Anfang des Jahres 1987 fährt er zur Kur. Ich bin nun drei Wochen allein. Jossi ist fast jeden Tag bei uns. Schön ist es mit ihm. Wie tauschen das Westgeld eins zu fünf ein, Abnehmer hab ich genug. Wir bummeln durch die Antiquitätenläden, gehen essen, fahren in die Umgebung und leben wie Gott in Frankreich. Josef bringt große Tüten mit Obst und Spielzeug für Sascha mit. Von seiner Psychotante hat er sich getrennt und die Scheidung von seiner Frau ist nur eine Frage von Wochen.

Jetzt hab ich Mut, mich von meinem Mann zu trennen. Gregor schreibt mir viele Briefe aus seiner Kur. Er weiß, daß ich mich von dem jungen Freund getrennt habe und hofft auf einen Neuanfang für uns. Von Jossi weiß er noch nichts.

Gregor hat sich gut erholt, ist stabil. Ich schenke ihm „reinen Wein" ein und da bricht er zusammen. Auch deswegen, weil er sich einsam und verlassen fühlt. Ich sehe diesen Zustand als Gefahr für meine neue Beziehung.

Seine kleine Freundin hockt allein in ihrer winzigen Wohnung und leidet auch. Ich muß mir was einfallen lassen und schlage ihm vor, nicht ganz uneigennützig, ihn mit seinem Auto zu ihr zu fahren. Mitten in der Nacht fahre ich ihn nach Weißensee, er hat schon tüchtig Alkohol im Blut. Ich fahre etwas schnittig über die Straßenbahnschienen und wir haben einen „Platten". Wir stellen das Auto an den Straßenrand und laufen das Stück zu Fuß. Ich habe Angst, daß mein Plan in die Hose geht. Erleichtert bin ich, als das Mädchen uns die Tür aufmacht. Wir sitzen lange, reden über uns. Er ist in ihren Armen und ich fahre mit dem Taxi nach Hause.

Die kleine Freundin wohnt wenig später in unserer Wohnung, bei ihm im Zimmer. Nun ist alles ganz legal. Wenn Jossi zu mir kommt, sitzen wir zu fünft in der Küche am großen Tisch. Ich koche Spagetti und backe Zwiebelkuchen. Der Rotwein aus dem „Goldenen Westen" mundet uns allen. Freunde, die unsere neue Situation beobachten, haben eine gespaltene Meinung über unsere Lebensweise, sind aber irgendwie fasziniert.

In Abständen finden bei uns in der Wohnung Hauskonzerte statt. Gregor hat viele Ideen und sprüht vor Elan.

Er stürzt sich zunehmend in die Musik von Dmitri Schostakowitsch. Unser Streichquartett spielt zu diesen Abenden Quartette und ich wage mich an die Liederzyklen.

Unser Haus ist voll von Menschen, die sich für unsere Ideen genauso begeistern, wie wir, wenn ein Maler seine Bilder bei uns ausstellt oder ein Schriftsteller aus seinem Buch vorliest. Nach dem Konzert wird das Buffet, das ich vorbereitet habe eröffnet. Der Tisch ist voll von den Köstlichkeiten. Da stehen sie alle in der Küche mit ihren überfüllten Tellern und loben die Hausfrau und Künstlerin. Diese Momente sind für mich das Glück. Plötzlich ist mit Gregor alles viel leichter. Wir achten und schätzen uns und ich bin die Frau, die sich ja doch nicht so dumm anstellt und etwas gelernt hat.

Gregor und Jossi verstehen sich prächtig. Wenn Sascha im Bett liegt, sitzen wir zu viert, trinken Wein und quatschen über Gott und die Welt. Irgendwie muß ich in nächster Zeit meinem noch Mann klar machen, daß es mir mit diesem Mann dieses Mal ernst ist und ich die Scheidung will. So richtig scheint Gregor die Situation nicht begreifen zu wollen. Er schwankt in seinen Gefühlen. Vielleicht denkt er ja, daß das vorbei geht, wie vorher so oft schon. Und dann setzt er mich mit Sascha unter Druck. Er gibt mir zu verstehen, daß ich gehen könne, aber der Sohn bliebe bei ihm. Da rutscht mir der Boden weg.

Er hat in der Vergangenheit seine Vaterrolle doch eigentlich nur bedingt erfüllt und nun will er mir klar machen, daß Sascha bei ihm besser aufgehoben sei. Ich versuche ruhig zu bleiben und frage ihn, ob er sich ernsthaft vorstellen könne, daß seine Freundin, die gerade mal 19 Jahre ist, meine Mutterstelle vertreten zu können. Er ist wie von Sinnen. Ihm schwimmen einfach die Felle weg. Er nimmt mich an die Hand, geht in das Kinderzimmer und stellt unserem Sohn die Frage nach entweder oder. Sascha weint, daß mir fast das Herz zerreißt. Mein Ehemann und ich weinen dann auch und wir Drei liegen uns klitschnaß in den Armen. An diesem Abend saufe ich eine ganze Flasche Rotwein. Ich verschanze mich in mein Zimmer, zünde Kerzen an und schreibe voller Verzweiflung diese Zeilen:

> Kleist ist schon längst hinter den sieben Bergen
> Während Napoleon sich selbst krönt
> Schreibt Beethoven seine Eroica
> Er weiß noch nicht, daß das Deckblatt
> Ein Loch bekommen wird vom Ausradieren
> Der hoffnungsvollen Widmung
> Geirrt wurde schon viel
> Eins löst das andere ab
> Eins löscht das andere aus, so auch uns
> Das Schreien gegen den Wind macht uns heiser
> Schwach kehren wir zurück und schleppen ein Bein nach
> Und staunen, daß wir alt und gebrochen sind

Sascha, inzwischen neun Jahre, sagt, daß er bei mir bleiben will und damit ist die Entscheidung gefallen. Ich muß die Katastrophe so klein wie möglich halten. Gregor und ich haben beschlossen, so schnell und billig, ohne schmutzige Wäsche waschen zu wollen, die Scheidung hinter uns zu bringen. Der Scheidungsgrund muß so plausibel wie möglich sein. Ich schlage ihm vor, den Grund unseres Auseinanderlebens in der fehlenden Sexualität, auf Grund seines Herzinfarktes anzugeben. Das kommt uns beiden zunächst ziemlich blöde vor, aber bei dieser Behauptung gibt es schließlich keinen Zeugen und was geht dem Richter unser Sex an.

An einem naßkalten Oktobertag gehen wir unter einem großen Regenschirm zum Amtsgericht. Der Grund für unsere Trennung ist dem Richter plausibel und nach zehn Minuten sind wir geschieden. Die Kosten des Verfahrens von 450

Mark, übernehme ich. Die Wohnung wird Gregor zugesprochen, mein Sohn mir. Im Café gegenüber trinken wir einen Weinbrand und beschließen, Freunde zu bleiben.

Am Abend kommt Jossi zu mir in die noch gemeinsame Wohnung am Klaustaler Platz. Die Freundin von Gregor ist auch anwesend. Ich koche für uns ein Abendessen, wir trinken Rotwein und sitzen am runden Tisch in der großen Küche. Die beiden Männer diskutieren über die große, weite Welt und ich bin erleichtert, daß ich die prekäre Situation in der Balance habe. Ich beschließe auch, nur das Notwendigste aus der Wohnung mitzunehmen. Alles in der Wohnung soll weitgehend so bleiben, wie es ist.

Weihnachten steht vor der Tür. Jossi und ich haben beschlossen, die Feiertage in Mühlhausen zu verbringen. Den 24. Dezember feiern wir in der Klaustaler Straße. Sascha hat sich ein Fahrrad gewünscht. Am Abend sitzen wir Fünf unter dem Weihnachtsbaum, verteilen unsere Geschenke und die Situation ist entspannt. Ich habe das Lieblingsessen von Gregor gekocht, Hollopchen. Das Rezept hat mir meine Schwiegermutter beigebracht, als sie noch einigermaßen fit war. Große Weißkohlblätter werden blanchiert und mit einer Fleisch-Reismasse gefüllt. Die Päckchen werden mit weißem Zwirn gewickelt und gar gekocht. Nachdem sie abgekühlt sind, läßt man Butter in einer Pfanne aus und brät sie goldbraun. Man hört erst auf zu essen, wenn der Bauch weh tut, so gut schmeckt dieses ostpreußische Gericht. Dazu schmeckt ein kaltes, frisches Bier und Schnaps. Komisch ist, daß es lange dauert, bis man die Umdrehungen vom Alkohol spürt. Am nächsten Tag kann man die Rouladen, die übrig geblieben sind, aufbraten. Der Sud, kleine Kartoffelstückchen und die restlichen Kohlblätter ergeben eine herzhafte Suppe. Jossi staunt, daß man aus so bescheidenen Zutaten was tolles zaubern kann.

Am ersten Weihnachtsfeiertag 1987 fahren Jossi, Sascha und

ich in den Harz. Das beste Hotel in Mühlhausen hält für uns ein schickes Zimmer bereit. Mit Westgeld kann man hier zwar nicht alles haben, aber doch mehr, als wenn man es nicht hat. Jossi kränkelt. Er hat Fieber und als ich in seinen Hals schaue, entdecke ich riesengroße Mandeln. Normal ist das nicht, denke ich für einen kurzen Moment. Das Antibiotikum, welches ein Arzt ihm verabreicht, hilft schnell und die Sache ist schnell vergessen. Daß das die ersten Anzeichen einer Leukämie sind, ahne ich erst vier Jahre später. Ich bin dann schon seine Frau, wohne in Westberlin, schicke ihn zum Arzt und dann bestätigt sich meine Vermutung. 19 Jahre werden wir mit dieser Scheißkrankheit leben. Wir wissen nicht, was auf uns zukommt. Auch soll niemand, aber auch wirklich niemand davon wissen. Schweigepflicht wird zu meinem obersten Gebot. So mogeln wir uns zwischen Therapien, Krankenhausaufenthalten durch und tun außerhalb unserer Ehe so, als sei nichts, aber auch nichts. Das ist aber schon wieder ein neues Buch.

Mühlhausen ist eine schöne, kleine Stadt, die Umgebung idyllisch und die Häuser ganz gut in Schuß. Sogar die Luft ist hier einigermaßen frisch, obwohl die Menschen hier ihre Öfen mit Braunkohle heizen. Die Tage verbringen wir mit kleinen Ausflügen in der Umgebung. Silvester 1987 verbringen wir im Restaurant des Hotels. Jossi zieht ein kleines Päckchen aus seiner Jackentasche hervor, mit schmalen, goldenen Ringen. Das nennt man Verlobung. Abends, am Bett, erzähle ich meinem Sohn, was ich vorhabe. Er ist total begeistert. Er wird also mit mir irgendwann in der nächsten Zeit in den Westen ausreisen. Er träumt schon jetzt von den kleinen „Mätschiautos", wie er die bunten Dinger in der Pappschachtel nennt und dann schwärmt er von der Westschokolade, die auf der Zunge zergeht und kein sandiges Gefühl hinterlässt. Er will mal nach Amerika und die echten Cowboys und Indianer sehen. Von seinem Schulfreund Marcelli habe er auch erfahren, daß er mit

seiner Familie einen Ausreiseantrag, nämlich von Pankow nach Niederschönhausen, gestellt habe. Ich muß ihm erst einmal erklären, daß Niederschönhausen auch im Osten liegt. Das weiß er natürlich und kippt vor Lachen in sein Kissen.
Am nächsten Tag machen wir einen Ausflug nach Erfurt. Ich kenne die schöne Stadt von früher, nur das mittelalterliche Andreasviertel war mir noch kein Begriff. Bis über die Krämerbrücke im Zentrum bin ich nicht hinaus gekommen. Um so mehr schmerzt mich der Anblick des völlig verrotteten Viertels. Anklagend stehen die stummen, fast dem Verfall preisgegebenen Zeitzeugen und warten jammernd auf einen Retter. Manche Dächer sind in sich zusammengefallen, nur weil man zu faul war, eine Dachrinne oder wenigstens ein Provisorium anzubringen. Wir sind erschüttert, es ist ja schon fünf nach Zwölf. Unwiederbringliches ist dem Abriss geweiht. Wenn ich damals auch nur geahnt hätte, daß die Wende in drei Jahren passieren würde, hätte ich nicht so viel Panik gehabt und mein Herz hätte vor Verzweiflung nicht so gezittert.

Wir sind wieder in Berlin. Jossi kommt mich fast jeden Tag besuchen. Er ist mehr im Osten, als im Westen. Mit der harten Währung sind wir sehr beweglich. In den Antiquitätenläden in Berlin und Potsdam sind wir schon alte Bekannte und gern gesehen. Abends sitzen wir mit meinem Exmann und seiner Freundin beisammen und verputzen den schönen Käse und die prallen, süßen Weintrauben vom Kapitalisten.
Im April 1988 stellen wir einen Antrag auf Eheschließung und der damit verbundenen Übersiedlung nach Berlin West.

Es dauert auch nicht lange und ich bekomme eine Vorladung, aber das kenne ich ja bereits. Nur, daß ich jetzt nicht wie beim ersten Mal, die üblichen Gründe angeben muß. Es ist einfach nur die Liebe, die mich in den anderen Teil der Stadt treibt.

Die Beamtin fragt mich doch prompt, ob mein Verlobter vielleicht in Erwägung ziehen würde, seinen Wohnsitz nach Ostberlin verlegen zu wollen, aber da muss die Genossin vom Dienst selber lachen, räuspert sich und setzt sich wieder aufrecht. Die Sitzung dauert nur wenige Minuten. Ich muß mich bei meinem Intendanten auch nur kurz sehen lassen und mir ist, als sei er diesmal erleichtert, daß eine Eheschließung nur der Grund meiner Ausreise ist. Da muß er nicht mehr argumentieren, da kann er sich beruhigt zurücklehnen. Seine piefige Welt ist nun wieder in bester Ordnung.

Irgendwie habe ich das Gefühl, daß meine Tage in der DDR gezählt sind. Ich fange schon mal an, meinen persönlichen Krimskram zu ordnen. Wenig später bekomme ich eine Vorladung ins Rathaus Pankow, Abteilung Inneres. Eine Freundin begleitet mich und wartet in einem Café gegenüber. Übrigens schließen auf einmal auffallend viele Leute mit mir Freundschaft. Sogar eine Kollegin, die für ihre Strickkünste berüchtigt ist, strickt mir im Eiltempo einen Pullover in schwarz, auf den ich schon nicht mehr gehofft hatte. Daß mit den Freundschaften in der DDR ist so eine besondere Angelegenheit, da ist so ziemlich alles möglich. Heute noch, nach mehr als zwanzig Jahren nach der Wende, werden Talkshows sich mit diesem Phänomen beschäftigen.

Die Genossin vom Amt begrüßt mich ausgesprochen freundlich mit Handschlag. Am 31. Oktober darf ich mein Land verlassen. Ich renne die Treppen hinunter, nehme zwei Stufen, reiße die große Rathaustür auf und winke mit beiden Armen meiner Freundin zu. Die sitzt vor einem randvoll gefüllten Aschenbecher und hat mit gezittert. Ich zeige ihr meinen sogenannten Laufzettel. Das hatte ich auch noch nicht in meinem kleinen Leben. Wenn ich den ausgefüllt habe, bekomme ich meine Entlassungsurkunde aus meinem Heimatland. Meine Eltern müssen mir zunächst einmal bestätigen, daß sie keine Ansprüche auf Pflege erheben und ich ihnen kein Geld schulde. Am nächsten Tag geht das Gerenne los. Ich kann heute die Instanzen nicht mehr aufzählen, vor deren Tür ich mit meinem Zettel geduldig sitzen muß. Nur das Ministerium für Export und Import bleibt mir in Erinnerung, weil die Unsinnigkeit dieses Abmeldens nicht in meinen Schädel will. Ich habe in meinem Leben weder etwas in- noch exportiert, höchstens mal ein Päckchen mit Tempoerbsen und Kukoreis für meine Freunde außerhalb von Ostberlin. In wenigen Tagen sind die Stempel und Unterschriften auf dem Formular. Das hat vielleicht Zeit und Kraft gekostet!

Am 19. September darf ich im Rathaus Pankow geheiratet werden. Meine engsten Freunde und Verwandten kommen zur Trauung, auch der olle Grünspan mit seiner Rollfilmkamera, nur hat er vergessen den Rollfilm einzulegen und schreibt mir einige Tage später: Liebe Jungvermählte! „Es war der schwärzeste Tag in meinem Fotografen-Dasein. Aus welchen Gründen auch immer ist der Film daneben gegangen. Ich bin trostlos und bete still im Paternoster ich geh ins Kloster - dies wünscht Euch nicht der olle Lota..." Ach wie lieb ich ihn doch habe, den alten Charmeur.

Gregor, mein Exmann spielt mit seinem Streichquartett einen emotionalen Satz aus einem Streichquartett von Schostakowitsch. Die Standesbeamtin hält sich in ihrer Rede neutral zurück, kann sich aber nicht verkneifen, daß ich doch als junge Frau die Segnungen unseres Landes voll genossen habe - damit meint sie die Bildung in der Schule und im Studium - wie recht sie doch hat, jetzt mal wirklich ganz ehrlich. Sie wünscht uns alles erdenklich Gute. Neben der kleinen DDR Fahne in Wimpelform, liegen die Ringe als Symbol für Liebe und Treue. Wir unterschreiben die Eheurkunde und Beate, die Freundin meines Exmannes schießt Gruppenfotos, wie man sie üblich so kennt. Wir sind alle ausgelassen, ja fast albern. In meiner noch Ehewohnung in Pankow treffen wir uns zum Sekt, den hat Beate vorsorglich bereit. Mein Exmann hält sogar eine Rede und entläßt mich nun auch aus seinen Armen und gibt mich fast wie ein fürsorglicher Vater in die Obhut meines neuen Mannes.

Meine Mutter muss jetzt auch was sagen und meint, fast im Erich-Honeckerton, daß das Wichtigste für uns alle sei, daß der Frieden erhalten bleibt. Sekundenschnell schießen unsere Blicke wie ein Spinnennetz hin und her und Jossi zwinkert mir unauffällig zu.

Wir fahren ins neu erbaute Grandhotel Friedrichstraße, Ecke unter den Linden. Da habe ich eine schöne Feier bestellt, mit Essen Trinken und Musik. Das ist übrigens die erste Hochzeitsfeier in diesem schönen Restaurant, wie uns stolz der Chef mitteilt. Wir müssen uns auch sogleich ins Gästebuch eintragen. Ich frage mich heute, nach so vielen Jahren, ob dieser Eintrag, mit Dankeschön, die Wendezeiten überlebt hat.

Wir tanzen zur Musik eines Alleinunterhalters mit Akkordeon. Der hat ne ganz rote Nase vom Schnaps, den ich ihm rüberreiche, damit die Stimmung in Fahrt kommt. Um uns wuseln die Kellner, ein Service, den ich noch nie erlebt habe. Mein Exi legt eine Solosohle aufs Parkett und irgendwie werde ich ein bisschen nachdenklich. Was ist das nur für ein Film, der gerade hier abläuft?

Auf der Straße, nach der Feier, gegen 2.00 Uhr morgens, fällt er auch noch neben die geöffnete Taxitür. Wie ein zappelnder Käfer liegt er auf dem Rücken im weißen Mantel. Beate und ich kriegen ihn vor Lachen kaum ins Auto gestopft. Mein frisch angetrauter Ehemann steht lachend daneben und hält sich den Bauch. Das Erklimmen der vier Treppen zur Wohnung wird zu einer Ewigkeit. Immer wieder fallen, mal der eine oder die andere auf den Stufen zusammen. Wir vier nehmen noch am runden Tisch den Absacker.

Die nächsten Wochen packe ich meine Sachen, mit der staatlichen Auflage, alles genau aufzulisten, was ich mitnehmen will. Meine Freundin A. ist mir behilflich, diese Liste mit Blaupapier in die Schreibmaschine zu tippen - eine aufwendige Prozedur. Ich überlege genau, was mir wichtig ist, besonders die russischen Bücher mit Widmung des genialen Übersetzers T. R. Auch Dir habe ich viel zu verdanken, lieber T. - wieder so eine Prägung für mein kleines Leben.

Bis zum Ausreisetermin sind es sechs Wochen. Ich lebe zwischen Kisten und alten Möbeln meiner Oma, von denen ich mich nicht trennen kann. Ich muß sie jedoch beim Staatlichen Kunsthandel der DDR gesondert anmelden. Ich will auch meine Tiere, ein Meerschweinchen, Kaninchen und eine Schildkröte mitnehmen. Normalerweise darf ich das nicht. Drei Tage vor meiner Ausreise kommt ein Kontrolleur in die Wohnung und vergleicht die Liste mit den gepackten Sachen. Ich stehe neben ihm und beobachte, wie er mit mir fühlt und nur so tut. Er guckt oberflächlich in die Umzugskisten von Plischka, hebt das eine oder andere an und segnet wie ein Pfaffe meine Habseligkeiten. Danke, du unbekannter Beamter.

Am 30. Oktober habe ich noch eine Konzertverpflichtung mit meinem Streichquartett im Schloss Friedrichsfelde. Ich habe dieses Mal kein Lampenfieber, wie sonst immer. Ich bin nur sehr sentimental, weil meine Kollegen so besonders lieb zu mir sind. Mein Herz tut mir weh. Morgen alles hinter mir zu lassen, das Heimatland, die Freunde und meine Eltern. Die Freude auf das neue Leben überwiegt jedoch meine Trauer. Abends, nach dem Konzert feiern wir meinen Abschied.

Früh stehe ich auf. Mein Sascha hält sich einigermaßen diszipliniert zurück, weil er meine Nervosität spürt. Meine Siebensachen muß ich zurück lassen, die werden einige Wochen später von der Umzugsfirma nach Westberlin gebracht. Ich habe mir noch einen großen „Rentnerporsche" vom „Koffereck" in der „Schönhauser" gekauft. Da habe ich meine persönlichen Sachen verpackt. Zum Schluß, obenauf, werden noch meine Tiere, nicht ganz artgerecht, in Kartons mit Luftlöchern verstaut. Als Rolle, nun zuletzt, das neue, federleichte Steppbett für mein Kind, denn ich denke, daß es so was Flauschiges im Westen nicht gibt!

Es regnet und ich denke, daß mein Osthimmel weint. Wieder geht jemand, der eigentlich gern geblieben wäre, wenn man ihn nur hätte mal reisen lassen dürfen und das öffentlich, ohne Angst, sagen dürfen, was einem nicht passt. Daß das im Westen auch nicht immer möglich sein wird, weiß ich ja noch nicht.

Gregors Freundin bringt mich mit dem Auto zum Tränentempel. Jetzt geht alles ganz schnell, wie im Zeitraffer. Ich zeige dem Genossen im Durchlasshäuschen meine Entlassungsurkunde aus der Staatsbürgerschaft der DDR und gehe den unendlichen Gang mit den gelben Fliesen in Richtung Westberlin. Da steht er nun, mein Ehegatte mit einem Glockenblumenstrauss. Glockenblumen im Oktober, das grenzt an ein Wunder. Sascha ist ganz aus dem Häuschen, plappert und plappert. Wir steigen in die S-Bahn Friedrichstraße, die nun im Westteil Berlins ist. Auf dem Bahnsteig trennt mich eine eiserne Wand von den gegenüber liegenden S-Bahnschienen, die sich im Ostteil Berlins befinden. Ich stelle mir nun meine Landsleute dahinter vor, die, wie jeden Tag vielleicht zur Arbeit fahren, mit Aktentaschen und Dederonbeuteln. Schlagartig wird mir jetzt mein vorheriges Dasein bewußt, daß ich noch vor einer halben Stunde hatte. Vor einer halben Stunde war ich noch eine von denen. Was bin ich eigentlich jetzt? Bin ich besser, und gleicher als die Gleichen?

Die S-Bahn in Richtung Charlottenburg fährt ein. Ich will lieber stehen als mich setzen, an der Tür, damit ich nichts verpasse. Die Bahn fährt an und ich sehe nun in Zeitlupe den Fernsehturm aus einer ganz anderen Perspektive. Immer mehr entfernt er sich, verschwindet schließlich aus meinem Blickfeld. Am Lehrter Bahnhof steigen wir aus, da steht Jossis Auto. Er fährt uns in seine Wohnung in die Düsseldorfer Straße. Verwegen fährt er in die Tiefgarage, das Tor geht auf Knopfdruck automatisch auf. Sascha schwärmt vom Hintersitz aus: „geil, cool krass..." Wir fahren mit dem Fahrstuhl in die oberste Etage. Hell, lichtdurchflutet. Hellblaue Auslegeware, schickes Bad mit blanken Armaturen. Jossi hat Brötchen gekauft, groß und fluffig, die schmecken nach nichts. Er macht Kaffee aus dem Automaten. Der Käse und die Salami sind sehr salzig. Das ist der erste Eindruck. Im Bad riecht es wie im Intershop, nach Biff und schönem Waschpulver. Zwei Waschbecken, nebeneinander. Ich schaue mich um und sehe, daß es Kartons gibt, die noch nicht ausgepackt sind. Jossi wohnt schließlich schon ein Jahr in dieser Wohnung. Das Zimmer, daß unser Schlafzimmer sein wird, ist auch noch etwas provisorisch. „Da fehlt eben noch eine Frauenhand", wie er meint.

    Jossi will mich jetzt überraschen. Wir fahren ins KaDeWe, erstmal den Kurfürstendamm entlang, den habe ich mir aber viel breiter und größer vorgestellt. Ab in das Parkhaus. Aus einem gelben Kasten kommt per Knopfdruck eine Karte raus. Eine Schranke geht hoch und Jossi parkt schnittig ein. Wir betreten den Luxuseinkaufstempel. Unten ist die Parfümerie. Mir tränen die Augen. Weiter auf der Rolltreppe in die Etagen. Mein Kind fasst mich ganz fest an die Hand, als würde es gleich in einen tiefen Graben fallen. Ich habe einen Schleier vor den Augen. Der Schweiß läuft mir in Bächen den Rücken runter. Die Socken, Pullover, Mäntel, Hosen, Regale, gefüllt mit dem ganzen Schnulli, den ich nicht ausmachen kann, drehen sich im Kreise. Die Lebensmittelabteilung ist ganz oben. So viel Schokolade auf einem

Haufen, das glaubt mir keiner. Aber ich breche die Wanderschaft vor dem Hummerbecken ab. Die armen Dinger liegen am Boden des Aquariums mit zugeschnürten Scheren, wie dekadent. Ich muß hier raus. Ausgang, frische kalte Luft. Mir klebt die Zunge am Gaumen. Eine olle Berliner Kneipe in der Passauerstraße, 50 Meter vom Seiteneingang entfernt, da will ich rein. Da sitzen die Gestalten, die mir in dem Augenblick vertrauter sind. Der Zigarettendunst brennt zwar auch, aber das ist ein anderer. Spielautomaten in der Ecke, Soleier und Gurken im Glas auf dem Tresen. Ich muß jetzt ein Bier haben, Bouletten mit Kartoffelsalat. Das lasse ich nach dem ersten Bissen stehen, schmeckt ja ekelhaft. Ich muß mich in die hinterste Ecke setzen, wo mich keiner stört. Jossi ist ganz leise und versucht, sich in meine Lage zu versetzen. Es bleibt aber nur bei diesem Versuch. Zu Hause ist der Kühlschrank leer, eben wie bei einem Junggesellen. Wir müssen zum Supermarkt fahren, Lebensmittel einkaufen. Mit weichen, schlackernden Knien werfe ich die Sachen in den Einkaufswagen, die ich kenne. Zucker, Butter Marmelade, Brot und eine Tafel Schokolade mit ganzen Nüssen. An der Wursttheke Salami, Teewurst und nebenan Harzer: So, das reicht!

    Jossi fährt mit uns zu seinem Lieblingsgriechen. Mit den Gerichten auf der Menükarte kann ich nichts anfangen. Tzatziki, Moussaka, Souvlaki... das ist wie vom anderen Stern. Jossi empfiehlt Salat mit Schafskäse, Lammkoteletts, Oliven. Wie das schmeckt - Karli orexi - das steht im Höflichkeits-schnell-Griechisch auf der Papierserviette. Die Chefin, eine rundliche Schöne setzt sich zu uns an den Tisch. Der Akzent ist wie Musik in meinen Ohren und erweckt ein leises Fernweh in mir.

    Es ist spät geworden. Sascha liegt in seinem provisorischen Bett und ist vor Erschöpfung gleich eingeschlafen. Mein

Mann sitzt noch mit einem Bierbembel und guckt Nachrichten. Die Wohnung auf dem Dachgeschoss hat eine große Terrasse mit einem Teehäuschen aus Kupferblech. Ich stehe mit einem Glas Rotwein, öffne die Tafel Schokolade und bekomme einen Riesenschreck. Der Fernsehturm leuchtet aus der Ferne zu mir herüber. Die Lampen auf der Spitze - an aus, an aus. Mein Herz zieht sich zusammen. Alle meine Lieben sind ja dahinten. Ich stehe wie verloren und weine bitterlich. Keiner kommt und nimmt mich in den Arm und auf die Schokolade habe ich nun auch keine Lust mehr...

So, das reicht:
Berlin, kurz nach der Wende. Die ehemaligen DDR-Bürger haben nun ihre heißersehnte Westknete. In den Verkaufsregalen liegen die neuen bunten Päckchen, Dosen, Gläser und Schachteln. Man muß sich erst daran gewöhnen, daß es eben nicht nur den Werder-Ketchup zu kaufen gibt. Dutzende Sorten Westschokolade müssen erst mal durchprobiert werden. So mancher bekommt davon Verstopfung. Die Ossis werden für die nächste Zeit damit überfordert sein, welche Sorte, von welchem Hersteller und zu welchem Preis man etwas erstehen kann, das kostet Zeit, sehr viel Zeit. Man kauft zunächst gewöhnlich die Dinge, die einem vertraut sind. Weißkohl, Butter, Zucker, Mehl - der Erkennungswert der Verpackung ist einfach und unterscheidet sich kaum von der HO oder dem Konsum - die Betonung liegt hierbei auf der ersten Silbe. Meine taffe Freundin Ina, der ich dieses Buch widme, wohnt in der Ackerstraße. Sie muß jeden Tag viel arbeiten und schaut nicht auf die Uhr, wenn ihr der Chef einen neuen Stapel Papier vor die Nase setzt, der noch heute abgeschrieben werden muß. Mit der Zigarette im Mundwinkel klappert sie das Zeug mit geübten Fingern in den Computer.

Sie muß spätestens gegen viertel sechs den Bus nehmen, denn ihr Kühlschrank zu Hause ist gähnend leer und um 18.00 Uhr schließen die Kaufhallen, ach nee, die heißen ja jetzt Supermärkte. Fünf vor sechs erreicht sie mit heraushängender Zunge die Wursttheke von SPAR. „Ich hätte gerne noch bitte etwas Aufschnitt", sagt sie etwas kleinlaut, weil sie weiß, daß das jetzt auf den letzten Drücker kommt. „Für wieviel Personen?", fragt abgeschlafft die Verkäuferin. „Na eigentlich nur für mich", antwortet jetzt noch kleinlauter Ina. Die Wurstfachverkäuferin spickt die Scheiben auf, legt sie auf die Waage und bei exakt 96 Gramm entscheidet sie: „So, das reicht" Sie wickelt das kleine Häufchen toter Tiermasse in ein Tütchen und klatscht es auf die Ablagescheibe des Tresens.

Ina trottet im Eiltempo an die Kasse, greift noch im Vorübergehen abgepackte Brotscheiben und wird von der Kassiererin sehnsüchtig abgefertigt. „So, das reicht" wird im Laufe der Zeit zu einem geflügelten Ausspruch in unserem Freundeskreis. Immer wenn's passt, versteht sich und mit Gelächter.